KB199161

우리가 정말 알아야 할 동양고전

삼국지 7

펴낸곳 / (주)현암사
펴낸이 / 조근태
지은이 / 나관중
옮긴이 / 정원기
그린이 / 왕굉희 외 60명

주간 · 기획 / 형난옥
교정 · 교열 / 김성재
편집 진행 / 김영화 · 최일규
표지 디자인 / ph413
본문 디자인 / 정해욱
제작 / 조은미

초판 발행 / 2008년 10월 25일
등록일 / 1951년 12월 24일 · 10-126

주소 / 서울시 마포구 아현 2동 627-5 · 우편번호 121-862
전화 / 365-5051 · 팩스 / 313-2729
홈페이지 / www.hyeonamsa.com
E-mail / editor@hyeonamsa.com

글 ⓒ 정원기 · 2008
그림 ⓒ 현암사 · 2008

ISBN 978-89-323-1510-2 03820
ISBN 978-89-323-1515-7 (전10권)

정역삼국지

7

나관중 지음

정원기 옮김

왕굉희 외 60명 그림

ᄒ 현암사

천년 고전『삼국지』를 옮기며

국내 번역 상황

천년이 넘는 조성 과정을 거쳐 14세기 후반에 완성된『삼국지』는 6백 년이란 장구한 세월을 넘겼는데도 갈수록 독자들의 사랑을 더욱 끌어들이는 마력을 발휘하고 있다. 우리나라에는 조선 중기에 처음 소개된 이래로 필사본에서 구활자본에 이르기까지 현대어 번역 이전 판본이 이미 1백 종을 넘었다. 번역도 조선시대부터 완역과 부분 번역, 번안飜案(개작), 재창작 등 다양한 방식으로 진행되었으며 번역의 저본이 된 대상은 가정본·이탁오본·모종강본 등이었다. 그런데 현대어 번역이 시작되고부터는 모종강본 일색으로 통일되었다.

최근 인하대학교 한국학연구소에서 발표한 연구 결과에 의하면, 1920~2004년에 한국어로 출간된 완역본『삼국지』가 모종강본毛宗崗本 계열의 중국본(즉 정역류正譯類)이 58종, 요시카와 에이지吉川英治 계열을 위주로 한 일본본(즉 번안된 일본판 중역류重譯類)이 59종, 국내 작가에 의한 독자적 재창작 및 평역(즉 번안류)이 27종으로 모두 144종이고, 거기다 축약본 86종까지 합치면 230종이나 된다고 한다. 뿐만 아니라 만화 극 장르(애니메이션·영화·드라마·대본·연극), 참고서 등으로 발전한 응용서까지 포함하면 무려 342종이 넘고, 그 가운데는 발행 부수가 수십 쇄를 넘기는 종류도 상당수 된다고 하니, 근·현대기 한국에서 간행된 그 어떤 소설도 경쟁을 불허한다고 하지 않을 수 없다.

그런데 여기서 한 가지 놀라운 사실은 이렇게 144종이 넘는 정역류, 번안류, 번안된 일본판 중역류 가운데 단 한 종도 중국문학 전공자가 체계적인『삼국지』학습을 통하여 성실하고 책임 있는 완역을 시도한 경우를 찾아볼 수 없다는 것이다.

지금까지 국내에 번역 출간된 기존『삼국지』에 나타난 문제점을 살펴보면, 무엇보다 중대한 것은 '『삼국지』자체에 대한 무지'이다. 요약하면『삼국지』판본에 대한 무지, 저본 선택에 대한 무지, 원작자에 대한 무지로 나눌 수 있다. 이러한 무지는 어느 누구의『삼국지』를 막론하고 종합적인 것으로, 그야말로 국내 기존 번역은 '『삼국지』의 근본에 대한 무지'에서 출발했다고 해도 과언이 아니다.

그 다음으로 중요한 문제는 '번역상의 오류'이다. 대별하면 저질 저본의 선택에서 비롯한 2차 오류, 원문을 한글로 옮기는 과정에서 발생한 3차 오류로 나눌 수가 있다. 이러한 오류도 거의 전반적인 현상으로 번역서의 대부분을 차지한다.

셋째 문제는 역자 자신이 원본을 마주하고 진지한 번역 작업을 수행한 것이 아니라 초창기의 부실한 번역을 토대로 기술적 변형 및 교묘한 가필과 윤색을 가한 경우나 아예 번안된 일어판을 재번역한 역본이 많다는 사실이다. 그러면서도 저마다 이구동성으로 '시중에 나도는 판본에 오류가 많아 자신이 원전을 방증할 만한 여러 책을 참고해서 완역했다'는 식이다. 이 때문에 수십 년 동안 동일 오류가 개선될 줄 모르고 답습되어 온 상황이다.

이러한 현상은 저명 문학가의 번역일수록 두드러지는 경향이 있는데, 그 자체가 내포한 엄청난 양의 오역으로 말미암아 재중 동포 작가가 단행본을 출간하여 신랄하게 비판하는 국제적 망신까지 당하는 일도 벌어졌다.

그러면 이와 같은 현상은 왜 일어나는 것일까? 이런 현상이 우리 풍토에서 고질적으로 반복되는 이유를 중문학자인 홍상훈 선생은 "기존『삼국지』번역이 중국 고전소설에 대해 문외한에 가까운 이들에 의해 주도되었을 뿐만 아니라 상업성 높은 필자를 내세운 사이비 번역본이 국내 출판 시장을 주도하고 있기 때문"이라고 지적했다. 그렇다면 이렇게 사이비 번역이 판치는 우리 풍토에서『삼국지연의』의 실체를 올바로 소개해 줄 정역은 진정 나오기 어려운 것일까?

진정한 정역

이 책은 나관중羅貫中이 엮고 모종강毛宗崗이 개편한 작품을 선뻬쿤沈伯俊의 교리 과정을 거쳐 중국 고전문학을 전공한 역자가 책임 의식을 가지고 번역한『삼국지』다. 국내『삼국지』전래 사상 최초로 가장 확실한 저본을 통한 정역이라고 할 수 있다. 앞에서 살펴본 바와 같이 지금까지는 문명文名이나 광고에 현혹된『삼국지』시대로, 과장·변형·왜곡되거나 어딘가 결함을 가진『삼국지』가 독자를 오도해 왔다. 우리는 이제 중국의 실체를 있는 그대로 파악하기 위해서라도 '과장되거나 왜곡된『삼국지』' 읽기에서 과감히 벗어나야 한다. 다행히 지금은『삼국지연의』를 다시 연의한 작품에 대한 비평과 반성으로부터 시작된 정역 붐이 한창이다. 그러나『삼국지』정역이란 한문을 좀 안다고 되는 것이 아니며, 글재주만으로 되는 것도 아니다. 더욱이 명성이나 의욕만 앞세운다면 더욱 곤란하다. 널린 게『삼국지』, 손에 잡히는 게『삼국지』지만 『삼국지』의 실체를 있는 그대로 보여 준 『삼국지』는 없었다. 그야말로 『삼국지』를 전공한 전문가가 없었기 때문이다. 그러면 『삼국지』의 정체는 무엇인가?

나관중 원본의 변화 발전

전형적 세대 누적형 역사소설인 『삼국지』는 크게 보아 세 차례의 집대성을 거친 작품이다. 첫 번째는 나관중 원본이다. 14세기 후반인 원말 명초元末明初에 나관중은 천 년이 넘는 세월을 거치며 다양한 형태의 민간 예술로 변화 발전해 오던 『삼국지』 이 야기를 중국 최초의 완성된 장편 연의소설演義小說로 집대성하기에 이른다. 그런데 육필 원고로 된 이 나관중 원본은 종적이 사라지고 수많은 필사본으로 전해지며 변화 발전해 오다가 150년 정도의 세월이 흐른 명대明代 가정嘉靖 임오년壬午年(1522년)에 최초의 목각 인쇄본으로 출간되기에 이른다. 이것이 이른바 가정본嘉靖本(일명 홍치본弘治本)으로, 두 번째의 집대성이다. 그 후 다시 1백 수십 년의 세월 동안 유례없는 출판 호황기를 거치며 '가정본' 및 '지전본志傳本' 계열로 분화되어 발전을 거듭해 오다가 17세기 후반 청대淸代 초기에 모종강에 의해 다시 한 번 집대성되기에 이른다. 이 것이 바로 모종강본으로, 세 번째의 집대성이다.

가정본과 모종강본 사이인 명대 만력萬曆·천계天啟 연간에는 출판 경쟁이 치열하게 벌어져 여러 출판사에서 각기 총력을 다 해 다양한 종류의 『삼국지』를 시장에 내놓았다. 당시 유행한 판본이 지금도 30여 종이나 남아 있다. 그러나 모종강본이 한 번 세상에 나오자 가정본은 물론 그 이후에 나타난 수많은 종류의 판본은 모두 경쟁력을 상실하고 말았다. 모종강본이 독서 시장을 장악하게 된 것이다. 모종강본은 그 이후로 『삼국지』의 대명사가 되어 3백 년이 흐른 오늘날까지도 베스트셀러의 자리를 유지하고 있다. 따라서 지금 우리가 읽고 있는 144종이 넘는 국내 『삼국지』는 예외 없이 모두 모종강본을 모태로 한 것이다. 그런데 대부분의 번역자는 나관중 이름만 내세우고 모종강 이름은 언급조차 하지 않고 있다. 게다가 일부 번역가는 가정본을 나관중의 원작으로 오인하고 있을 뿐만 아니라 가정본을 모종강본보다 우수한 작품이라 억단하는 경우도 있다. 그러나 사실상 나관중의 손으로 편집된 원본은 찾을 길이 없고, 찾는다고 해보아야 형편없이 얇고 볼품없는 육필 원고에 불과할 따름

이다. 왜냐하면 나관중『삼국지』는 원본 형태를 유지하며 정체하고 있었던 게 아니라 모종강본 출현 이전 3백 년이란 세월 동안 부단히 진화되어 왔기 때문이다.

모종강본의 특징과 가치

모종강은 자字가 서시序始이고 호號는 혈암孑庵으로, 명나라 숭정崇禎 5년(1632년)에 출생하여 80세 가까이 살았다. 그는 눈 먼 부친(모륜毛綸)의『삼국지』평점評點 작업을 도우며『삼국지』공부를 시작하여 마침내『삼국지』를 개작하기에 이르렀다. 첫 작업은 부친이 생존한 청나라 강희康熙 5년(1666년) 이전에 이루어졌다. 그러나 경제적인 이유로 출판하지 못하자 부친이 세상을 떠난 후에도 쉼 없는 원고 수정 작업을 계속하다 마침내 강희 18년(1679년)에 정식 출판을 하게 되었다. 이것이 바로 '취경당본醉耕堂本'인데, 모종강의 육필 원고를 출간한 최초의 목판본으로 간주된다. 취경당본이 나온 이후로 모종강본은 다시 필사본·목각본·석인본石印本·연鉛 활자본 형태로 널리 전파되면서 각기 조금씩 다른 판본이 수십 종 이상으로 늘어났다. 학계에서 표현하는 청대 판본 70여 종 대다수는 바로 모종강본인 셈이다.

모종강본은 장기간에 걸쳐 여러 차례 출판되면서 책 이름도 몇 차례나 바뀌었다. 명칭의 변화를 시간 순서로 나열하면 사대기서제일종四大奇書第一種→제일재자서第一才子書→관화당제일재자서貫華堂第一才子書→수상김비제일재자서繡像金批第一才子書→삼국지연의三國志演義→삼국연의三國演義가 된다. 여기서 사대기서제일종(일명 고본삼국지사대기서제일종古本三國志四大奇書第一種)이 바로 모종강본『삼국지』의 본래 명칭이다. 이것은 강희 18년에 간행된 취경당본의 명칭인데, 여기에는 김성탄의 서문序文이 아닌 이어李漁(이립옹李笠翁)의 서문이 실려 있다. 조선 숙종肅宗 연간에 유입되어 1700년을 전후로 국내에 널리 간행된 판본은 바로 모종강의 제3세대 판본에 속하는 관화당제일재자서 종류이다.

모종강본의 특징은 '어떻게『삼국지』를 읽어야 하는가'(별책 부록에 수록)에서 잘 나타난다. 모종강은 '어떻게『삼국지』를 읽어야 하는가'를 통해 작가로서의 역사관과 가치관을 드러냄은 물론『삼국지』의 문체와 서사 기법까지 상세히 분석했다. 즉

『삼국지』가 사대 기서 중에서도 첫 자리에 위치해야 할 당위성이나, 가정본에서는 피상적 서술에 불과하던 '정통론'과 '존유폄조尊劉貶曹'도 확실한 작가적 의도로 논리 정연한 사상적 체계를 이루었다. 그의 개편 작업은 앞서 나온 '이탁오본李卓吾本'에 대한 불만에서 출발했다. 협비夾批와 총평을 가하는 데서부터 시작하여 문체를 다 듬고, 줄거리마다 적절한 첨삭을 가하며, 각 회목을 정돈하고, 논찬論贊이나 비문碑文 등을 삭제하며, 저질 시가를 유명 시인의 시가로 대체함으로써 문장의 합리성, 인물 성격의 통일성, 등장인물의 생동감, 스토리의 흥미도를 대폭 증가시켰다. 이에 과거 3백 년 간 내려오던 『삼국지』의 면모를 일신하고 종합적인 예술적 가치를 한 차원 제고시킴으로써 마침내 최종 집대성을 이루기에 이른다. 따라서 모종강본은 실질 적인 면에서 과거 유통된 모든 『삼국지연의』의 최종 결정판이며, 개편자인 모종강 역시 『삼국지연의』 창작에 직접 참여한 작가임을 부정할 수 없다.

왜 교리본인가?

그런데 『삼국지연의』 원문 중에는 역사소설로서 갖추어야 할 기본적 사실에 위배되는 결함이 적지 않았다. 이 결함은 기술적인 면에 서 발생한 문제이므로 '기술적 착오'라고 할 수 있다. '기술적 착 오'는 작가의 창작 의도는 물론 작품상의 허구나 서사 기법과는 전혀 상관없이 발생한 것들로, 그 원인은 작가의 능력 한계 나 집필상의 오류, 필사나 간행 과정에서 생긴 오류 등으 로 나눌 수 있다. 이러한 오류들은 최종 결정판인 모종강 본에 이르러 일정 부분 삭제되거나 수정되었다. 하지만 그 중 대부분은 그대로 답습되며 사안에 따라 모종강본 자체에서 새로 발생시킨 오류도 적지 않다.

선뻐쥔의 '교리본'은 바로 이러한 '기술적 착오'를 교 정 정리한 판본이다. 여기서 '교리校理'란 '교감 및 교정 정 리'를 줄인 말인데, 이 교리본은 26년 간 『삼국지연의』 연 구에만 몰두해 온 선뻐쥔 선생의 노작勞作이다. 선 선생은 『교리본 삼국연의』 작업을 진행하면서 취경당본『사대기 서제일종』을 저본으로, 선성당본醒成堂本과 대도당본大道 堂本『제일재자서』를 보조본으로 삼고, 가정본과 지전본 류는 물론 관련 사서史書나 전적을 광범위하게 참 고했다. 장기간에 걸친 교리 작업이 완성되자 중 국 저명 학자인 츠언랴오陳遼, 주이쉬앤朱一玄, 치우전성丘振聲 선생들로부터 '심본沈本 삼국지연의', '삼국지연의 판본사상 새로운 이 정표', '모종강 이후 최고의 판본'이란 격찬을 받았다. 따라서 본 번역의 범위는 기술적 착오 부분까지 포함하였다. 이는 타쓰마시 요우스케立間祥介 교수의 일어판 및 모스 로버츠Moss Roberts 교수의 영문판에서도 손대지 못한 작업이다.

모종강본을 교정 정리한 것으로 선쀄쿤의 '교리본' 이전에도 인민문학출판사人民文學出版社의 '정리본整理本'과 사천문예출판사四川文藝出版社의 '신교주본新校注本'이 있다. 하지만 이들의 작업은 전면적이고 지속적이지 못했고, 여러 이유로 일정 한계를 넘어서지 못한 채 중단되고 말았다. 따라서 이들의 '기술적인 착오' 정리는 선쀄쿤의 교리본에서 완성한 숫자에 비하면 그 10분의 1 정도에 불과하다.

준비 작업까지 치면 8년이란 세월이 지났고, 본격적으로 투자한 시간만 해도 5년이나 된다. 더욱이 최종 3년은 거의 모두 이 작업에 몰두한 시간이라 해도 과언이 아니다. 뿐만 아니라 지금까지 출간된『최근 삼국지연의 연구 동향』→『삼국지평화』→『설창사화 화관색전』→『여인 삼국지』→『삼국지 사전』→『다르게 읽는 삼국지 이야기』→『삼국지 상식 백가지』→『삼국지 시가 감상』등의 작업이 이번 정역을 귀결점으로 모두 하나의 고리로 연결되어 있다. 한마디로 말해 지난 10여 년 동안의『삼국지』관련 연구와 번역 작업은 모두 이번 정역을 탄생시키기 위한 기초 작업이었던 셈이다. 동시에 그동안 나름대로 계획하고 실행해 온 일련의『삼국지』관련 프로젝트 역시 일단락을 보게 되었다.

완벽한 번역이란 하나의 이상일지 모른다. 그러나 역자는 자신이 수행한 작업에 나름대로 자부심을 가진다. 왜냐하면 단순한 의욕이나 열정만으로 손을 댄 것이 아니라 충분한 사전 학습과 면밀한 기초 작업을 거치면서 이루어 낸 번역이기 때문이다. 따라서 근 1세기 동안이나 답습되어 온 왜곡과 과장과 오류로 점철된 사이비 번역의 공해를 걷어 내고 일반 독자에게는 원전 본래의 진미를, 연구나 재창작을 계획하는 전문가에게는 신뢰할 수 있는 한국어 텍스트를 제공할 수 있게 되기를 기대한다. 특히 원전의 1차적 오류까지 해소한 선쀄쿤의 '교리 일람표'를 별책 부록으로 발행하니, 기간된『삼국지 시가 감상』과 곧 개정증보판이 나올『삼국지 사전』등과 연계한다면『삼국지』에 관한 이해를 한 차원 높이리라 생각한다.

2008년 10월
옮긴이 정원기

차례

주요 등장인물

유비 현덕

관우 운장

강유 백약

장비 익덕

제갈량 공명

황충 한승

조운 자룡

유선 공사

조조 맹덕

사마염 안세

손견 문대

여포 봉선

등애 사재

손책 백부

원소 본초

조비 자환

주유 공근

손권 중모

허저 중강

73

한중왕 유현덕

현덕은 한중왕의 자리에 나아가고
운장은 양양군을 공격하여 빼앗다
玄德進位漢中王 雲長攻拔襄陽郡

조조가 군사를 물려 야곡에 이르렀다. 그러나 공명은 그가 틀림없이 한중을 버리고 달아날 것이라 짐작하고 마초를 비롯한 장수들에게 10여 길로 군사를 나누어 조조군을 수시로 공격하게 했다. 덕분에 조조는 그곳에 오래 머물 수 없게된 데다 위연에게 화살까지 맞은 터라 서둘러군사를 철수시켰다. 날카롭던 삼군의 사기는 바닥에 떨어지고 말았다. 선두 부대가떠나자마자 양편에서 불길이 치솟은 것은매복했던 마초의 군사가 쫓아와서 불을질렀기 때문이다. 조조의 군사는 하나같이 간담이 철렁 내려앉았다. 조조는 군사들에게 행군을 재촉하며 밤낮 없이 쉬지 않고 달렸다. 경조京兆에 이르러서야 조조는 겨우 마음을 놓았다.

한편 현덕은 유봉과 맹달, 왕평 등에게 명하여 상용上庸을 비롯한 여러 군을 쳐서 빼앗게 했다. 신탐을 비롯한 무리들은 조조가 이미 한중을 버리고 달아났다는 말을 듣자 마침내 모두 항복했다. 현덕이 백성들을 안정시키고 삼군에 크게 상을 내리니 사람들은 진심으로 기뻐했다. 이에 장수들은 현덕을 추대하여 황제로 받들 마음이 생겼다. 그러나 감히 직접 아뢰지는 못하고 제갈군사에게 와서 알렸다. 공명이 말했다.

"내 생각은 이미 정해 두었소."

공명은 즉시 법정 등을 이끌고 들어가서 현덕을 알현했다.

"지금 조조가 권력을 한 손에 틀어쥐고 있어 백성들에겐 주인이 없는 형편입니다. 주공께서는 어질고 의로운 이름이 천하에 드러나셨을 뿐만 아니라 지금 이미 양천兩川(동천과 서천) 땅을 아우르시게 되었습니다. 이제 하늘의 뜻에 따르고 사람들의 기대에 부응하여 황제가 되시어 명분을 바르게 하고 이치에 맞는 말로 나라의 도적을 치셔야 합니다. 일을 늦추어서는 아니 되니 당장 길일을 택하시기를 청합니다."

현덕은 깜짝 놀랐다.

"군사의 말씀은 옳지 않소. 이 유비가 황실의 종친이라곤 하나 또한 신하이오. 그리하는 건 한나라를 배반하는 짓이오."

공명이 설득했다.

"그렇지 않습니다. 바야흐로 지금은 천하가 나뉘고 영웅들이 일제히 일어나서 각기 한 지방을 차지하여 군림하고 있습니다. 재주 있고 덕 있는 천하의 인재들이 생사를 돌아보지 않고 상전을 섬기는 것은 용의 비늘을 끌어 잡고 봉의 날개에 붙듯 제왕에 의지하여 공을 세워 보려는 것입니다. 주공께서 혐의를 피하고 의를 지키시느라 세상 사람의 기대를 저버릴까 두렵습니다. 바라건대 주공께서는 깊이 생각해 보십시오.”

그러나 현덕은 듣지 않았다.

“나에게 분수를 넘어 지존의 자리에 오르라고 하는데 나는 결단코 그리할 수는 없소. 다시 좋은 대책을 의논해 봅시다.”

여러 장수들도 일제히 권했다.

“주공께서 기어이 거절하신다면 사람들의 마음이 흐트러질 것입니다.”

공명이 해결책을 내놓았다.

조지전 그림

"주공께서는 평생 의리를 근본으로 여기시니 황제라는 존호를 칭하기는 어려우실 것입니다. 지금 형양荊襄과 양천을 차지하셨으니 한중왕漢中王이 되시는 게 좋겠습니다."

그러나 현덕은 이 말도 듣지 않았다.

"그대들이 아무리 나를 왕으로 받들고 싶어 해도 천자의 조서가 없으면 이 또한 참람한 짓이오."

공명이 말했다.

"지금은 권도權道를 따르셔야지 정상적인 도리만을 고집할 때가 아닙니다."

성질 급한 장비가 소리를 버럭 질렀다.

"성이 다른 놈들도 모두 임금이 되려고 날뛰는 판인데 하물며 형님이야 당당한 한나라 황실의 종친이 아니오? 한중왕이 아니라 바로 황제라고 칭한들 안 될 게 뭐란 말이오?"

현덕이 꾸짖었다.

"너는 여러 말을 말라!"

공명이 다시 간곡하게 권했다.

"주공께서는 임시로 한중왕에 오르시고 그런 다음 천자께 표문을 올려도 늦지 않습니다."

현덕은 여러 차례 사양했지만 끝내 여러 사람의 간청을 물리치지 못해 허락하고 말았다.

때는 건안 24년(219년) 가을 7월이었다. 면양沔陽에 단을 쌓고 그 둘레 9리 되는 곳에 다섯 방위로 나누어 각각 정기를 꽂고 의장儀仗을 벌여 세웠다. 모든 신하가 지위에 따라 차례대로 늘어섰다. 허정과 법정이 현덕을 단상으로 모시고 면류관과 옥새를 올렸다. 현덕은 남쪽을 향해 앉아 문무 관원들의 하례를 받으며 한중왕이 되었다. 이어 아들 유선을 왕세자로 세우고 허정은 태부로 임명하며 법정은 상서령으로 삼았다. 제갈량을 군사軍師로 삼아 군대와 나라의 중요한 일을 총괄하게 했다. 관우, 장비, 조운, 마초, 황충을 오호대장五虎大將으로 삼고 위연을 한중漢中 태수로 삼았으며 그 밖의 사람들도 각기 그동안 세운 공에 따라 작위를 정해 주었다.

현덕은 한중왕에 즉위하고 표문 한 통을 지어 허도로 올려 보냈다. 표문은 이러했다.

신 유비는 겨우 자리나 채우는 보잘것없는 재주로 상장上將의 중임을 맡아 삼군을 거느리고 외지에 나와 있으나 도적을 소탕하여 왕실을 안정시키지 못하였나이다. 그리하여 폐하의 성교가 오랫동안 퍼지지 못하고 천하가 꽉 막혀 태평하지 못하니 근심으로 잠을 이루지 못하고 열병을 앓듯 두통에 시달리고 있습니다.

지난날 동탁이 환란의 근본을 조성한 이래 흉악한 무리가 제멋대로 날뛰며 천하를 잔혹하게 어지럽혔으나 다행히도 폐하의 성덕과 위엄에 힘입고 사람과 귀신이 함께 호응하여, 더러는 충과 의로 떨쳐 일어나 토벌하고 더러는 하늘이 벌을 내려 흉포한 역적들은 얼음 녹듯 거의 소탕되었나이다. 오직 조조만을 오랫동안 제거하지 못하여 국권을 침탈하고 한껏 방자한 마음으로 온갖 난을 일으키고 있습니다.

신은 지난날 거기장군 동승과 함께 조조를 토벌할 계획을 세웠으나 일이 치밀하지 못하여 동승은 해를 당하고 신은 망명하여 근거지를 잃게 되었나이다. 그리하여 충과 의는 이루지 못하고 조조는 흉역한 짓거리를 못할 것 없이 다하여 황후께서 시해되고 황자께서 독살되기까지 하였나이다. 마음은 비록 동지를 규합하여 떨쳐 일어나고자 하였으나 겁 많고 힘은 모자라 몇 해가 지나도록 공을 이루지 못하고 있으니 이대로 죽어 나라의 은혜를 저버리게 되지나 않을까 두려워서 자나 깨나 탄식하며 밤낮으로 마음을 졸이고 있나이다.

지금 신의 신하들은, 옛 「우서虞書」(『서경』의 편명)에서 '구족'을 도타이 살피고 여러 현명한 이들이 힘써 돕는다'고 한 말을 생각하고, 역대의 임금들이 이 도리를 폐지하지 않아서 주나라는 하나라와 은나라의 옛 일을 거울삼아 동성인 희씨姬氏(주나라 임금의 성)들을 제후로 세워 실로 진晉나라와 정鄭나라가 보좌하는 데 힘입었고, 우리 고조께서 등극하신 뒤 아우와 아들들을 높여 아홉 나라를 열었기에 마침내 여씨呂氏들을 목 베고 황실을 편안케 할 수 있었다고 여기나이다. 지금 조조가 곧은 것을 미워하고 바른 것을 싫어하는데 그에게 호응하는 무리가 한창 많이 모여 들어 못된 마음을 품고 황위를 찬탈하려는 도적 심보가 이미 드러났습니다. 그러나 종실은 이미 미약하고 황제의 친족은 지위가 없으므로 신의 수하들이 옛 법도를 참작하여 임시방편으로 신을 대사마 한중왕으로 추대하였나이다.

신은 삼가 스스로 세 번 반성하옵건대 나라의 두터운 은혜를 입어 한 지방을 다스리는 책임을 맡아 애는 썼으나 아직 효과는 없고, 나라에서 받은 바가 이미 넘치니 다시 높은 지위에 올라 죄를 더 무겁게 해

* 구족九族 | 나를 중심으로 4대까지의 선조와 4대까지의 후손을 합쳐 구족이라 한다. 여기서는 제왕의 친족을 말한다.
* 진晉나라와 정鄭나라 | 이 두 나라는 모두 주 왕실과 같은 희씨姬氏의 나라. 주 왕실의 힘이 쇠약해졌던 춘추시대에 진의 문공文公과 정의 장공莊公이 제후의 패자가 되어 주 왕실을 높였다.
* 여씨呂氏들을 목 베고 | 한나라 고조 유방이 죽은 뒤 고조의 황후 여씨와 그 일족이 황위를 찬탈하려 하였으나 신하들과 유씨들이 힘을 모아 여씨를 제거하였다.

서는 안 될 것입니다. 그러나 여러 신하들이 의리를 내세워 신에게 억지로 권하매 물러나 다시 생각하니, 역적이 소탕되지 않으면 국난이 그치지 않고 종묘가 위태롭고 사직이 무너질 것이므로 지금이야말로 진실로 신이 근심하며 분골쇄신할 때임을 알았나이다. 이런 상황에 맞추어 임시방편을 써서라도 조정을 안정시킬 수만 있다면 비록 물에 빠지고 불에 뛰어드는 일이라도 사양할 수 없는지라 여러 사람의 공론을 좇아 인수와 옥새를 받아 나라의 위엄을 높이고자 하나이다.

우러러 작위와 명칭을 생각하면 지위는 높고 은총은 두터우며 아래로 보답할 일을 생각하면 근심은 깊고 책임은 무거우니, 놀랍고 두려워 마치 높은 벼랑 끝에 선 듯 가쁜 숨을 쉬나이다. 어찌 감히 힘과 정성을 다하여 육군六軍(천자의 군대)을 권장하고 의로운 무리를 이끌어 하늘의 뜻에 따르고 시세에 순응하여 흉악한 역도를 토벌하고 사직을 편안히 하지 않겠나이까? 삼가 표문을 올려 아뢰나이다.

표문이 허도에 도착했다. 업군에 있던 조조는 현덕이 스스로 한중왕이 되었다는 소식을 듣고 크게 노했다.

"돗자리나 짜던 촌놈이 어찌 감히 이럴 수 있는가! 내 맹세코 그놈을 멸망시키리라!"

즉시 명령을 내려 군사를 총동원하여 양천으로 가서 한중왕과 자웅을 가리고자 했다. 이때 한 사람이 반열에서 나와 만류했다.

"대왕께서는 한때의 노여움 때문에 친히 멀리까지 수레를 움직여 원정하실 필요가 없습니다. 신에게 한 가지 계책이 있습니다. 화살 한 대 쓰지 않고 유비 스스로 촉 땅에서 화를 입게 할 수 있으니 그의 병력이 줄고 힘이 다하기를 기다려 한 장수를 보내 정벌하면 일은 이루어질 것입니다."

조조가 보니 사마의司馬懿였다. 조조는 기뻐하며 물었다.

"중달仲達(사마의의 자)에게 어떤 고견이 있는가?"

사마의가 대답했다.

"강동의 손권은 누이를 유비에게 시집보냈다가 그가 없는 틈에 몰래 데려가 버렸고 유비는 형주를 차지하고 돌려주지 않아서 두 사람은 서로 이를 갈아 부치는 원한을 맺었습니다. 언변 좋은 사람을 뽑아 손권에게 편지를 갖고 가서 군사를 일으켜 형주를 치도록 설득하게 하십시오. 그러면 유비는 양천의 군사를 일으켜 형주를 구하려고 할 것입니다. 그때 대왕께서 군사를 일으켜 한천漢川을 치시면 유비는 머리와 꼬리가 서로 도울 수 없게 되어 형세가 위태로워질 게 틀림없습니다."

조조는 매우 기뻐하며 즉시 편지를 써서 만총滿寵에게 주고 밤낮으로 달려 강동으로 가서 손권을 만나게 했다. 손권은 만총이 왔다는 말을 듣고 모사들과 대책을 상의했다. 장소가 말했다.

"위는 우리 오와 본래 원수진 일이 없습니다. 전에 제갈량의 변설을 듣고 두 집안이 전쟁을 하는 바람에 몇 해 동안 백성들만 도탄에 빠졌습니다. 지금 만백녕伯寧(만총의 자)이 온 걸 보면 필시 우리와 강화할 뜻이 있는 것이니 예를 갖추어 대접하십시오."

손권은 그 말을 좇아 모사들에게 만총을 성안으로 맞아들이도록 했다. 예를 마치고 손권은 귀빈의 예로 만총을 대접했다. 만총은 조조의 편지를 올리며 말했다.

"오와 위는 여태까지 원수진 일이 없었는데 유비 때문에 틈이 벌어졌습니다. 위왕께서 저를 이곳에 보내신 것은 장군께서 형주를 공략하면 위왕께서 군사를 이끌고 한천으로 나가 머리와 꼬리를 협공하기로 약속을 정하기 위해서입니다. 유비를 깨뜨린 뒤에는 강토를 나누어 다시는 서로 침범하지 않기로 맹세하자는 것입니다."

편지를 읽은 손권은 잔치를 베풀어 만총을 대접하고 역관으로 보내 편히 쉬게 했다.

손권이 모사들에게 대책을 상의하니 고옹이 말했다.

"우리를 설득하려고 하는 말이긴 하지만 그 중에 이치에 맞는 말도 있습니다. 지금 만총을 돌려보내 조조와 함께 유비를 앞뒤에서 협공하기로 약속을 정하는 한편으로 강 건너로 사람을 보내 운장의 동정을 탐지하면서 일을 진행시키면 될 것입니다."

그러자 제갈근이 말했다.

"운장이 형주에 온 뒤 유비가 그에게 아내를 맞아 주어 아들 하나를 낳고 그 다음에 딸 하나를 낳았다고 합니다. 그 딸이 어려서 아직 혼처를 정하지 않았다고 하니 제가 가서 주공의 세자를 위해 청혼을 해보겠습니다. 운장이 허락하면 운장과 조조를 깨뜨릴 일을 상의하고 운장이 듣지 않으면 조조를 도와 형주를 치기로 하시지요."

손권은 제갈근의 계책을 쓰기로 하고 우선 만총을 허도로 돌려보내고 제갈근을 형주에 사자로 보냈다. 제갈근은 성으로 들어가 운장을 만나 예를 마쳤다. 운장이 물었다.

"자유께서 이번에는 무슨 일로 오셨소?"

제갈근이 입을 열었다.

"특별히 두 집안에 좋은 인연을 맺어 드리려고 왔습니다. 우리 주공 오후께 아들 한 분이 계시는데 아주 총명합니다. 장군께서 따님한 분을 두셨다는 소문을 듣고 특별히 청혼을 하러 왔습니다. 두 집안에서 좋은 인연을 맺으시고 힘을 합쳐 조조를 깨뜨리십시오. 이는 진실로 아름다운 일이니 군후께서는 부디 한번 생각해 보시기 바랍니다."

운장은 발끈 성을 냈다.

"호랑이의 딸을 어찌 개의 자식에게 시집보낸단 말인가? 그대 아우의 낯을 보지 않았다면 당장 머리를 잘랐을 것이다! 더 이상 여러 소리 말라!"

즉시 좌우의 부하들을 불러 제갈근을 밖으로 쫓아냈다. 제갈근은 머리를 싸쥐고 놀란 쥐새끼처럼 달아났다. 돌아가 오후를 만난 그는 감히 숨기지 못하고 사실대로 이야기했다. 손권은 머리끝까지 화가 치밀었다.

"어찌 이다지도 무례하단 말이냐?"

손권은 즉시 장소를 비롯한 문무 관원들을 불러 형주를 칠 계책을 상의했다. 보즐이 말했다.

"조조가 한나라를 찬탈하려는 마음을 먹은 지는 오래나 그렇게 하지 못한 것은 유비가 두려웠기 때문입니다. 이번에 사자를 파견하여 군사를 일으켜 촉을 삼키라고 부추긴 것은 우리 오에다 화를 덮어씌우려는 것입니다."

손권이 볼멘소리로 대꾸했다.

"나 역시 형주를 치려 한 지는 오래되었소."

보즐이 계책을 내놓았다.

"지금 조인은 양양과 번성에 주둔하고 있는데 거기서는 장강 같은 천연의 험지도 없어 육로로 곧장 형주를 칠 수 있습니다. 그런데도 어째서 자기네들이 치지 않고 도리어 주공께 군사를 움직이라고 했겠습니까? 이것만 보아도 조조의 속셈을 충분히 알 수 있습니다. 주공께서는 허도의 조조에게 사자를 보내 조인이 먼저 군사를 일으켜 육로로 형주를 치도록 하라고 하십시오. 그러면 운장이 필시 형주의 군사를 거느리고 번성을 치러 갈 것입니다. 일단 운장이 움직이면 주공께서 장수 한 명을 파견하여 가만히 형주를 치십시오. 그러면 일거에 형주를 얻을 수 있을 것입니다."

손권은 그 말을 좇아 즉시 사자를 파견하여 강을 건너가 조조에게 글을 올리고 이 일을 자세히 이야기하게 했다. 조조는 크게 기뻐했다. 사자를 먼저 돌려보낸 다음 만총을 번성으로 보내 조인의 참모관이 되어 군사를 움직일 일을 상의하게 했다. 그러는 한편 동오로 격문을 띄워 군사를 거느리고 수로를 타고 호응하며 형주를 치라고 했다.

한편 한중왕은 위연에게 군마를 총지휘하여 동천東川을 방어하게 했다. 그런 다음 백관을 이끌고 성도로 돌아와서 관원들을 파견하여 궁전을 짓고 역관을 설치하게 했다. 성도에서 백수白水에 이르기까지 모두 4백여 곳에 역관과 역참을 짓고 식량과 말먹이 풀을 넉넉히 쌓아 두고 병기를 많이 만들어 장차 중원을 공격할 준비를 했다. 이 때 첩자가 조조와 동오가 손잡고 형주를 치려 한다는 소식을 알아내

대돈방 그림

고 나는 듯이 촉으로 들어와 보고를 올렸다. 한중왕은 허겁지겁 공명을 불러 대책을 의논했다. 그러나 공명은 태연했다.

"저는 진작부터 조조가 반드시 이런 꾀를 쓸 것이라 짐작하고 있었습니다. 그러나 오에는 모사들이 많으니 틀림없이 조조에게 먼저 조인의 군사를 일으키라고 할 것입니다."

한중왕이 물었다.

"그렇다면 어떻게 해야 하오?"

공명이 대답했다.

"운장에게 공문을 보내 먼저 번성을 치라고 하십시오. 그러면 적군은 간담이 서늘해져 자연히 와해되고 말 것입니다."

한중왕은 크게 기뻐했다. 즉시 전부사마前部司馬 비시費詩를 사자로 뽑아 운장에게 벼슬을 내리는 고명誥命을 받들고 형주로 가게 했다. 운장은 성밖까지 나와 그를 영접해 들였다. 관청에 이르러 예를 마치고 나서 운장이 물었다.

"한중왕께서 나에게 무슨 작위를 내리셨소?"

"오호대장의 우두머리입니다."

운장이 다시 물었다.

"오호장수는 누구누구들이오?"

"관장군 외에 장비, 조운, 마초, 황충 장군이십니다."

운장이 벌컥 화를 냈다.

"익덕은 내 아우이고 맹기孟起(마초의 자)는 대대로 명문의 집안이며 자룡은 오랫동안 형님을 모셔서 내 아우와 진배없으니 지위가 나와 같아도 괜찮소. 하지만 황충이 뭐라고 감히 우리와 같은 반열에 선단 말이오. 대장부가 일개 노졸老卒과 같은 대열에 서지는 못하겠소!"

그러면서 인수를 받으려 하지 않았다. 비시는 웃는 얼굴로 말했다.

"장군께서 틀렸소이다. 옛날 소하蕭何와 조참曹參은 고조와 함께 큰일을 일으킨 가장 친근한 사이였지만 한신은 초楚에서 도망쳐 온 일개 장수에 불과했습니다. 그러나 한신을 왕으로 봉하여 소하와 조참보다 윗자리에 두었지만 소하나 조참이 그 때문에 원망했다는 말은 들은 적이 없습니다. 지금 한중왕께서 비록 오호대장을 봉하긴 하셨지만 장군과는 형제의 의가 있어 한 몸으로 여기시니 장군이 한중왕이요 한중왕이 장군이신데 어찌 다른 사람과 같겠습니까? 장군은 한중왕의 두터운 은혜를 입고 있으니 근심 걱정을 함께 하고 화와 복을 함께 누리실 일이지 관직의 고하를 따지실 일이 아닙니다. 장군은 깊이 생각해 보십시오."

크게 깨달은 운장은 비시에게 두 번 절하고 말했다.

"이 사람이 밝지 못했소이다. 그대의 가르침이 아니었다면 대사를 그르칠 뻔했구려."

관우는 즉시 절하며 인수를 받았다.

비시는 그제야 왕의 서신을 보여 주며 군사를 거느리고 가서 번성을 치라고 했다. 운장은 왕명을 받들어 즉시 부사인傅士仁과 미방을 선봉으로 삼아 먼저 한 무리의 군사를 이끌고 형주성 밖에 주둔하게 하는 한편 성안에 잔치를 베풀어 비시를 대접했다. 함께 술을 마시는데 2경쯤 되었을 때 갑자기 성밖 영채에서 불길이 일어났다는 보고가 들어왔다. 운장은 급히 갑옷을 입고 말에 올라 성밖으로 나가 보니 부사인과 미방이 술을 마시던 중 장막 뒤에서 실수로 일어난 불이 화포로 옮겨 붙은 것이었다. 그 바람에 화포가 터져서 온 영채가 진동하고 군기軍器와 식량과 말먹이 풀이 깡그리 타 버렸다. 운장이 군사를 거느리고 불을 껐지만 4경이 되어서야 겨우 불길을 잡을 수 있었다. 성으로 들어온 운장이 부사인과 미방을 불러 꾸짖었다.

"나는 너희들을 선봉으로 삼았는데 너희들은 출전도 하기 전에 군기며 식량이며 말먹이 풀을 죄다 태워 먹었다. 뿐만 아니라 화포가 터져 군사들까지 죽었다. 이렇게 일을 망쳐 놓다니 너희들을 어디에 쓰겠느냐?"

운장은 무사들에게 두 사람의 목을 치라고 호령했다. 비시가 만류했다.

"출병도 하기 전에 대장의 목부터 치는 것은 군에 이롭지 못합니다. 잠시 죄를 용서해 주십시오."

그래도 노기가 가시지 않은 운장은 두 사람을 질타했다.

"내가 비사마司馬의 체면을 보지 않았다면 너희 두 놈의 목을 쳤을 것이다!"

그러고는 무사를 불러 각각 곤장 40대를 치게 하고 선봉장의 인수를 거두어 버렸다. 그리고 벌로 미방은 남군을 지키게 하고 부사인은 공안을 지키게 했다. 그리고 또 말했다.

"내가 이기고 돌아오는 날까지 조그만 잘못이라도 저지른다면 두 가지 죄를 한꺼번에 벌하겠다!"

두 사람은 얼굴 가득 부끄러운 빛을 띠고 연방 "네, 네" 하며 물러갔다. 운장은 즉시 요화를 선봉, 관평을 부장으로 삼고, 자신이 몸소 중군을 지휘하며 마량과 이적을 참모로 삼아 함께 정벌에 나섰다. 이보다 앞서 호화胡華의 아들 호반胡班이 형주로 관공을 찾아와 항복했다. 관공은 지난날 호반이 자신을 구해 준 정의를 생각하여 매우 아끼고 사랑했는데 이번에 비시가 돌아가는 편에 함께 서천으로 들어가서 한중왕을 알현하고 작위를 받도록 했다. 비시는 관공과 하직하고 호반을 데리고 촉으로 돌아갔다.

관공은 이날 '수帥' 자를 쓴 대장기에 제사지내고 막사 안에서 잠시 졸았다. 그때 별안간 덩치가 소만한 시커먼 멧돼지 한 마리가 군막으로 뛰어들더니 운장의 발을 덥석 물었다. 크게 노한 운장은 검을 뽑아 단칼에 베어 버렸다. 비명 소리가 비단을 찢는 것만 같았다. 후닥닥 놀라 깨어 보니 꿈이었다. 그런데 괴이하게도 돼지에게 물린 왼발이 은근히 쑤시고 아파 왔다. 부쩍 의심이 나서 운장은 관평을 불러 꿈 이야기를 했다. 관평은 좋은 쪽으로 해몽을 했다.

"돼지에게도 용의 상象이 있습니다. 용이 발에 붙은 것은 날아오르실 징조이니 의심하거나 꺼릴 일이 아닙니다."

관평이 그렇게 말했으나 운장은 막사로 관원들을 불러 다시 꿈 이야기를 하고 길흉을 물었다. 어떤 사람은 길조라고 하고 다른 사람은 상서롭지 못한 조짐이라고 하며 의견이 일치하지 않았다. 운장이 한마디로 잘랐다.

"대장부 나이 예순이 가까운데 지금 죽은들 무슨 유감이 있겠는가?"

한참 이야기를 하고 있는데 촉에서 보낸 사신이 왔다. 운장을 전장군前將軍으로 임명하고 절월節鉞을 내리니 형양 아홉 군의 일을 총괄하라는 한중왕의 지시였다. 운장이 명을 받으니 관원들이 모두 절을 올리며 축하했다.

"돼지 상을 한 용의 징조가 드러난 것이라 할 수 있습니다."

이에 운장은 의심을 털어 내고 편안한 마음으로 군사를 일으켜 양양 대로로 나아갔다.

이때 조인은 성안에 있었는데 운장이 직접 군사를 거느리고 온다는 보고가 들어왔다. 조인은 깜짝 놀라 성을 굳게 지키면서 나가지 않으려 했다. 그런데 부장 적원翟元이 말했다.

"지금 위왕께서는 장군에게 동오와 약속하고 함께 형주를 치라고 하셨습니다. 지금 그가 제 발로 찾아왔으니 이는 죽여 달라는 것입니다. 어째서 피하려 하십니까?"

그러나 참모 만총은 만류했다.

"나는 운장이 용맹하면서도 지모가 있다고 알고 있소. 가볍게 대적할 상대가 아니오. 굳게 지키는 게 상책이오."

이번에는 사납고 날랜 장수 하후존夏侯存이 나섰다.

"그건 나약한 서생의 말이오. '물이 밀려오면 흙으로 막고 장수가 다가오면 군사를 보내 막으라'는 말도 듣지 못했소? 우리 군사는 편안히 앉아서 먼 길을 와 피로한 적을 상대하니 이길 수 있소이다."

조인은 그 말을 좇기로 했다. 만총에게 번성을 지키게 하고 자신은 군사를 거느리고 운장을 맞

으러 나갔다. 운장은 조인의 군사가 오는 것을 알고 관평과 요화를 불렀다. 두 장수는 계책을 받고 가서 조인의 군사와 마주하여 둥그렇게 진을 이루었다. 요화가 진 앞으로 말을 몰고 나가 싸움을 걸자 적원이 마주 나왔다. 두 장수가 어우러져 싸운 지 얼마 되지 않아 요화가 패한 척하고 말머리를 돌려 달아났다. 적원이 그 뒤를 따라 몰아쳤다. 형주 군사들은 20리나 물러났다. 그 이튿날 다시 나가서 싸움을 거니 하후존과 적원이 일제히 맞받아 나왔다. 형주 군사들은 또 패해서 달아나고 조인의 군사는 다시 그 뒤를 몰아치며 20여 리쯤 갔다.

이때 별안간 등 뒤에서 함성이 크게 진동하면서 북소리 나팔 소리가 일제히 울려 퍼졌다. 조인이 선두 부대에게 급히 돌아오라고 명령했다. 그러나 등 뒤에서 관평과 요화가 덮쳐들었다. 조인의 군사는 큰 혼란에 빠졌다. 적의 계교에 떨어진 것을 안 조인은 우선 한 부대의 군사를 뽑아 나는 듯이 양양으로 달려갔다. 성에서 몇 리쯤 떨어진 곳에 당도했을 때였다. 앞쪽 수놓은 깃발이 나부끼는 곳에 운장이 말을 멈추고 청룡도를 가로 든 채 길을 막고 있었다. 조인은 가슴이 덜컹 내려앉아 감히 대들어 싸워 보지도 못하고 양양으로 향하던 길을 비스듬히 꺾어 달아났다. 운장은 쫓지 않았다.

조금 있으려니 하후존이 군사를 이끌고 도착했다. 하후존은 운장을 보자 크게 화를 내며 덤벼들었다. 그러나 단 한 합 만에 운장의 칼에 찍혀 죽었다. 적원은 곧바로 달아났으나 뒤쫓아 온 관평이 단칼에 베어 버렸다. 승세를 타고 뒤를 몰아치니 조인의 군사는 태반이 양강襄江에 빠져 죽었다. 조인은 번성으로 군사를 물려 지켰다.

양양을 얻은 운장은 군사들에게 상을 내리고 백성을 어루만졌다.

수군사마隨軍司馬 왕보王甫가 말했다.

"장군께서 한번 출전에 양양을 함락시켰으니 조인의 군사는 질겁했을 것입니다. 그러나 지금 동오의 여몽이 육구陸□에 주둔하며 호시탐탐 형주를 삼키려 하고 있는데 만약 그가 군사를 거느리고 곧장 형주를 치면 어떻게 하시겠습니까?"

운장이 대답했다.

"나 역시 그 생각을 했네. 자네가 그 일을 맡아서 처리해 주게. 장강 연안을 따라 혹은 20리 혹은 30리 간격으로 높은 언덕을 골라 봉화대를 하나씩 설치하고 한 군데에 50명씩의 군사를 두어 지키도록 하라. 만약 동오의 군사가 강을 건너오면 밤에는 불을 밝히고 낮에는 연기를 올려 신호하게 하라. 그러면 내가 직접 가서 물리칠 것이다."

왕보가 또 다른 걱정을 했다.

"미방과 부사인이 두 군데 요충지를 지키고 있습니다마는 전력을 다하지 않는 것 같습니다. 다른 사람을 골라 형주를 총괄하게 해야 할 것입니다."

운장은 대수롭지 않게 여겼다.

"내 이미 치중治中 반준潘濬을 그곳으로 보내 지키게 했네. 무슨 근심할 일이 있겠는가?"

"반준은 평소 시기심이 많고 이득을 좋아하니 중임을 맡겨서는 안 됩니다. 군전도독 양료관軍前都督糧料官 조루趙累를 보내시지요. 조루는 충직하니 이 사람을 쓰신다면 만에 하나도 실수가 없을 것입니다."

운장은 귀찮다는 투로 대꾸했다.

“나도 평소 반준의 사람됨을 잘 알고 있지만 이미 보내기로 한 이상 바꿀 필요는 없네. 조루가 맡고 있는 군량과 말먹이 풀 역시 중요한 일이니 그대는 너무 의심하지 말고 가서 봉화대나 쌓도록 하게.”

왕보는 불편한 마음으로 운장과 하직하고 떠났다. 운장은 관평에게 번성을 치기 위해 양강을 건널 선박을 준비하라고 명했다.

한편 두 명의 장수를 꺾이고 물러가서 번성을 지키던 조인이 만총에게 물었다.

“공의 말씀을 듣지 않다가 전투에 패하여 장수를 잃고 양양을 빼앗겼소. 이 일을 어떻게 했으면 좋겠소?”

만총이 대답했다.

“운장은 호랑이 같은 장수에다 지모까지 넘치니 가벼이 대적할 수 없습니다. 오직 굳게 지키는 것이 좋겠소이다.”

이렇게 의논하고 있는데 운장이 강을 건너 번성을 치러 온다는 보고가 들어왔다. 조인이 크게 놀라자 만총이 권했다.

“그저 굳게 지키십시오.”

부하 장수 여상呂常이 분연히 나섰다.

“저에게 군사 수천 명만 주시면 양강에서 적을 막아 보겠습니다.”

만총이 말렸다.

“아니 되오.”

여상이 발끈 화를 내며 반박했다.

“당신네 문관들은 그저 굳게 지키자고만 하는데 그래서야 어떻게 적을 물리치겠소? 병법에 ‘적이 물을 반쯤 건넜을 때 치라’고 했소. 지금 운장의 군사가 양강을 반쯤 건넜는데 어째서 나가 치지 않는단 말이오? 적군이 성 밑에 이르고 적장이 해자 곁에 당도하면 막아 내기는 대단히 어려울 것이오."

조인은 즉시 여상에게 군사 2천 명을 주어 번성에서 나가 적을 맞아 싸우도록 했다. 여상이 강어귀로 나와 보니 앞쪽에 수놓은 깃발이 양편으로 갈라지면서 운장이 청룡도를 들고 말을 타고 나타났다. 여상은 마주 나가 싸우려고 했지만 뒤따르던 군사들은 늠름한 운장의 위풍을 보고는 싸우지도 않고 지레 달아났다. 여상이 고함을 지르며 제지했지만 달아나는 그들을 막을 방도가 없었다. 운장은 적병을 마구 쳐 죽이며 밀고 들어왔다. 조조의 군사들은 크게 패하고 기병과 보병을 태반이나 잃었다. 나머지 패잔병들은 걸음아 날 살려라 하고 번성으로 달려 들어갔다. 조인은 급히 사람을 보내 조조에게 구원을 청했다. 사자는 밤낮 없이 장안으로 달려가 조조에게 글을 올리고 아뢰었다.

"운장이 양양을 함락하고 지금은 번성을 포위하여 사태가 매우 위급합니다. 어서 대장을 보내 구원해 주십시오."

조조가 반열 가운데 한 사람을 가리키며 명했다.

"그대가 가서 번성의 포위를 풀도록 하라."

조조의 말을 받아 그 사람이 선뜻 나섰다. 모두들 보니 우금이었다. 우금이 말했다.

"장수 한 사람을 선봉으로 삼아 함께 갔으면 합니다."

조조가 사람들에게 물었다.

"누가 선봉이 되겠는가?"

한 사람이 분연히 나섰다.

"제가 견마犬馬의 수고를 다하여 관 아무개를 사로잡아 휘하에 바치고자 합니다."

조조는 그 사람을 보자 대단히 기뻐했다. 이야말로 다음 대구와
같다.

동쪽의 오는 아직 틈도 엿보지 않았는데 /
북쪽의 위가 먼저 군사를 더 보태는구나.
未見東吳來伺隙　先看北魏又添兵

이 사람은 누구일까, 다음 회를 보라.

74

방덕을 죽이고 우금을 사로잡다

방영명은 관을 준비하여 결사전을 벌이고
관운장은 강물을 터뜨려 칠군을 빠뜨리다
龐令明擡櫬決死戰　關雲長放水淹七軍

조조는 우금을 번성으로 보내 조인을 구원하게 하면서 장수들에게
누가 선봉이 되겠느냐고 물었다. 그 물음에 맞추어 한 사람이 가겠노
라고 나섰다. 조조가 보니 바로 방덕이었다.
조조는 크게 기뻐했다.

"관 아무개가 중원에 위엄을 떨치며 아직 적수를 만
나지 못했다. 그런데 이제 영명令明을 만났으니
참으로 강적이 되겠군!"

조조는 마침내 우금을 정남장군征南將軍, 방
덕을 정서도선봉征西都先鋒으로 임명하고 크게 칠
군七軍을 일으켜 번성으로 진군하게 했다. 칠군은
모두 강맹한 북방 군사로만 구성된 부대다. 두 장교
가 통솔하는데 하나는 동형董衡이요 다른 하나는 동
초董超였다. 이날 그들은 각각 두목들을 데리고 와서
우금에게 인사를 올렸다. 동형이 우금에게 말했다.

"지금 장군께서는 일곱 갈래나 되는 엄청난 병력을 거느리고 번성의 위기를 풀어 주러 가시면서 필승을 다짐하고 있습니다. 그런데 방덕을 선봉으로 삼다니 그러다가 일을 그르치지 않겠습니까?"

우금은 흠칫 놀라며 까닭을 물었다. 동형이 말했다.

"방덕은 원래 마초의 부장이었는데 사태가 부득이하여 위에 항복한 사람입니다. 지금 그의 옛 주인은 촉의 오호상장으로 있고 그의 친족 형 방유麚夭 또한 서천에서 벼슬을 하고 있습니다. 지금 저 사람을 선봉으로 삼는 것은 불을 끄겠다면서 기름을 뿌리는 격입니다. 위왕께 고하여 다른 사람으로 바꾸는 게 어떻겠습니까?"

우금은 그날 밤 당장 승상부로 들어가 조조에게 아뢰었다. 조조도 그제야 깨닫고 즉시 방덕을 불러 선봉의 인수를 반납하라고 했다. 크게 놀란 방덕이 조조에게 물었다.

"저는 지금 대왕을 위하여 힘을 다하려 하는데 어째서 저를 쓰지 않으려 하십니까?"

조조가 대답했다.

"내 그대를 의심하는 건 아니네. 그러나 지금 마초가 서천에 있고 그대의 형 방유 역시 서천에 있으면서 둘 다 유비를 보좌하고 있네. 나는 의심하지 않는다 해도 여러 사람의 입을 어찌 막겠는가?"

이 말을 듣고 방덕은 관을 벗더니 계단에다 머리를 짓찧으며 조아렸다. 온 얼굴에 피를 줄줄 흘리면서 호소했다.

"저는 한중에서 대왕께 투항한 이래 항상 대왕의 두터운 은혜에 감격하여 비록 간과 뇌수를 땅에 바른다 할지라도 보답하지 못할 것이라 생각해 왔습니다. 대왕께서 어찌 저를 의심하십니까? 저는 예전에 고향에서 형과 함께 살았는데 형수가 워낙 어질지 못해 어느 날

술김에 그 여자를 죽였습니다. 형은 그 일로 원한이 골수에 사무쳐 다시는 저를 보지 않겠다고 맹세했지요. 그러니 형제의 정은 이미 끊어졌습니다. 옛 주인 마초도 용맹하기만 하고 꾀가 없어 싸움에 패하고 땅을 잃고는 홀로 서천으로 달아났습니다. 지금은 각기 다른 주인을 섬기고 있으니 그와의 의리도 벌써 끊어졌습니다. 저는 대왕의 깊은 은혜를 입고 있는데 어찌 감히 다른 뜻을 품겠습니까? 대왕께서는 굽어 살피소서."

조조는 즉시 방덕을 부축해 일으키며 위로했다.

"내 평소 경의 충의를 알고 있었다. 좀 전에 한 말은 단지 여러 사람을 안심시키려고 한 것뿐이니 경은 더욱 노력하여 공을 세우라. 경이 나를 저버리지 않는 한 나도 경을 저버리지 않을 것이다."

방덕은 절하여 감사하고 집으로 돌아와서 목수에게 관椊을 하나 짜게 했다. 이튿날 친구들을 불러 모으고는 대청에 관을 내다 놓으니 친구들이 모두 놀라서 물었다.

"장군이 전쟁터에 나가는 마당에 이런 상스럽지 못한 물건은 어디에 쓰려오?"

방덕은 술잔을 들고 친구들에게 말했다.

"나는 위왕의 두터운 은혜를 입었으니 맹세코 죽음으로 보답할 것이오. 이제 번성으로 가서 관 아무개와 결전을 벌일 텐데 내가 그자를 죽이지 못하면 그자의 손에 내가 죽을 것이오. 그자의 손에 죽지 않더라도 내 스스로 목숨을 끊을 것이오. 그래서 미리 관을 준비하여 절대로 그냥 돌아오지는 않겠다는 결심을 보이는 것이오."

사람들은 모두가 찬탄을 금하지 못했다. 방덕은 아내 이씨李氏와 아들 방회龐會를 불러 놓고 아내에게 일렀다.

庞德冷箭射关羽

진명대 그림

"내 이제 선봉이 되었으니 의리로 보아 싸움터에서 목숨을 바쳐야 할 것이오. 내가 죽으면 당신이 내 아들을 잘 길러 주시오. 내 아들의 생김새가 범상치 않으니 장성하면 반드시 나를 위해 원수를 갚아 줄 것이오."

아내와 아들은 목 놓아 울면서 배웅했다. 방덕은 부하들에게 관을 지고 가도록 했다. 떠나기에 앞서 방덕이 수하의 장수들에게 일렀다.

"나는 이번에 가면 관 아무개와 죽기를 각오하고 싸울 것이다. 내가 관 아무개의 손에 죽으면 자네들은 내 시신을 이 관에 넣도록 하라. 내가 관 아무개를 죽인다면 나 역시 그의 머리를 이 관에 담아 와서 위왕께 바칠 작정이다."

수하의 장수 5백 명이 일제히 소리쳤다.

"장군께서 이처럼 충성스럽고 용감하신데 저희들이 어찌 감히 힘을 다해 도와 드리지 않겠습니까?"

이리하여 방덕은 군사를 이끌고 진군했다. 어떤 사람이 이 말을 조조에게 보고하자 조조는 매우 기뻐했다.

"방덕의 충성과 용맹이 이러한데 내 무엇을 걱정할 것인가!"

가후가 염려했다.

"방덕이 혈기 넘치는 용맹만 믿고 관 아무개와 결사전을 벌이려 하니 신은 걱정됩니다."

조조는 그 말을 옳게 여기고 급히 방덕에게 사람을 보내 타일렀다.

"관 아무개는 지모와 용기를 함께 갖추었으니 절대로 가벼이 대적해서는 안 된다. 칠 만하면 치되 칠 수 없으면 조심스레 지키도록 하라."

조조의 명령을 들은 방덕은 장수들에게 말했다.

"대왕께서는 어찌 이처럼 관 아무개를 중시하신단 말인가? 내 요량 컨대 이번에 가면 관 아무개의 30년 쌓은 명성도 꺾이고 말 것이오."

우금이 경계했다.

"위왕의 말씀이니 따라야 하오."

방덕은 분연히 군사를 재촉해서 번성으로 나아가는데 무력을 뽐내고 위풍을 자랑하면서 징을 울리고 북을 두드렸다.

한편 관공이 장막 안에 앉아 있는데 정찰병이 급보를 올렸다.

"조조가 우금을 대장으로 파견하여 일곱 갈래의 건장한 정예군을 거느리고 오고 있습니다. 전부 선봉 방덕은 나무 관을 앞세우고 맹세코 죽음을 불사하고 장군과 결전을 벌이겠다는 불손한 말을 지껄인다고 합니다. 적병은 성 앞 30리 지점까지 당도했습니다."

관공은 낯빛이 변하면서 아름다운 수염이 부르르 떨릴 정도로 무섭게 노해 소리쳤다.

"천하의 영웅들이 내 이름만 듣고도 두려워하며 복종하지 않는 자가 없거늘 방덕 같은 더벅머리 녀석이 어찌 감히 나를 우습게 본단 말이냐? 관평! 너는 계속 번성을 공격하라. 내 직접 가서 그 하찮은 놈의 목을 베어 분을 풀 것이다!"

관평이 만류했다.

"아버님께서는 태산처럼 중한 몸이신데 어찌 한낱 돌멩이 같은 자와 기량을 다투신단 말씀입니까? 불초 소자가 아버님을 대신해 방덕을 상대하겠습니다."

관우가 일렀다.

"그럼 네가 한번 가 보아라. 내 곧 뒤따라가서 후원하겠다!"

관평은 군막에서 나가는 즉시 칼을 들고 말에 오르더니 군사를 거느리고 방덕과 싸우러 나갔다. 양편 군사들이 마주 보며 둥그렇게 진을 쳤다. 위군 영채에서 검은 깃발 한 폭이 펄럭이는데 흰 글씨로 '남안 방덕南安龐德'이란 네 글자가 큼직하게 적혀 있었다. 푸른 전포에 은빛 갑옷을 걸친 방덕은 강철 칼을 들고 백마를 타고 진 앞에 우뚝 섰다. 등 뒤에는 5백 명의 군사가 바싹 따르고 보졸 몇 명이 어깨에 관을 메고 나왔다.

관평이 방덕에게 크게 욕설을 퍼부었다.

"주인을 배반한 도적놈아!"

방덕이 수하의 병졸들에게 물었다.

"저게 웬 놈이냐?"

병졸 하나가 대답했다.

"관공의 양자 관평입니다."

방덕이 외쳤다.

"나는 위왕의 명을 받들고 네 아비의 머리를 가지러 왔다. 너는 대가리에 부스럼도 낫지 않은 어린놈이니 내 너를 죽이지는 않겠다. 냉큼 네 아비를 불러오너라."

크게 노한 관평은 칼을 휘두르며 말을 달려 방덕에게 덤벼들었다. 방덕은 칼을 가로 들고 맞받아 나왔다. 두 사람은 30합을 싸웠으나 승부가 나지 않았다. 양편에서 각기 장수들을 불러들여 쉬게 했다.

어느새 관공에게 이 사실을 보고한 사람이 있었다. 크게 노한 관공은 요화를 시켜 번성을 치게 하고 자신이 직접 방덕과 대적하러 왔다. 관평이 관공을 맞이하면서 방덕과 싸웠지만 승부를 가르지 못했다고 아뢰었다. 관공은 즉시 청룡도를 가로 들고 말을 달려 나가며 고함을 쳤다.

"관운장이 여기 있다! 방덕은 어찌하여 빨리 나와 목숨을 바치지 않느냐?"

북소리가 크게 울림과 동시에 방덕이 말을 달려 나오며 소리쳤다.

"나는 위왕의 명을 받들어 특별히 너의 머리를 가지러 왔다! 네가 믿지 않을 듯하여 여기 관을 준비했느니라. 죽음이 두려우면 속히 말에서 내려 항복하라!"

관공이 크게 욕설을 퍼부었다.

"네 따위 필부 녀석에게 무슨 재주가 있겠느냐? 쥐새끼 같은 도적놈을 베기에는 내 청룡도가 아깝구나!"

관공은 말을 달려 청룡도를 휘두르며 방덕에게 덤벼들었다. 방덕도 칼을 휘두르며 마주 나왔다. 두 장수는 한데 엉겨 1백 합이 넘도록 싸웠지만 정신은 배나 더 또렷해졌다. 양편 군사들은 그 광경을 구경하느라 모두 얼이 빠져 있었다. 위군 측에서 방덕이 실수하지나 않을까 염려하여 급히 징을 울려 군사를 거두었다. 관평 역시 부친의 나이를 염려하여 급히 징을 쳤다. 두 장수는 각기 물러갔다. 영채로 돌아온 방덕이 여러 사람에게 말했다.

"사람들이 관공을 영웅이라더니 오늘에야 그 말을 믿게 되었소."

이때 마침 우금이 찾아왔다. 서로 인사를 하고 나서 우금이 권했다.

"들자니 장군이 관공과 싸워 1백 합을 넘기고도 우세를 차지하지 못했다던데 어째서 잠시 군사를 물려 피하지 않소?"

방덕이 분연히 말했다.

"위왕께서는 장군을 대장으로 삼으셨는데 어찌 이다지도 약하게 구시오? 나는 내일 관 아무개와 목숨을 걸고 싸울 것이오. 맹세코 물러서거나 피하지 않을 것이오."

우금은 감히 막지 못하고 돌아갔다.

이때 관공도 영채로 돌아가 관평에게 말했다.

"방덕의 칼 쓰는 법이 능숙하여 참으로 내 적수가 될 만하더구나."

관평이 말했다.

"속담에 '하룻강아지 범 무서운 줄 모른다'고 했습니다. 아버님께서 설사 그자를 베신다 해도 단지 서강의 일개 졸개 하나를 죽인 것일 뿐입니다. 그러나 만에 하나라도 실수가 생긴다면 백부님께서 부탁하신 바를 소홀히 하시게 될 것입니다."

관공이 말했다.

"내가 이자를 죽이지 않고서야 어떻게 분을 풀겠느냐? 내 뜻은 이미 결정되었으니 더 이상 여러 말 말아라!"

이튿날 관공은 말에 올라 군사를 이끌고 앞으로 나아갔다. 방덕 역시 군사를 인솔하여 마주 나왔다. 양편이 서로 마주 보고 둥그렇게 진을 이루었다. 두 장수는 일시에 나오더니 말 한마디 없이 다짜고짜 말을 달려 맞붙었다. 싸움이 50여 합에 이르자 방덕이 말머리를 돌리더니 칼을 끌며 달아났다. 관공이 뒤따라 쫓아갔다. 부친에게 실수가 있지나 않을까 염려한 관평 역시 뒤따라 쫓아갔다. 관공은 크게 소리를 지르며 욕설을 퍼부었다.

"방가 도적놈! 네가 타도계拖刀計를 쓸 모양이다만 내 어찌 너를 두려워하겠느냐?"

이때 방덕은 짐짓 타도계를 쓰는 척 칼을 말안장에 걸었다. 그러고는 슬며시 조궁雕弓을 끌어당겨 살을 메기더니 시위를 당겼다. 눈치 빠른 관평은 방덕이 활시위 당기는 걸 보고 큰소리로 외쳤다.

"적장은 비겁하게 화살을 날리지 말라!"

관공이 급히 눈을 부릅뜨는 찰나 시위 소리와 함께 화살이 날아들었다. 미처 몸을 피할 사이도 없이 화살은 곧바로 관공의 왼팔에 박히고 말았다. 관평이 달려와 부친을 구해 영채로 돌아갔다. 방덕이 잽싸게 말머리를 돌려 칼을 휘두르며 관평의 뒤를 쫓는데 방덕의 진에서 징소리가 요란스레 울렸다. 방덕은 후군에 무슨 일이라도 생긴 줄만 알고 급히 말머리를 돌려 돌아갔다. 그러나 징은 우금이 친 것이었다. 우금은 방덕이 활을 쏘아 관공을 맞히는 걸 보고 그가 큰 공을 세우면 자신의 위풍이 떨어질 게 겁나서 징을 울려 군사를 거둬들

인 것이었다. 말을 돌려 영채로 돌아온 방덕이 물었다.

"어째서 징을 울렸소?"

우금이 대답했다.

"위왕께서 관공은 지모와 용맹을 겸비했다고 경계하셨소. 비록 화살에 맞았다지만 속임수가 있을지 모르므로 징을 울려 군사를 거둔 것이오."

방덕은 안타까워서 소리쳤다.

"군사를 거두지 않았으면 내 이미 그자의 목을 잘랐을 것이오."

우금이 능청스레 대꾸했다.

황전창 그림

"서둘러서 좋은 게 없는 법이오. 천천히 도모해야 하오."

우금의 속셈을 알 길이 없는 방덕은 기회를 놓친 것만 안타까워했다.

한편 관공은 영채로 돌아와 화살촉을 뽑았다. 다행히 깊이 박히지는 않아서 금창약金瘡藥을 바르고 싸맸다. 그러나 관공은 방덕에게 당한 게 못내 분해서 장수들을 보고 다짐했다.

"내 맹세코 이 화살 맞은 원수를 갚고야 말리라!"

장수들이 말했다.

"장군께서는 우선 며칠 동안 편안히 쉬십시오. 그런 뒤에 싸워도 늦지 않을 것입니다."

이튿날 병사가 방덕이 군사를 거느리고 와서 싸움을 건다고 보고했다. 관공은 즉시 나가서 싸우려 했다. 그러나 장수들이 나가지 못하게 붙들었다. 방덕은 병졸들을 시켜 욕설을 퍼붓게 했다. 관평은 요충을 지키면서 관공에게는 알리지 못하도록 장수들을 단속했다. 방덕은 10여 일을 두고 싸움을 걸었지만 아무도 나오지 않자 우금과 상의했다.

"보아하니 관공은 화살 맞은 상처가 도져 움직이지도 못하는 것 같소. 이 기회를 타고 칠군이 한꺼번에 영채를 들이치면 번성의 포위를 풀 수 있을 것이오."

우금은 방덕이 공을 세울까 두려운 나머지 위왕의 경고만을 내세우며 군사를 움직이려 하지 않았다. 방덕은 몇 번이나 군사를 출동시키려 했지만 우금이 들어 주지 않고 도리어 7군을 이동시켜 산 어귀를 지나 번성 북쪽 10리 되는 곳까지 물러나 산을 의지하고 영채를 세웠다. 우금은 자신이 직접 큰길을 가로막고 방덕의 군사는 골짜기

뒤편에 주둔하게 했다. 방덕이 군사를 진격시켜 공을 세우는 걸 방지하려는 조치였다.

한편 관평은 화살 맞은 관공의 상처가 아무는 것을 보고는 대단히 기뻐했다. 그런데 우금이 7군을 번성 북쪽으로 이동하여 영채를 세웠다는 소식이 들려왔다. 그는 적이 무슨 꾀를 쓰려는 것인지 몰라 이 일을 관공에게 보고했다. 관공은 말에 올라 몇 기의 기병만을 데리고 높은 언덕으로 올라갔다. 번성 성벽 위에는 깃발들이 정연하지 못하고 군사들도 허둥대며 혼란스러운데 성 북쪽으로 10리 되는 산골 안에 군마가 주둔한 게 보였다. 다시 양강 쪽을 바라보니 물살이 매우 급했다. 한참을 살펴보던 관공은 길잡이를 맡은 향도관響導官을 불러 물었다.

"번성 북쪽으로 10리쯤 떨어진 저 골짜기는 이름이 무엇이냐?"

"증구천罾口川입니다."

관공은 크게 기뻐하며 말했다.

"우금은 반드시 내 손에 사로잡힐 것이다."

장수들이 물었다.

"장군께서는 그걸 어떻게 아십니까?"

관공이 대답했다.

"물고기가 삼태그물 아가리로 들어갔으니* 어찌 오래 버틸 수 있겠느냐?"

그러나 장수들은 그 말을 믿지 않았다. 관공은 본채로 돌아왔다. 때는 8월 가을철인데 며칠째 소나기가 쏟아졌다. 관공은 사람들을

---

*물고기가……들어갔으니 | 물고기 '어魚'와 우금의 '우于'는 중국어로 음이 같다. '증罾'은 삼태그물.

시켜 배와 뗏목을 준비하고 물에서 쓸 기구들을 마련하라고 명했다.
관평이 물었다.

"육지에서 대치하고 있는데 물에서 쓰는 기구들은 무엇에 쓰시렵니까?"

관공이 설명했다.

"너는 모를 것이다. 우금이 7군을 넓고 평탄한 곳에 주둔시키지 않고 험하고 좁은 증구천에다 모아 두지 않았느냐? 바야흐로 며칠째 가을비가 내렸으니 틀림없이 양강의 물이 불어서 넘칠 것이다. 내 이미 사람들을 보내 각처의 물목을 막아 놓게 했다. 물이 가득 찰 때를 기다렸다가 높은 데로 올라가 배를 타고 물길을 터뜨린다면 번성과 증구천의 군사는 모두 물고기와 자라 밥이 되고 말 것이야."

관평은 절을 할 정도로 탄복했다.

이때 위군은 증구천에 주둔하고 있었는데 연이어 며칠 동안이나 큰비가 그치지 않았다. 독장督將 성하成何가 우금을 찾아와 말했다.

"대군이 증구천 어귀에 주둔하고 있는데 지세가 너무 낮습니다. 비록 토산이 있다고는 하지만 영채에서는 좀 멉니다. 지금 가을비가 계속 내리고 있어 군사들의 고생이 이만저만이 아닙니다. 사람들 말이 요사이 형주 군사들은 높은 언덕으로 옮겼을 뿐 아니라 한수 어귀에 전투용 뗏목들을 준비하고 있다고 합니다. 강물이 불어나면 우리 군사들이 위험해질 것이니 미리 대책을 세우셔야 합니다."

우금은 도리어 꾸짖었다.

"하찮은 녀석이 군심을 어지럽히려 들다니! 더 이상 여러 말을 하는 놈은 목을 자르겠다!"

무안만 당하고 물러간 성하는 방덕을 찾아가 이 사실을 말했다.

방덕은 찬성했다.

"자네 생각이 매우 옳으이. 우장군이 군사를 옮기려 하지 않는다면 내가 거느린 군사만이라도 내일 다른 곳으로 옮겨 주둔하겠네."

두 사람은 의논이 정해졌다. 이날 밤 비바람이 엄청나게 몰아쳤다. 방덕이 군막 안에 앉아 있는데 천군만마가 앞을 다투어 내닫는 소리가 들리며 싸움을 알리는 북소리가 지축을 뒤흔들었다. 방덕은 깜짝 놀라 급히 군막을 나가 말에 올랐다. 그러나 이미 사면팔방으로 큰물이 밀어닥치고 있었다. 7군은 어지러이 도망을 치는데 물결에 휩쓸리고 파도에 말려들어 수도 없이 죽어 갔다. 평지에도 수심이 한 길을 넘길 정도였다. 우금과 방덕은 장수들을 데리고 각기 조그만 산으로 올라가 물을 피했다. 날이 밝을 무렵 관공과 그 수하의 장수들이 깃발을 세우고 북치고 고함지르며 큰 배를 타고 왔다. 우금이 사방을 둘러보니 길은 없고 좌우에 사람이라곤 겨우 5,60명뿐이었다. 우금은 달아날 길이 없음을 알고 소리쳤다.

"항복하겠소!"

관공은 우금과 그 부하들의 갑옷을 모두 벗기고 배 안에 가두게 했다. 그런 다음 방덕을 잡으러 나섰다. 이때 방덕은 동형, 동초, 성하와 갑옷도 입지 못한 보졸 5백 명을 데리고 둑 위에 서 있었다. 관공이 오는 것을 보고도 방덕은 전혀 두려운 기색 없이 분연히 앞으로 나가 싸우려 했다. 관공은 배를 풀어 사면으로 에워쌌다. 군사들이 일제히 활을 쏘니 위군은 태반이 화살에 맞아 죽었다. 동형과 동초는 형세가 위급한 것을 보고 방덕에게 말했다.

"군사의 태반이 죽거나 다쳤고 달아날 길도 없습니다. 차라리 항복합시다."

방덕은 크게 노했다.

"내가 위왕의 두터운 은혜를 입었거늘 어찌 다른 사람에게 절의를 굽힌단 말이냐?"

그는 직접 칼을 휘둘러 동형과 동초의 목을 베어 버리고 사나운 음성으로 호령했다.

"다시 항복을 말하는 자는 이 두 놈 꼴이 될 것이다!"

이에 모든 사람이 힘을 떨쳐 적을 막았다. 동틀 무렵부터 싸우기 시작해서 한낮이 되었지만 용기와 힘은 갑절이나 늘어났다. 관공은 사방의 군사들을 재촉해서 맹공을 펼쳐 화살과 돌을 비 오듯 쏟아 부었다. 방덕은 군사들에게 짧은 무기를 들고 근접전을 펼치라고 명했다. 그러고는 성하를 돌아보며 말했다.

"용맹한 장수는 죽음을 겁내어 구차히 피하지 않고 장사는 절개를 굽혀 살 길을 찾지는 않는다고 했네. 오늘은 내가 죽는 날일세. 자네도 힘을 다해 죽기로써 싸우세."

성하는 명령을 받고 앞으로 나아갔지만 관공이 쏜 화살을 맞고 물속으로 거꾸러졌다. 군사들은 모두 항복하고 오직 방덕 혼자만 사력을 다해 싸웠다. 이때 마침 형주 군사 수십 명이 작은 배를 타고 제방 가까이 다가왔다. 방덕은 칼을 들고 몸을 훌쩍 날려 눈 깜짝할 사이에 작은 배로 오르더니 단숨에 10여 명을 베어 죽였다. 나머지는 모두 배를 버리고 물속으로 뛰어들어 목숨을 건졌다. 방덕은 한 손에 칼을 들고 다른 손으로는 짧은 노를 저으며 번성을 향하여 달아나려했다. 그러나 이때 상류에서 한 장수가 큰 배를 몰고 내려와서는 방덕이 탄 배를 그대로 들이받았다. 조그만 배가 뒤집어지면서 방덕은 물속에 떨어지고 말았다. 배 위의 장수가 물속으로 뛰어들더니 방덕을 사로잡아 배로 끌어올렸다.

　모두들 보니 방덕을 사로잡은
사람은 주창이었다. 주창은 본
래부터 물을 잘 알았는데 형주
에서 지내는 몇 년 사이에 더욱
숙련되었다. 더구나 힘까지 세었
기 때문에 손쉽게 방덕을 사로잡을 수
있었던 것이다. 우금이 거느리던 7군은
모두 물에 빠져 죽고 헤엄을 칠 줄 아는
자들 역시 갈 길이 없어졌다고 여겨 모두 투항했다. 후세 사람이 지
은 시가 있다.

한밤의 북소리 천지에 진동하니 /
번성 주위의 평지가 깊은 연못 되었네. //
관공의 신기묘산 누가 능히 당해 내리 /
중원을 뒤흔든 명성 만고에 전하누나.
夜半征鼙響震天, 襄樊平地作深淵. 關公神算誰能及, 華夏威名萬古傳.

　관공은 높은 언덕으로 돌아와 군막 윗자리에 앉았다. 도수刀手들
이 우금을 압송해 왔다. 우금은 땅에 엎드려 살려 달라고 애걸했다.
관공이 물었다.

　"네 어찌 감히 나에게 대항했느냐?"

　우금은 비굴하게 대답했다.

　"윗분의 명을 받고 온 것이지 자의로 한 일이 아니올시다. 군후께

서 가엾게 여겨 주신다면 맹세코 죽음으로써 보답하겠습니다."

관공은 수염을 움켜잡고 껄껄 웃었다.

"너를 죽이는 것은 개돼지를 죽이는 것이나 마찬가지라 공연히 무기만 더럽힐 뿐이다!"

관공은 우금을 포박하여 형주로 보내 큰 감옥에 가두고 처분을 기다리게 했다.

"내가 돌아가서 따로 처리하겠다."

우금을 보낸 관공이 이번에는 방덕을 끌고 오라고 했다. 방덕은 눈을 부릅뜬 채 버티고 서서 무릎을 꿇지 않았다. 관공이 물었다.

"네 형이 지금 한중에 있고 옛 주인 마초 역시 촉에서 대장으로 있다. 그런데 너는 어찌하여 일찌감치 항복하지 않았느냐?"

방덕은 크게 노했다.

"내 차라리 칼 아래 죽을지언정 어찌 너에게 항복하겠느냐?"

방덕은 욕설을 그치지 않았다. 크게 화가 난 관공은 도부수들을 호령하여 방덕을 끌어내어 목을 자르라고 명했다. 방덕은 목을 길게 늘이고 형을 받았다. 관공은 그를 가엾게 여겨 묻어 주었다. 그런 다음 전선에 올라 아직 빠지지 않은 물길을 타고 대소 장교들을 이끌고 번성을 공격하러 갔다.

한편 번성 주위에는 흰 물결이 도도히 밀려와 하늘에 닿을 듯했다. 물살은 갈수록 거세지고 물에 젖은 성벽이 서서히 무너져 내렸다. 성안의 백성들이 흙을 지고 벽돌을 날랐지만 도저히 막아 낼 수가 없었다. 장수들은 간담이 떨어져 황급히 조인에게 달려와 그 사실을 알렸다.

"오늘의 위험은 사람의 힘으로는 구할 수 없습니다. 적군이 당도하기 전에 밤중에 배를 타고 달아나야 합니다. 그러면 성은 잃더라도 목숨만은 건질 수 있습니다."

조인이 그 말을 받아들여서 달아날 배를 준비하는데 만총이 만류했다.

"안 됩니다. 산골 물이 갑자기 밀려든 것뿐인데 오래 갈 리 있겠습니까? 열흘이 되지 않아 저절로 빠질 것입니다. 관공은 아직 성을 공격하지 않고 다른 장수를 겹하郟下로 보냈습니다. 그가 섣불리 진격하지 못하는 것은 우리 군사가 배후를 습격할 게 두려워서입니다. 지금 성을 버리면 황하 이남은 더 이상 나라의 소유가 되지 못할 것입니다. 장군께서는 이 성을 굳게 지켜서 나라의 울타리가 되게 하십시오."

조인은 두 손을 모아 잡고 감사했다.

"백녕伯寧의 가르침이 아니었다면 대사를 그르칠 뻔했구려."

그는 바로 백마를 타고 성으로 올라가 장수들을 모아 놓고 맹세했다.

"나는 위왕의 명령을 받아 이 성을 지키고 있다. 성을 버리고 달아나자고 하는 자는 목을 칠 것이다!"

장수들도 모두 소리쳤다.

"저희들도 죽음으로 성을 지키겠습니다!"

조인은 크게 기뻐하며 성 위에 수백 벌의 활과 쇠뇌를 설치했다. 군사들은 밤낮으로 지키며 긴장을 늦추지 않았고 성안의 백성들도 늙은이와 어린아이들까지 나서서 흙과 돌을 져다가 허물어진 곳을 메웠다. 열흘이 되지 않아 물은 차츰 빠져나갔다.

관공이 위의 장수 우금의 무리를 사로잡자 그 위엄이 천하에 크게 떨쳐 놀라지 않는 사람이 없었다. 그럴 즈음 둘째 아들 관흥關興이 부친을 보러 영채로 찾아왔다. 관공은 관원들의 공을 기록한 문서를 관흥에게 주며 성도로 가서 한중왕을 뵙고 각자의 승진을 청하게 했다. 관흥은 부친과 작별하고 곧장 성도를 향해 떠났다.

관공은 군사를 나누어서 절반은 겹하로 보내고 자신은 직접 나머지를 거느리고 사면에서 번성을 공격했다. 이날 관공은 북문에 이르러 말을 세우고 채찍을 들어 가리키며 물었다.

"이 쥐새끼 같은 놈들! 일찌감치 항복하지 않고 언제까지 기다릴 셈이냐?"

이때 조인은 적루 위에 있었는데 관공이 엄심갑만 걸친 채 녹색 전포를 비스듬히 걷어 올리는 것을 보았다. 그는 즉시 궁노수 5백 명에게 일제히 살을 날리게 했다. 관공이 급히 말머리를 돌리려는 찰나였다. 오른팔에 쇠뇌 살이 한 발 적중하고 말았다. 관공은 그대로 몸을 뒤집으며 말에서 떨어졌다. 이야말로 다음 대구와 같다.

칠군을 물속으로 빠뜨려서 혼을 빼놓자마자 /
성안에서 날아온 화살 한 대에 몸을 상하네.
水裏七軍方喪膽　城中一箭忽傷身

관공의 생명은 어찌될 것인가, 다음 회를 보라.

75

뼈를 깎아 화살 독을 치료하다

관운장은 뼈를 깎아 독을 치료하고
여자명은 흰옷 입고 장강을 건너다
關雲長刮骨療毒　呂子明白衣渡江

관공이 말에서 떨어지는 걸 본 조인은 즉시 군사를 이끌고 성에서 돌격해 나왔으나 관평에게 한바탕 호되게 당하고 도로 쫓겨 들어갔다. 관공을 구하여 영채로 돌아온 관평은 팔에 꽂힌 살을 뽑았다. 그런데 살촉에 약이 묻어 있었다. 그 독이 이미 뼛속까지 스며들어 오른쪽 팔뚝이 금세 시퍼렇게 부어올라 움직일 수조차 없게 되었다. 관평은 서둘러 장수들과 상의했다.

"아버님께서 이 팔을 못 쓰시게 된다면 어떻게 적과 싸우실 수 있겠소? 잠시 형주로 돌아가 조리하시도록 하는 게 좋겠소이다."

그래서 장수들과 함께 군막으로 들어가 관공을 뵈었다. 관공이 물었다.

"너희들은 무슨 일로 왔느냐?"

여러 사람이 대답했다.

"군후께서 오른팔을 다치셨는데

이대로 적과 맞서다가 상처가 성을 내기라도 하면 적을 무찌르는 데 불편하실까 걱정됩니다. 저희들 생각으로는 잠시 회군하여 형주로 돌아가 조리하시는 게 좋을 듯싶습니다."

관공은 화를 냈다.

"번성 함락이 눈앞에 있다. 나는 번성을 빼앗고 곧바로 진군하여 허도까지 밀고 들어가 역적 조조를 섬멸하고 한나라 황실을 안정시킬 것이다. 어찌 조그만 상처 때문에 대사를 그르친단 말이냐? 너희들이 감히 우리 군사의 사기를 꺾을 작정이냐?"

관평과 장수들은 아무 말도 못하고 물러났다.

장수들은 관공이 군사를 물리려 하지 않을 뿐만 아니라 상처도 낫지 않는 걸 보고 사방으로 수소문하며 명의를 찾았다. 어느 날 한 사람이 강동에서 작은 배를 타고 와서는 곧바로 영채 앞으로 갔다. 하급 장교가 그를 관평에게 데려왔다. 관평이 살펴보니 그 사람은 모난 두건을 쓰고 넓은 옷을 입었는데 팔에는 푸른 주머니를 걸고 있었다. 그 사람은 스스로 이름을 밝혔다.

"저는 패국沛國 초군譙郡 사람으로 이름은 화타이고 자를 원화라고 합니다. 관장군은 천하의 영웅이신데 이번에 독화살을 맞으셨다는 말을 듣고 치료해 드리려고 왔습니다."

관평이 물었다.

"혹시 지난날 동오의 장수 주태를 치료하신 분이 아니십니까?"

화타가 대답했다.

"그렇습니다."

관평은 크게 기뻐하며 즉시 장수들과 함께 화타를 군막으로 인도하여 관공을 보게 했다. 이때 관공은 팔에 통증이 왔지만 군사들의 사기를 꺾을세라 내색하지 않고 있었다. 달리 소일할 거리가 없었던 그는 마침 마량과 마주 앉아 바둑을 두고 있다가 의원이 왔다는 말을 듣고 즉시 불러들였다. 인사가 끝나고 관공이 자리를 권했다. 화타는 차를 마시고 나서 팔을 보여 달라고 했다. 관공은 웃옷을 벗고 팔을 내밀어 화타에게 상처를 보였다. 화타가 말했다.

"이것은 쇠뇌 살에 다친 상처로군요. 살촉에 묻은 오두烏頭(바꽃) 독이 뼛속까지 스며들었습니다. 속히 치료하지 않으면 이 팔은 못 쓰게 될 것입니다."

관공이 물었다.

"어떤 물건으로 고치려 하시오?"

화타가 대답했다.

"제게 고칠 방법이 있습니다만 군후께서 두려워하시지 않을까 그게 염려됩니다."

관공이 웃었다.

"나는 죽음도 집으로 돌아가는 것쯤으로 여기는데 무엇을 두려워하겠소?"

화타가 치료 방법을 설명했다.

"조용한 곳에 기둥을 세우고 거기에 큼직한 고리를 박습니다. 군후께서 그 고리에 팔을 넣으시면 밧줄로 팔을 붙들어 매고 머리에는 이불을 씌울 것입니다. 그런 다음 뾰족한 칼로 살을 갈라 뼈가 드러나면 뼈에 스민 화살 독을 긁어내고 약을 바를 것입니다. 그런 뒤에 다시 상처를 꿰매면 무사할 것입니다. 그러나 군후께서 두려워하실까 걱정입니다."

관공은 웃으며 말했다.

"그렇다면 쉽구먼! 기둥이나 고리가 무슨 필요가 있겠소?"

그러고는 주안상을 마련하게 하여 화타를 대접했다.

관공은 술을 몇 잔 마시고 나서 마량과 바둑을 두면서 화타에게 팔을 내밀어 살을 가르게 했다. 화타는 날카로운 칼을 쥐고 하급 장교에게 팔 아래에 큰 그릇을 받쳐 흐르는 피를 받게 했다. 화타가 말했다.

"제가 곧 손을 쓸 것인데 군후께서는 놀라지 마십시오."

관우가 대꾸했다.

"마음대로 치료하시오. 내 세상의 속된 무리처럼 아픈 것을 두려

두각민 그림

1830

워하겠소?"

화타는 상처에 칼을 대고 살을 갈랐다. 곧바로 뼈가 드러나는데 이미 시퍼렇게 변해 있었다. 화타가 칼로 뼈를 갉아 내자 사각사각 소리가 났다. 막사 안팎에서 보고 있던 사람들은 모두 하얗게 질려 얼굴을 가렸다. 그러나 관공은 술을 마시고 안주를 먹으며 담소하면서 태연히 바둑을 두는데 아픈 기색이라곤 보이지 않았다.

잠깐 사이에 흘러내린 피가 그릇에 가득 찼다. 화타는 뼈에 스민 독을 말끔하게 긁어내고 약을 바른 다음 수술한 자리를 실로 봉합했다. 관공은 껄껄 웃으며 자리에서 일어나 장수들에게 말했다.

"이 팔을 전처럼 마음대로 놀릴 수 있고 통증도 깨끗이 사라졌구면. 선생은 참으로 신의神醫로세!"

화타도 감탄했다.

"저는 한평생 의원 노릇을 했지만 이런 일은 본 적이 없습니다. 군후께서는 참으로 천신天神이십니다!"

후세 사람이 시를 지어 말했다.

병 치료는 반드시 내과와 외과로 나뉘지만 /
세상에는 신묘한 의술 진실로 많지 않네. //
신 같은 위엄으론 관운장 따를 자 드물고 /
성스러운 의술로는 명의 화타를 말하네.
治病須分內外科, 世間妙藝苦無多. 神威罕及惟關將, 聖手能醫說華佗.

관공은 화살 맞은 상처가 낫자 술자리를 마련하여 화타에게 감사의 뜻을 표시했다. 화타가 당부했다.

"화살에 다친 상처는 나았지만 군후께서는 반드시 팔을 아끼셔야 합니다. 절대로 상처를 건드릴 정도로 화를 내지 마십시오. 1백 일이 지난 뒤라야 예전처럼 회복될 것입니다."

관공이 보답으로 금 1백 냥을 주려 했지만 화타는 사양했다.

"저는 군후의 의기가 높다는 말을 들었기에 특별히 치료해 드리고자 온 것뿐입니다. 어찌 보답을 바라겠습니까?"

화타는 기어이 금은 받지 않고 상처에 바를 약 한 첩을 남기고 떠났다.

한편 관공이 우금을 사로잡고 방덕을 참하여 위엄과 명성이 크게 떨치자 온 천하가 모두 놀랐다. 정탐꾼이 이 소식을 허도에 보고하자 조조는 소스라치게 놀라 문무 관원들을 모아 놓고 대책을 상의했다.

"내 본래 운장의 지모와 용맹이 세상을 뒤덮는 걸 아는데 이제 형주와 양양까지 점거했으니 호랑이에게 날개가 돋친 격이오. 우금이 사로잡히고 방덕이 그의 손에 죽어 우리 위군은 예기가 꺾이고 말았소. 만약 그가 군사를 거느리고 곧장 허도로 진격해 온다면 이를 어찌한단 말이오? 나는 수도를 옮겨 피할까 하오."

사마의가 간했다.

"아니 되옵니다. 우금을 비롯한 군사들이 패한 것은 물에 잠겼기 때문이지 전투 때문이 아니었습니다. 그러니 국가 대계에는 근본적으로 아무런 손실이 없습니다. 이제 손권과 유비의 우호 관계가 깨어진 데다 운장이 뜻을 얻었으니 손권이 필시 좋아하지 않을 것입니다. 대왕께서는 동오에 사자를 보내 이해를 따져 설득한 다음 손권에게 가만히 군사를 일으켜 운장의 뒤를 습격하라고 설득하게 하십시오. 일이 성공하면 강남을 손권에게 떼어 주겠다고 하시면 번성의 위기는 저절로 풀릴 것입니다.”

주부 장제蔣濟도 거들었다.

“중달의 말이 옳습니다. 지금 즉시 동오로 사자를 보내시면 수도를 옮기느라 여러 사람을 움직일 필요가 없을 것입니다.”

조조는 그들의 주장을 받아들여서 마침내 수도를 옮기는 일은 그만 두기로 했다. 그러나 한숨을 쉬면서 여러 장수들에게 말했다.

“우금은 나를 따른 지 30년이나 되었는데 위기를 당해서는 어찌하여 도리어 방덕 만도 못하단 말인가? 이제 동오로 사자를 띄워 편지를 보내는 한편 반드시 대장 하나를 얻어 운장의 날카로운 기세를 막아야 하오.”

조조의 말이 미처 끝나기도 전에 계단 아래서 한 장수가 대답하고 나섰다.

“제가 가 보겠습니다!”

조조가 보니 바로 서황이었다. 크게 기뻐한 조조는 정병 5만 명을 떼어 주며 서황을 대장으로 삼고 여건呂建을 부장으로 삼았다. 그러고는 날짜를 정해 군사를 일으키고, 양릉파陽陵坡에 이르러 군사를 주둔시키고 동남에서 호응하기를 기다려 치러 나가도록 했다.

한편 조조의 서신을 받은 손권은 기꺼이 응낙했다. 즉시 답장을 지어 사자에게 주어 먼저 돌려보낸 다음 문무 관원들을 모아 대책을 상의했다. 장소가 나서서 말했다.

“근자에 들자니 운장이 우금을 사로잡고 방덕의 목을 베어 그 위엄과 명성이 천하를 진동시키고, 조조가 그 날카로운 기세를 피하려고 수도를 옮길 생각까지 했을 정도라 합니다. 조조는 지금 번성이 위태로워지자 사자를 보내 구원을 청하는데 일이 정해진 다음에는 말을 번복하지 않을까 염려됩니다."

손권이 미처 말을 꺼내기도 전에 갑자기 보고가 들어왔다.

"여몽이 작은 배를 타고 육구에서 왔습니다. 주공을 뵙고 드릴 말씀이 있다고 합니다."

손권이 불러들여서 물으니 여몽이 대답했다.

"지금 운장이 군사를 이끌고 번성을 에워싸고 있으니 그가 멀리 나간 이 틈을 타서 형주를 습격하는 것이 좋겠습니다."

그러나 손권은 엉뚱한 말을 했다.

"나는 북으로 가서 서주徐州를 쳤으면 하는데 어떠하오?"

여몽이 반대했다.

"지금 조조는 멀리 하북河北에 있어 미처 동쪽을 돌아볼 겨를이 없는 데다 서주에는 지키는 군사도 많지 않으니 가기만 하면 이길 수는 있을 것입니다. 그러나 서주의 지세가 육전陸戰에는 이롭지만 수전에는 불리하니 설령 얻는다 할지라도 지켜 내기는 어렵습니다. 그러느니 우선 형주를 쳐서 장강 일대를 완전히 점거한 뒤에 따로 좋은 방도를 마련하는 것이 좋겠습니다."

손권이 말했다.

"나도 본래는 형주를 손에 넣고 싶었소. 좀 전에 한 말은 경을 시험해 본 것일 뿐이오. 경은 속히 나를 위해 그 일을 도모해 주시오. 내 뒤이어 바로 군사를 일으키겠소."

여몽이 손권을 하직하고 육구로 돌아오자 미리 정찰하러 나갔던 군사가 보고했다.

"강변을 따라 아래위로 혹은 20리 혹은 30리를 사이에 두고 높은 언덕마다 봉화대가 생겼습니다."

게다가 형주의 군마가 잘 정돈되고 엄숙하며 미리 만반의 대비를 하고 있다는 소식도 들렸다. 여몽은 깜짝 놀랐다.

"만약 그렇다면 급히 도모하기는 어렵겠구나. 내 한때의 생각으로 오후의 면전에서 형주를 치자고 권했는데 이제 어떻게 조처한단 말인가?"

이리저리 생각하며 아무리 궁리해 보아도 뾰족한 계책이 나오지 않자 여몽은 병을 핑계로 바깥에 나오지 않았다. 손권에게는 사람을 보내 병이 들었다고 보고하게 했다. 손권은 여몽이 병이 나서 누웠다는 소식을 듣자 마음이 매우 불편했다. 그때 육손이 들어와서 말했다.

"여자명子明(여몽의 자)의 병은 속임수입니다. 진짜로 병이 난 게 아닙니다."

손권이 분부했다.

"백언伯言(육손의 자)이 그게 거짓인 줄 안다면 한번 가서 살펴보시오."

명을 받든 육손은 밤낮을 가리지 않고 육구의 영채로 달려가 여몽을 찾았다. 과연 여몽의 얼굴에는 병색이라곤 찾아볼 수 없었다. 육손이 말했다.

"저는 오후의 명을 받들어 삼가 장군의 병환을 살피러 왔습니다."

여몽이 대답했다.

"천한 몸에 병이 좀 난 것을 가지고 어찌 수고스럽게 문안까지 하신단 말씀이오?"

육손이 물었다.

"오후께서 공에게 중임을 맡기셨는데 공께서는 때를 타서 움직이지 아니하시고 부질없이 우울해 하시니 어찌된 영문입니까?"

여몽은 육손을 빤히 바라보기만 할 뿐 한참이 지나도록 말이 없었다. 육손이 다시 한마디 했다.

"저에게 장군의 병을 고칠 수 있는 작은 처방이 하나 있는데 한번 써 보실 의향이 있으십니까?"

여몽은 즉시 좌우 사람들을 물리치고 물었다.

"백언의 훌륭한 처방을 어서 가르쳐 주시구려."

육손은 웃으며 대답했다.

"장군의 병환이란 형주의 병마가 엄숙하고 정연하며 강 연안을 따라 봉화대가 준비되어 있다는 데서 생긴 것에 불과합니다. 저에게 계책이 하나 있는데, 강 연안을 지키는 관원들은 봉화의 불을 올리지 못하고 형주 군사들은 손을 묶고 귀순하게 만들 수 있습니다. 괜찮겠습니까?"

여몽은 놀라면서도 감사하다는 투로 말했다.

"백언의 말씀은 마치 내 폐부를 훤히 들여다보시는 것 같구려. 어디 훌륭하신 계책을 좀 들려주시구려."

육손이 설명했다.

"운장은 스스로 영웅으로 자부하며 적수가 없다고 여깁니다. 우려하는 건 오직 장군 한 사람뿐이지요. 장군께서는 이 기회에 병을 핑계로 벼슬에서 물러나시고 다른 사람에게 육구를 맡아 지키게 하십시오. 그 사람을 시켜 한껏 공손하게 관공을 찬미토록 하여 그의 마음을 교만하게 만들면 그는 틀림없이 형주의 군사를 모조리 철수시켜 번성으로 향할 것입니다. 형주의 방비만 없으면 한 부대의 군사만 가지고도 따로 기묘한 계책을 내어 습격할 수 있습니다. 그러면 형주는 우리 수중에 들어올 것입니다."

여몽은 대단히 기뻐했다.

"참으로 훌륭한 계책이오!"

이리하여 여몽은 병을 핑계로 자리에서 일어나지 않고 글을 올려 사직을 청했다. 육손도 돌아와서 손권을 알현하고 계책을 자세히 이야기했다. 손권은 여몽을 건업으로 불러들여 병을 치료하게 했다. 여몽이 당도하여 손권을 뵈니 손권이 물었다.

두각민 그림

"육구를 지키는 일은 예전에 주공근公瑾(주유의 자)이 자신의 후임으로 노자경子敬(노숙의 자)을 천거했고, 뒤에 자경은 또 경을 후임으로 천거했소. 경 또한 재주와 인망을 두루 갖춘 인물을 추천하여 경을 대신하게 하면 묘하지 않겠소?"

여몽이 대답했다.

"인망이 두터운 사람을 쓴다면 운장이 반드시 방비할 것입니다. 육손은 생각이 깊고 멀리 내다보는 안목을 가졌지만 아직 이름이 널리 알려지지 않았습니다. 그러므로 운장도 크게 신경 쓰지 않을 것입니다. 그에게 신의 소임을 대신하게 하신다면 반드시 일을 이룰 것입니다."

크게 기뻐한 손권은 그날로 육손을 편장군偏將軍 우도독右都督으로 임명하고 여몽을 대신하여 육구를 지키게 했다. 육손은 사양했다.

"저는 나이 어리고 배운 것이 없어 그런 중임을 감당하지 못할까 두렵습니다."

손권이 말했다.

"자명이 경을 보증했으니 분명 틀림이 없을 것이오. 경은 사양하지 마시오."

육손은 마침내 절을 하고 인수를 받은 다음 밤낮을 가리지 않고 육구로 달려가서 기병과 보병, 수군 등 삼군에 대한 인수인계를 마쳤다. 그러고는 즉시 편지 한 통을 작성하고 명마와 진귀한 비단, 술 등의 예물을 갖추어 번성의 관공에게 사자를 보냈다.

이때 관공은 마침 화살에 맞은 상처를 조리하느라 군사를 움직이지 않고 있었는데 갑자기 보고가 들어왔다.

"육구를 지키던 강동의 장수 여몽이 병이 위독하여 손권이 그를 건업으로 불러들여 병을 조리하게 하고, 육손을 대장으로 삼아 여몽 대신 육구를 지키게 했다고 합니다. 지금 육손의 사자가 글과 예물을 갖고 와서 특별히 장군을 뵙기를 청합니다.”

관공은 사자를 불러들여 손가락질을 하며 말했다.

“중모仲謀(손권의 자)가 식견이 짧고 얕아 이런 어린아이를 대장으로 삼았구나!”

사자는 땅에 엎드려서 아뢰었다.

“육장군이 예물을 갖추어 서신을 올리는 것은 첫째로 군후께 축하를 드리기 위함이고 둘째로 두 집안이 사이좋게 지내기를 바라는 것이오니 웃으면서 거두어 주시면 감사하겠습니다.”

관공이 서신을 뜯어 살펴보니 문장의 사연이 지극히 공손했다. 글을 다 읽고 난 관공은 얼굴을 쳐들고 껄껄 웃어 제치더니 부하들에게 예물을 거두게 하고 사자를 돌려보냈다.

사자는 돌아가서 육손에게 보고했다.

“관공은 즐거워하며 더 이상 강동을 근심하는 뜻이 없는 듯했습니다.”

육손은 크게 기뻐하며 은밀히 사람을 시켜 알아보게 했다. 과연 관공은 형주를 지키던 군사의 태반을 번성으로 철수시켜 그곳의 지휘를 받게 하고, 화살 맞은 상처가 낫기를 기다려 곧바로 진군하려 한다는 것이었다. 관공의 사정을 좀 더 샅샅이 알아본 육손은 즉시 사람을 시켜 밤낮을 가리지 않고 손권에게로 달려가 이 일을 보고하게 했다. 손권은 여몽을 불러 상의했다.

“지금 운장은 과연 형주의 군사를 철수시켜 번성을 공격하려 하니 곧 형주를 습격할 계책을 차릴 수 있게 되었소. 경이 내 아우 손교孫

皎와 함께 대군을 이끌고 나아가는 게 어떻겠소?"

손교는 자가 숙명叔明으로 손권의 숙부인 손정孫靜의 둘째 아들이다. 여몽이 대답했다.

"주공께서 만약 이 여몽을 쓸 만하다고 여기시면 저 하나만 쓰시고 숙명이 쓸 만하다고 여기신다면 숙명 하나만 쓰시기 바랍니다. 주공께서는 지난날 주유와 정보가 좌우 도독으로 있을 때의 일들을 듣지 못하셨는지요? 비록 모든 일은 주유가 결정했지만 정보는 동오의 오래된 신하인데 주유보다 아래에 있는 걸 탐탁지 않게 여겨 자못 사이가 좋지 못했지요. 그러다가 나중에 주유의 재주를 보고서야 비로소 존경하고 복종했습니다. 지금 저의 재주는 주유에 미치지 못하고 숙명과 주공의 사이는 정보보다 훨씬 가까우니 틀림없이 서로 어울리지 못할 우려가 있습니다."

손권은 크게 깨닫고 마침내 여몽을 대도독으로 임명하여 강동 여러 갈래의 군마를 총지휘하게 했다. 그리고 손교는 뒤에서 군량과 말 먹일 풀을 후원하게 했다.

여몽은 절하여 감사한 다음 군사 3만 명과 쾌속선 80여 척을 점검했다. 물에 익숙한 자들을 선별하여 장사꾼으로 꾸며 모두 흰옷을 입고 배 위에서 노를 젓게 하고 정예 병사들은 '구록艜艫'이라고 부르는 큰 배의 선창에 숨겼다. 그 다음 한당, 장흠, 주연朱然, 반장, 주태, 서성, 정봉 등 일곱 명의 대장을 꼬리를 물고 나아가게 했다. 그 나머지는 모두 오후를 따라 후군에 합류하여 다른 군사들을 후원하게 했다. 그리고는 조조에게 편지를 보내 운장의 배후를 습격해 달라고 요청하는 한편 미리 육손에게 소식을 알렸다. 그런 뒤에 흰옷 입은 사람들을 시켜 쾌속선을 몰고 심양강潯陽江으로 나아가게 했다. 밤낮으로 배를 급히 저어 곧바로 북쪽 기슭에 이르렀다. 강변 봉화대를 지키는 군사들이 이것저것 까다롭게 캐어묻자 동오 사람들이 대답했다.

"우리는 객상客商들인데 강 가운데서 풍랑을 만나 잠시 피하러 왔습니다."

그러고는 봉화대를 지키는 군사들에게 선물을 바쳤다. 군사들은 그 말을 믿고 그들이 강변에 정박하도록 내버려 두었다.

이날 밤 2경쯤 되었을 때 큰 배 안에 숨어 있던 정예 군사들이 일제히 뛰쳐나와 봉화대의 병사들을 밧줄로 묶어 쓰러뜨렸다. 암호 소리 한번에 80여 척 배에 타고 있던 정예 군사가 모두 뛰어나와 곳곳의 요충지를 지키던 봉화대의 군사들을 모조리 배 안으로 잡아들이니 하나도 달아나지 못했다. 그러고는 형주를 차지하기 위해 기세 좋게 나아가는데 이런 사태를 알아챈 사람은 아무도 없었다. 형주 가까이에 이르러 여몽은 강변의 봉화대에서 잡은 군사들을 불러 좋은 말로 달래고는 각각 무거운 상을 내렸다. 그리고 그들을 시켜 성문을 지키는 군사들을 속여 성문을 열게 하고 불을 질러 신호를 보내게 했다. 봉화대를 지키던 군사들이 명령을 받들자 여몽은 그들을 앞세우고 나아가 한밤중에 성 아래에 이르러 문을 열라고 소리쳤다. 성문을 지키던 관리가 형주의 군사들을 알아보고 성문을 열어 주자 봉화대의 군사들은 일제히 아우성치며 성문 안으로 들어가 불을 질러 신호를 보냈다. 오군은 일제히 밀고 들어가 형주를 습격했다. 여몽은 즉시 군중에 명령을 전했다.

"단 한 명이라도 사람을 함부로 죽이거나 민간의 물건을 하나라도 멋대로 가지는 자가 있으면 군법에 의하여 처벌하겠다."

여몽은 형주의 관리들에게 옛 벼슬을 그대로 가지게 하고 관공의 가솔들은 다른 집에 데려다 보호하며 외인이 함부로 들어가지 못하게 했다. 그러는 한편 사람을 보내 손권에게 보고했다.

하루는 큰비가 쏟아졌다. 여몽이 말을 타고 기병 몇 명을 거느리고 형주성의 네 대문을 순시하는데, 한 군사가 민간의 삿갓을 가져다 갑옷을 덮는 광경이 눈에 띄었다. 여몽이 좌우의 부하들을 호령해서 잡아다 물어보니 바로 자신의 고향 사람이었다. 여몽이 말했다.

"네 아무리 내 고향 사람이라지만 내가 이미 명령을 내렸는데도 잘못을 범했으니 군법에 따라 처벌하겠다."

그 사람이 눈물을 흘리며 호소했다.

"저는 관가의 갑옷이 빗물에 젖을까 두려워서 삿갓을 가져다 덮은 것이지 개인적으로 사용하려 한 것은 아닙니다. 장군께서는 고향 사람의 정을 생각해서 용서해 주십시오!"

여몽은 단호했다.

"나도 네가 관가의 갑옷을 덮으려 한 것인 줄은 안다. 그러나 어쨌든 민간의 물건이라면 절대로 가져오지 말라는 명령을 어긴 것이니라."

여몽은 부하들에게 그 군사를 끌어내어 목을 자르라고 호령했다. 그러고는 그 머리를 군문에 내걸어 뭇 사람들에게 두루 보이고는 시신을 거두어 눈물을 흘리며 묻어 주었다. 이로부터 삼군의 군기는 엄숙해졌다.

채 하루가 지나지 못하여 손권이 군사를 거느리고 당도했다. 여몽은 성밖으로 나가 손권을 영접하여 관아로 들어갔다. 손권은 여몽을 위로하고 나서 이전처럼 반준潘濬을 치중治中으로 삼아 형주의 일을 관장하게 하고, 감옥에 갇혀 있던 우금을 풀어서 조조에게로 돌려보내고, 백성들을 안정시키고 군사들에게 상을 내리는 한편 잔치를 베풀어 형주 탈환을 자축했다. 손권이 여몽을 보고 물었다.

"이제 형주는 얻었지만 부사인이 지키는 공안과 미방이 지키는 남군은 어떻게 하면 수복할 수 있겠소?"

그 말이 미처 끝나기도 전에 갑자기 한 사람이 나서며 말했다.

"활 한 장, 화살 한 대도 쓸 필요가 없습니다. 제가 이 살아 움직이는 혀를 놀려 공안의 부사인을 설득하여 항복시키겠습니다."

모두들 보니 바로 우번虞翻이었다. 손권이 물었다.

"중상仲翔(우번의 자)에게 어떤 좋은 계책이 있기에 부사인을 귀순시키겠다고 하오?"

우번이 대답했다.

"저는 어려서부터 부사인과 교분이 두터웠습니다. 지금 이해득실을 따져서 설득한다면 그는 반드시 귀순할 것입니다."

손권은 크게 기뻐하며 즉시 우번에게 5백 명의 군사를 거느리고 공안으로 달려가게 했다.

한편 형주가 함락되었다는 소식을 들은 부사인은 급히 명령을 내려 성문을 닫아걸고 굳게 지키고 있었다. 우번은 성문이 굳게 닫혀 있는 것을 보고 화살에 편지를 매달아 성안으로 쏘아 넣었다. 군사가 이것을 주워 부사인에게 바쳤다. 부사인이 편지를 뜯어 살펴보니 항복을 권하는 내용이었다. 편지를 다 읽은 부사인의 뇌리에 관공이 떠나던 날 자기를 미워하던 생각이 떠오르며 차라리 항복하는 편이 유리하겠다는 판단이 섰다. 즉시 군사들에게 명하여 성문을 활짝 열고는 우번을 성안으로 청해 들였다. 두 사람은 인사를 마치자 각자 옛날에 지내던 정을 쏟아 놓았다. 우번이 오후은 관대하고 도량이 넓어 훌륭하고 재주 있는 사람을 예우한다며 설득했다. 부사인은 크게 기뻐하며 인수를 지니고 즉시 우번과 함께 형주로 와서 항복했다. 손권은 대단히 흐뭇해하며 부사인에게 전과 마찬가지로 공안을 지키게 했다. 여몽이 은밀히 손권에게 권했다.

"아직 운장을 잡지 못했는데, 부사인을 그대로 공안에 두었다가는 오래 지나면 반드시 변이 생길 것입니다. 차라리 그를 남군으로 보내 미방을 귀순시키도록 하는 편이 낫겠습니다."

손권은 부사인을 불러 일렀다.

"경이 미방과 교분이 두텁다는 말을 들었소. 경이 그를 귀순시켜 보시오. 내 마땅히 중한 상을 내리겠소."

부사인은 시원스레 응낙하고는 10여 명의 기병을 이끌고 미방을 귀순시키기 위해 곧장 남군으로 갔다. 이야말로 다음 대구와 같다.

오늘날 공안을 지키려는 뜻이 없으니 /
지난날 왕보의 말이 옳았구나.
今日公安無守志　從前王甫是良言

이번에 가는 길은 어떻게 될 것인가, 다음 회를 보라.

76

맥성으로 패주하는 관운장

서공명은 면수에서 큰 싸움을 벌이고
관운장은 패하여 맥성으로 달아나다
徐公明大戰沔水 關雲長敗走麥城

미방은 형주를 잃었다는 소식을 들었지만 딱히 어떻게 해볼 대책이
없었다. 그때 공안의 수비대장인 부사인이 당도했다는 보고가 들어
왔다. 미방은 황급히 그를 성으로 맞아들이고 어찌된 일인지 까닭을
물었다. 부사인이 대답했다.

"내가 충성스럽지 않은 게 아니라 형세가 위급하고
힘이 다하여 더 이상 지탱할 수가 없었소. 나는 이
미 동오에 항복했소. 장군도 일찌감치 항
복하시는 게 좋을 것이오."

미방은 응낙할 수 없었다.

"우리가 한중왕의 두터운 은혜
를 입은 터에 어찌 차마 배반한단 말
이오?"

부사인은 미방을 충동질했다.

"관공이 떠나던 날 우리 두 사람을 몹

시 미워했소. 이기고 돌아오는 날에는 틀림없이 가볍게 용서하지 않을 것이오. 공은 잘 생각해 보시오."

미방이 말했다.

"우리 형제가 한중왕을 섬긴 지는 오래되었소. 어찌 하루아침에 배반할 수 있겠소?"

미방이 한창 주저하고 있는데 갑자기 관공이 보낸 사자가 당도했다는 보고가 들어왔다. 미방이 사자를 공청으로 맞아들이자 사자가 말했다.

"관공께서 군중에 식량이 모자라 특별히 남군과 공안에서 백미 10만 석을 가져오라고 하셨습니다. 두 분 장군께 밤을 도와 군중으로 날라 오라고 하셨습니다. 지체하면 당장 목을 치겠다고 하십니다."

미방은 깜짝 놀라 부사인을 돌아보며 말했다.

"형주는 이미 동오의 손에 들어갔는데 그만한 식량을 어떻게 가져간단 말이오?"

부사인이 사나운 음성으로 소리쳤다.

"더 이상 미적거리지 마시오!"

그러고는 즉시 검을 뽑아 대청에 있던 관공의 사자를 베어 버렸다. 미방이 놀라서 물었다.

"공은 어쩌자고 사자를 죽였소?"

"관공의 속셈은 바로 우리 두 사람을 죽이려는 것이오. 그런데 우리가 어째서 손을 묶고 죽여주기만을 기다린단 말이오? 공도 속히 동오에 항복하지 않으면 틀림없이 관공에게 피살되고 말 것이오."

이렇게 이야기를 하고 있는데 갑자기 여몽이 군사를 이끌고 성 아래로 쳐들어왔다는 보고가 들어왔다. 소스라치게 놀란 미방은 곧바로 부사인과 함께 성을 나가 투항했다. 크게 기뻐한 여몽은 미방을 데리고 손권을 찾아갔다. 손권은 두 사람에게 무거운 상을 내렸다. 그는 백성들을 안정시킨 다음 삼군에 술과 음식을 내려 크게 위로했다.

이때 조조는 허도에서 모사들과 형주 일을 의논하고 있었다. 그때 마침 동오에서 사자가 글을 갖고 왔다는 보고가 들어왔다. 조조가 불러들이자 사자가 서신을 올렸다. 조조가 편지를 뜯어 살펴보니 오군이 장차 형주를 습격할 테니 운장을 협공해 달라고 청하는 내용이었다. 그리고 마지막에는 당부의 말을 덧붙였다.

"누설하지 마십시오. 잘못되면 운장이 대비하게 됩니다."

조조가 모사들과 대책을 상의하자 주부 동소董昭가 말했다.

"지금 번성이 곤경에 빠져 목을 길게 늘이고 구원을 바라고 있습니다. 이 편지를 번성 안으로 쏘아 넣어 군사들의 마음을 느긋하게 하고 관공에게도 동오가 형주를 습격하려 한다는 사실을 알리는 게 좋겠습니다. 그러면 그는 형주를 잃을 게 두려워서 틀림없이 군사를 물릴 것입니다. 그 틈을 노려 서황을 시켜 들이치면 완전한 공을 이룰 수 있을 것입니다."

조조는 그 계책을 따르기로 했다. 서황에게 사람을 보내 싸움을 독려하는 한편 직접 대군을 거느리고 낙양 남쪽의 양릉파로 가서 주둔하여 조인을 구하기로 했다.

한편 서황이 군막 안에 앉아 있는데 위왕의 사자가 왔다는 보고가 들어왔다. 서황이 맞아들여서 어떻게 왔느냐고 물으니 사자가 대답했다.

"지금 위왕께서는 군사를 이끌고 낙양을 지나셨는데 장군께서는

두각민 그림

1848

속히 관공과 싸워 번성의 포위를 풀라고 하십니다.”

이야기를 하고 있는 사이 정찰병이 들어와서 보고했다.

“관평은 언성偃城에 주둔하고 요화는 사총四塚에 주둔했는데, 앞뒤로 12개의 영채가 늘어서 연락이 끊이지 않고 있습니다.”

서황은 즉시 부장 서상徐商과 여건呂建에게 ‘서황’이라고 적힌 깃발을 들고 먼저 언성으로 가서 관평과 싸우게 했다. 자신은 직접 정예 군사 5백 명을 이끌고 면수沔水를 돌아 언성의 배후를 습격하러 갔다.

한편 관평은 서황이 직접 군사를 이끌고 왔다는 말을 듣고 수하 군사를 거느리고 적을 맞으러 나갔다. 양편 군사들이 둥그렇게 진을 치고 마주 대하자 관평이 말을 달려 나가 서상과 맞붙었다. 그러나 3합 만에 서상이 크게 패해서 달아났다. 여건이 나와서 싸웠지만 그 역시 5,6합 만에 패해서 달아났다. 관평은 이긴 기세를 타고 20여 리나 쫓아가며 뒤를 몰아쳤다. 이때 갑자기 성안에서 불길이 치솟는다는 보고가 들어왔다. 계책에 떨어진 줄을 직감한 관평이 언성을 구하려고 급히 군사를 되돌렸다. 그때 한 떼의 군마가 눈앞에 쫙 늘어서고, 서황이 말을 타고 진문 앞 깃발 아래로 나와서 큰소리로 외쳤다.

“관평 조카님은 죽음이 닥친 것도 모르고 있구나! 형주를 이미 동오에 빼앗겼는데 오히려 여기서 미쳐 날뛰다니!”

크게 노한 관평은 칼을 휘두르며 말을 놓아 곧바로 서황에게 달려들었다. 그러나 채 서너 합도 어울리기 전에 삼군의 고함 소리가 천지를 진동하며 언성 안에서 불길이 크게 치솟았다. 싸울 마음이 없어진 관평은 큰길을 뚫고 곧장 사총의 영채로 달아났다. 요화가 맞아들이며 물었다.

"사람들 말이 형주는 이미 여몽에게 습격당했다는구려. 그래서 군사들의 마음이 몹시 어지러워졌으니 이를 어떻게 하면 좋겠소?"

관평이 대답했다.

"그것은 틀림없이 헛소문일 것이오. 군사 가운데 다시 그런 말을 하는 자가 있으면 목을 베어 버리시오."

이때 소식을 나르는 유성마가 들이닥치며 북쪽의 첫 번째 주둔지가 서황의 공격을 받고 있다는 보고를 올렸다. 관평이 말했다.

"첫 번째 주둔지를 잃으면 다른 영채들이 어찌 안전하겠소? 이곳은 전부 면수를 의지하고 있으니 적병이 감히 이르지 못할 것이오. 그대는 나와 함께 첫 번째 주둔지를 구하러 갑시다."

요화는 부하 장수를 불러 분부했다.

"너희들은 영채를 군게 지키되 적병이 이르면 즉시 불을 붙여 신호를 보내도록 하라."

부하 장수가 말했다.

"사총의 영채는 녹각鹿角을 열 겹으로 둘러쳐 놓아 나는 새라도 들어오지 못할 것입니다. 어찌 적병을 염려하십니까?"

관평과 요화는 사총의 영채에 있던 정예 병사를 모조리 일으켜 첫 번째 주둔지로 달려갔다. 위병들이 나지막한 산 위에 주둔하고 있는 것을 본 관평이 요화에게 말했다.

"서황이 주둔한 곳은 불리한 지형이오. 오늘 밤 군사를 이끌고 영채를 습격하면 되겠소."

요화가 말했다.

"장군은 군사를 반만 나누어 가시오. 나는 본채를 지키겠소."

이날 밤 관평은 한 갈래의 군사를 이끌고 위군의 영채로 쳐들어갔다. 그러나 적군은 단 한 사람도 보이지 않았다. 계책임을 알아챈 관평이 부리나케 물러서는데 왼편에는 서상이, 오른편에는 여건이 나타나 양편에서 협공을 가했다. 관평이 크게 패해서 영채로 돌아오니 위군이 승세를 타고 쫓아와 사면으로 에워쌌다. 관평과 요화는 배겨내지 못하여 첫 번째 주둔지를 버리고 곧장 사총의 영채로 달아났다. 그런데 멀리서 바라보니 어느새 영채 안에서 불길이 치솟고 있는 것이었다. 급히 달려 영채 앞에 이르고 보니 영채에 꽂혀 있는 것이라곤 모두가 위군의 깃발이었다. 관평의 무리는 급히 군사를 퇴각시켜 황급히 번성 가는 큰길로 달아났다. 그런데 또 한 떼의 군사가 정면에서 길을 가로막았다. 선두의 대장은 바로 서황이었다. 관평과 요화는 힘을 떨치며 죽기로써 싸운 끝에 혈로를 뚫고 달아났다. 본부 영채로 돌아온 두 사람은 관공을 뵙고 말했다.

"지금 서황이 언성을 비롯한 여러 곳을 빼앗았고 조조 또한 직접 대군을 거느리고 세 길로 나누어 번성을 구원하러 오고 있습니다. 그리고 형주가 이미 여몽에게 습격당했다고 말하는 사람들이 많습니다."

관공이 호통을 쳤다.

"이것은 적이 헛말을 꾸며 우리 군사들의 마음을 어지럽히려는 수작일 뿐이다! 동오의 여몽은 병세가 위중하여 육손이라는 어린아이가 그 일을 대신하고 있으니 염려할 것 없다!"

그 말이 미처 끝나기도 전이었다. 갑자기 서황의 군사가 당도했다는 보고가 들어왔다. 관공이 말을 준비하라고 명하자 관평이 만류했다.

"아버님께서는 아직 몸이 완쾌되지 못하셨으니 싸우셔서는 아니 됩니다."

관공이 대답했다.

"서황은 나와 교분이 있어 내가 그의 재주를 잘 아느니라. 그가 물러가지 않는다면 내가 먼저 그의 목을 잘라 적장들을 경계하리라."

관공은 갑옷 입고 투구 쓰고 청룡도 들고 말에 올라 분연히 출전했다. 그의 모습을 본 위군들은 놀라고 두려워하지 않는 자가 없었다. 관공은 고삐를 당겨 말을 세우고 물었다.

"서공명公明(서황의 자)은 어디에 있는가?"

위군의 영채에서 문기門旗가 열리며 서황이 말을 타고 나왔다. 서황은 몸을 약간 굽혀 인사를 하고선 입을 열었다.

"군후와 작별한 지도 어느덧 몇 해나 지났구려. 군후의 수염과 머리카락이 반백이 되셨을 줄은 생각지도 못했구려! 한창 나이에 군후를 따르며 많은 가르침을 받은 일을 생각하면 고마움을 잊을 길이 없소이다. 이제 군후의 빼어난 위풍이 천하를 진동시킨다는 소문을 듣고 옛 친구는 찬탄과 부러움을 이길 수 없었다오. 다행히 지금 만나 뵙게 되니 갈망하던 마음이 깊은 위안을 받게 되었소이다."

관공이 물었다.

"나와 공명의 두터운 교분은 다른 사람과 비할 바가 아니지요. 그런데 이번에는 어찌하여 여러 차례 내 아들을 궁지에 빠뜨렸소?"

서황이 장수들을 돌아보며 사나운 음성으로 크게 소리쳤다.

"운장의 수급을 가져오는 자에게는 천금의 중상을 내리겠노라!"

관공은 흠칫 놀랐다.

"공명은 어찌하여 그런 말을 하는가?"

서황이 대꾸했다.

"오늘 일은 바로 국가의 일이라 감히 사사로운 일로 공사公事를 저버릴 수는 없소."

말을 마치자 큰 도끼를 휘두르며 곧바로 관공에게 덤벼들었다. 크게 노한 관공 역시 청룡도를 휘두르며 그를 맞아 80여 합을 싸웠다. 관공의 무예가 비록 절륜하다지만 이쯤 되자 마침내 오른팔에 힘이 빠지기 시작했다. 혹시라도 부친이 실수할까 염려되어 관평이 급히 징을 울렸다. 관공은 말머리를 돌려 영채로 돌아왔다.

이때 별안간 사방에서 함성이 진동했다. 번성에 갇혀 있던 조인이 조조의 구원병이 당도했다는 소식을 듣자 군사를 이끌고 성밖으로 공격해 나온 것이었다. 조인이 서황과 힘을 합쳐 양쪽에서 협공하자 형주의 군사들은 혼란에 빠졌다. 관공은 말에 올라 여러 장수들을 거느리고 급히 양강 상류로 달아났다. 등 뒤에는 위병들이 추격했다. 급히 양강을 건넌 관공은 양양을 향하여 달아났다. 그런데 별안간 유성마가 달려와 보고를 올렸다.

"형주는 이미 여몽에게 빼앗겼고 가족들도 적의 수중에 들어갔습니다."

관공은 소스라치게 놀랐다. 그는 감히 양양으로 달아나지 못하고 군사를 거느리고 공안을 향해 갔다. 정찰병이 또 보고를 올렸다.

"공안의 부사인이 이미 동오에 항복했다고 합니다."

관공은 크게 화가 났다. 그때 또 군량을 재촉하러 갔던 사람이 와서 보고를 올렸다.

"공안의 부사인이 남군으로 가서 군후께서 보내신 사자를 죽이고는 미방을 꾀어 둘이 함께 동오에 항복했습니다."

관공은 노기가 치밀어 올라 가슴이 꽉 막혔다. 그와 함께 아물어

가던 상처가 파열되면서 그대로 정신을 잃고 쓰러졌다. 장수들이 구해 다시 깨어난 관공은 사마 왕보王甫를 돌아보며 말했다.

"그대의 말을 듣지 않은 것이 후회되는구먼. 오늘 기어이 이런 일이 생기다니!"

그러고는 궁금한 점을 물었다.

"강변을 따라 아래위로 설치한 봉화대에선 어찌하여 불을 올리지 않았느냐?"

정찰 기병이 대답했다.

"여몽이 수부水夫들에게 흰옷을 입혀 장사꾼으로 분장시키고 강을 건넜는데, 그 배에 매복했던 정예 군사들이 먼저 봉화대를 지키는 군사들부터 사로잡았기 때문에 불을 피우지 못했다고 합니다."

관공은 발을 구르며 한탄했다.

"내가 간적의 꾀에 속아 넘어가고 말았구나! 이제 무슨 면목으로 형님을 뵙는단 말인고?"

군량 관리를 맡은 도독 조루趙累가 말했다.

"지금 일이 급하게 되었습니다. 사람을 성도로 보내 구원을 청하는 한편 육로로 해서 형주를 치는 것이 좋겠습니다."

관공은 그 말을 좇기로 했다. 마량과 이적에게 편지 세 통을 주어 밤낮을 가리지 말고 성도로 가서 구원을 청하게 하는 한편 자신은 군사를 이끌고 형주를 치러 갔다. 관공이 직접 선두 부대를 인솔하여 앞서 가고 요화와 관평을 남겨 뒤를 끊게 했다.

한편 번성의 포위가 풀리자 조인은 수하 장수들을 거느리고 조조를 찾아뵈었다. 그는 눈물을 흘리며 절하고 벌을 청했다. 조조가 대답했다.

"이는 하늘이 정한 운수이지 너희들의 죄가 아니다."

삼군에게 무거운 상을 내린 조조는 친히 사총의 영채로 갔다. 영채 주위를 한 바퀴 돌며 자세히 살펴본 그는 여러 장수들을 돌아보며 말했다.

"형주의 군사들이 둘레에 해자를 파고 녹각도 여러 겹 설치해 놓았건만 서공명이 그 속으로 깊숙이 들어가서 마침내 완벽한 공을 세웠네그려. 내가 30여 년 동안 군사를 부렸지만 아직 한번도 감히 적의 포위망 속으로 군사를 몰아 곧바로 쳐들어간 적은 없었네. 공명은 참으로 담력이 클 뿐 아니라 식견까지 뛰어난 사람일세!"

사람들은 모두가 탄복했다. 조조는 군사를 돌려 마피摩陂로 가서 주둔했다. 이때 서황의 군사가 당도하자 조조가 친히 영채 밖으로 나가 맞이했다. 서황의 군사는 모두들 대오 정연하게 행진하며 조금의 흐트러짐이 없었다. 조조는 크게 기뻐하며 칭찬했다.

"서장군에겐 참으로 주아부周亞夫˚의 기풍이 있구려!"

조조는 즉시 서황을 평남장군平南將軍으로 봉하고 하후상夏侯尙과 함께 양양을 지키면서 관공의 군사를 막도록 했다. 그러나 아직 형주가 안정되지 않았기 때문에 자신은 마피에 주둔하며 새로운 소식을 기다리기로 했다.

한편 형주로 통하는 길에서 진퇴양난에 빠진 관공은 조루에게 물었다.

"지금 앞에는 오군이 있고 뒤에는 위군이 있어 우리는 그 가운데

˚주아부 | 서한의 명장. 개국공신 주발周勃의 아들. 군기가 엄정하여 문제文帝로부터 '진장군眞將軍'이란 칭찬을 들었다.

들어 있네. 이런 형편에서 구원병도 오지 않으니 이를 어찌하면 좋겠는가?"

조루가 대답했다.

"지난날 여몽이 육구에 있을 때 일찍이 군후께 글을 올려 두 집안이 사이좋게 지내면서 함께 역적 조조를 멸하자고 약속한 적이 있었습니다. 그런데 이제 도리어 조조를 도와 우리를 습격하니 이는 맹약을 배신한 것입니다. 군후께서는 잠시 이곳에 주둔하시면서 여몽에게 편지를 보내 그 일을 따지십시오. 그래서 그가 뭐라고 대답하는지 보시지요."

관공은 그의 말을 좇아 글을 짓고 사자를 형주로 보냈다.

이때 여몽은 형주에 있으면서 군사들에게 형주 여러 군에서 관공을 따라 출정한 장졸들의 집을 오군이 함부로 건드리지 못하도록 엄명을 내리고, 출정한 장졸의 가족에게는 다달이 식량을 대 주고 환자가 생기면 의원을 보내 치료해 주었다. 장졸의 식구들은 그 은혜에 감격하면서 편안히 지내며 동요하지 않았다. 이때 별안간 관공의 사자가 왔다는 보고가 들어왔다. 여몽은 성밖까지 나가 맞아들인 다음 손님을 대하는 예절로 접대했다. 사자가 여몽에게 관공의 글을 올렸다. 여몽이 읽고 나서 말했다.

"이 몽이 지난날 관장군과 좋은 관계를 맺자고 했던 것은 나의 개인적인 소견이었소. 그러나 오늘 일은 위에서 내린 명령을 받고 움직이는 것이라 내 마음대로 할 수가 없소. 사자는 부디 돌아가서 장군께 좋은 말로 내 뜻을 전해 주시오."

여몽은 연회를 베풀어 사자를 융숭하게 대접한 다음 역관으로 보내 편히 쉬도록 했다. 그러자 출정한 장졸의 식구들이 모두 찾아와 혈육의 소식을 물었다. 편지를 부탁하는 사람이 있는가 하면 말로 소식을 전해 달라는 사람도 있었는데, 모두가 집안은 무고하고 의복과 양식도 모자람이 없다고들 했다.

사자가 여몽에게 하직을 고하자 여몽은 친히 성밖까지 나가서 전송했다. 사자는 관공에게 돌아와 여몽의 말을 자세히 전한 다음 덧붙여 말했다.

"형주성에 계시는 군후의 가족은 물론 여러 장수들의 가족도 모두 별 탈이 없고 입고 먹고 쓸 물건이 제때에 공급되어 모자람이 없다고 합니다."

관공은 크게 노했다.

"이는 간사한 도적놈의 계책이다! 내가 살아서 이 도적놈을 죽이지 못한다면 죽어서라도 반드시 죽여 내 한을 씻으리라."

관공은 호통을 쳐서 사자를 물리쳤다. 사자가 영채에서 나오자 장수들이 찾아와서 제각기 집안 소식들을 물었다. 사자는 장수들의 집안 식구들은 모두 편안하며 여몽이 그들을 지극한 은혜로 돌봐 주고 있더라고 말하고 나서 부탁받은 편지를 장수들에게 전해 주었다. 그러자 장수들은 기뻐하면서 모두들 싸울 마음이 사라졌다.

관공이 군사를 거느리고 형주를 치러 가는데 행군하는 사이에 달아나 형주로 돌아가는 장수와 군사들이 많았다. 관공은 더욱 화가 치밀어 군사를 재촉하여 나아가는데, 별안간 고함 소리가 크게 진동하며 한 떼의 군사가 내달아 앞길을 가로막았다. 선두의 대장은 장흠이었다. 고삐를 당겨 말을 멈추어 세운 장흠이 창을 꼬나들고 큰 소리로 외쳤다.

"운장은 이찌하여 빨리 항복하지 않는가?"

관공은 욕을 하며 대꾸했다.

"나는 한나라의 장수이거늘 어찌 역적들에게 항복하겠는가?"

그는 즉시 말을 다그쳐 몰고 청룡도를 휘두르며 곧바로 장흠에게 덤벼들었다. 3합이 되지 않아 장흠이 패해서 달아났다. 관공이 청룡도를 들고 20여 리쯤 쫓아갔을 때였다. 갑자기 함성이 일어나며 왼편 산골짜기에선 한당이 군사를 거느리고 달려 나오고 오른편 산골짜기에선 주태가 군사를 이끌고 돌격해 나왔다. 장흠 또한 말머리를 돌려 오군은 세 길로 협공을 가했다. 관공은 급히 군사를 돌려 달아났다. 그런데 채 몇 리도 가지 못했을 때 남산 언덕에 구름처럼 모여 있는 사람들이 눈에 띄었다. 흰 깃발 한 폭이 바람에 나부끼는데 기폭에는 '형주토인荊州土人(형주 토박이란 뜻)'이란 네 글자가 적혀 있었다. 그들은 입을 모아 외쳤다.

"이 고장 사람들은 빨리 항복하라!"

크게 화가 난 관공이 언덕 위로 올라가서 그들을 죽이려 했다. 그러나 이때 산골짜기에서 또 두 부대의 군사들이 뛰쳐나왔다. 왼쪽은 정봉이요 오른쪽은 서성이었다. 여기에다 장흠을 비롯한 세 길의 군마까지 합치니 고함 소리가 땅을 뒤흔들고 북과 나팔 소리가 하늘에 울려 퍼지며 관공을 가운데 두고 사방으로 에워싸 버렸다. 관공의 수하 장졸들은 숫자가 점점 줄어들었다.

황혼녘까지 싸우고 난 관공이 멀리 바라보니 사방의 산 위에 있는 사람들은 모두가 형주의 토박이 군사들이었다. 그들은 관공의 군사들을 굽어보며 형을 부르고 아우를 찾는가 하면 아들을 부르고 아비를 찾는데 고함 소리가 그칠 줄을 몰랐다. 군사들은 마음이 완전히 변해서 부르는 소리를 따라서 모두들 가 버렸다. 관공이 아무리 말리고 꾸짖어도 소용이 없었다. 수하에 남은 군사라고는 겨우 3백여 명뿐이었다. 그런 상황에서 계속 싸우며 3경까지 갔는데, 갑자기 동쪽에서 하늘을 찌르는 고함 소리가 들렸다. 관평과 요화의 군사가 도착한 것이었다. 두 갈래 군사는 겹겹이 에워싼 포위망을 뚫고 관공을 구출했다. 관평이 말했다.

"군사들의 마음이 흐트러졌으니 반드시 성지를 찾아 잠시 주둔하며 구원병을 기다리셔야 합니다. 맥성麥城은 비록 작지만 우리 군사가 주둔하기에는 충분합니다."

관공은 관평의 말을 따르기로 하고 남은 군사를 재촉해서 맥성으로 갔다. 군사를 나누어 네 대문을 단단히 지키도록 한 관공은 부하 장수와 문관들을 모아 놓고 대책을 상의했다. 조루가 말했다.

"이곳은 상용上庸과 가까운데 지금 유봉과 맹달이 그곳을 지키고 있습니다. 속히 사람을 보내 구원병을 청하십시오. 그곳 군사의 도움을 받아 서천에서 대군이 당도하기를 기다린다면 군사들의 마음도 저절로 안정될 것입니다."

한창 의논하고 있는데 갑자기 동오의 군사들이 성을 사면으로 에워쌌다는 보고가 들어왔다. 관공이 물었다.

"누가 감히 이 포위를 뚫고 상용으로 가서 구원을 청하겠느냐?"

요화가 자원했다.

"제가 가겠습니다."

그러자 관평도 나섰다.

"그럼 내가 포위망을 빠져나갈 수 있도록 호위해 주겠소."

관공은 즉시 글을 써서 요화에게 주었다. 서찰을 몸에 지니고 든든히 먹은 다음 말을 타고 성문을 나섰다. 동오의 장수 정봉이 앞을 가로

막았다. 그러나 관평이 힘을 떨쳐 들이치자 정봉은 패해서 달아났다. 그 틈을 이용하여 요화는 겹겹의 포위를 뚫고 나가 상용을 향해 말을 달렸다. 관평은 성안으로 들어와 굳게 지키면서 나가지 않았다.

이보다 앞서 유봉과 맹달이 상용을 치러 가자 태수 신탐申耽이 무리를 인솔하여 항복했다. 이로 인하여 한중왕은 유봉을 부장군副將軍으로 승진시키고 맹달과 함께 상용을 지키게 했던 것이다. 이날 관공의 군사가 패했다는 소식을 탐지한 두 사람이 한창 대책을 의논하고 있는데 마침 요화가 당도했다. 보고를 받은 유봉이 청해 들이게 하여 사정을 물었다. 요화가 말했다.

"관공께서 싸움에 패하시고 지금 맥성에서 적에게 포위당해 몹시 다급한 상황에 계십니다. 촉중의 구원병이 하루 이틀 사이에 올 수는 없겠기에 특별히 저를 보내 포위를 뚫고 이곳에 구원을 청하게 하신 것입니다. 두 분 장군께서는 속히 상용의 군사를 일으켜 이 위기를 구해 주십시오. 지체하다가는 관공이 계신 성도 함락될 것입니다."

유봉이 말했다.

"장군은 잠시 쉬고 계십시오. 대책을 상의해 보겠소."

요화는 역관으로 가서 쉬면서 이들이 군사를 일으키기만을 기다렸다. 유봉이 맹달에게 물었다.

"숙부님께서 곤경에 처하셨다니 이를 어떻게 했으면 좋겠소?"

맹달이 대답했다.

"동오는 군사가 정예하고 장수들은 용맹하오. 게다가 형주 아홉 군마저 모두 저들의 수중으로 넘어가고 겨우 콩알만한 맥성이 남았을 뿐이오. 더구나 조조가 친히 4,50만의 대군을 거느리고 마피에 주둔하고 있다고 하오. 우리 산성에 있는 군사를 가지고 어떻게 위와 오의 강력

한 군사들과 맞설 수 있겠소? 함부로 대적할 일이 아니지요."

유봉이 말했다.

"그것은 나도 아오. 하지만 관공은 나의 숙부님이시오. 어찌 차마 앉아서 구경만 하고 구하지 않는단 말이오?"

그 말에 맹달은 웃음을 터뜨렸다.

"장군은 관공을 숙부로 여기지만 관공은 반드시 장군을 조카로 여기지는 않을 것이오. 내가 들은 바로는 한중왕이 처음 장군을 아들로 삼으셨을 때부터 이미 관공은 기뻐하지 않았다고 하더이다. 뒤에 한중왕께서 왕위에 오르신 다음 후계자를 세우려고 공명에게 물었는데, 공명은 '이는 집안일이니 관운장과 장익덕에게 물으시는 것이 좋겠습니다'고 했답디다. 그래서 한중왕께서 형주로 사람을 보내 관공에게 물었더니 관공이 장군은 양자이므로 후계자로 세울 수 없다면서 장군을 멀리 떨어진 이곳 상용산성으로 보내 두어 후환을 끊으라고 권했답니다. 이 일은 모두가 아는 일인데 어찌 장군만 모르신단 말씀이오? 어찌 아직도 숙질간의 의리에 얽매여 위험을 무릅쓰고 경거망동하려 하시오?"

유봉의 마음이 흔들렸다.

"그대의 말씀이 옳기는 하나 무슨 말로 거절하겠소?"

맹달이 방법을 일러 주었다.

"산성이 우리 손에 들어온 지 얼마 되지 않아 민심이 아직 안정되지 않았으므로 섣불리 군사를 일으켰다가는 이곳을 잃을까 두렵다고 말씀하시지요."

유봉은 그의 말을 좇기로 했다. 이튿날 유봉은 요화를 청해서 말했다.

"이 산성은 이제 막 우리 손에 들어온 곳이라 군사를 나누어 구할 형편이 못 되는구려."

요화는 소스라치게 놀랐다. 그는 머리를 땅에 짓찧으며 외쳤다.

"그러면 관공은 끝장이 나고 맙니다!"

맹달이 거들었다.

"지금 우리가 간다고 해도 한 수레의 장작더미에 붙은 불에 물 한 잔 끼얹는 격일 것이오. 어찌 불을 제대로 끌 수 있겠소? 장군은 속히 돌아가서 촉중의 군사가 오기를 기다리는 게 좋겠소."

요화가 대성통곡하며 구해 달라고 호소했지만 유봉과 맹달은 소매를 떨치며 안으로 들어가 버렸다. 요화는 일이 글렀다는 걸 깨닫고 한중왕께 달려가 구원을 청하는 수밖에 없다고 생각했다. 그는 욕설을 퍼부으며 말을 타고 성을 나와 성도를 향해 달렸다.

이때 맥성에 있던 관공은 상용의 군사가 오기만을 고대하고 있는데 아무런 동정도 보이지 않았다. 수하에 남은 군사라고는 고작 5,6백 명뿐인데 그나마 태반이 상처를 입었고 성중에는 양식마저 떨어져 고생이 말이 아니었다. 이때 어떤 사람이 성 밑에 와서 군후를 뵙고 드릴 말씀이 있으니 화살을 쏘지 말라고 한다는 보고가 들어왔다. 관공이 들어오게 하여 물어보니 바로 제갈근이었다. 인사를 나누고 차를 마신 뒤 제갈근이 입을 열었다.

"오후의 명을 받들고 특별히 장군께 권유하러 왔습니다. 자고로 급선무를 아는 사람이 준걸이라고 했소이다. 장군께서 다스리던 한상漢上의 아홉 군은 이미 모두 다른 사람에게 넘어가 버렸소. 오직 외로운 성 하나가 남았을 뿐인데 그나마 안으로는 식량과 말먹이 풀이 떨어지고 밖으로는 구원병이 없어 위험이 코앞에 닥쳤습니다. 장군은 이 근의 말을 듣고 오후께 귀순하여 다시 형양을 지키면서 가솔을 보전하시는 게 어떻겠소? 군후께서는 깊이 생각해 보시기 바라오."

관공은 정색을 하고 말했다.

"나는 해량解良 땅의 일개 무부武夫에 지나지 않았는데 우리 주공께서 수족 같이 대해 주시는 은혜를 입었소. 어찌 의리를 저버리고 적국에 몸을 던질 수 있겠소? 성이 깨진다면 죽음이 있을 따름이오. 옥은 부술 수는 있어도 흰 빛을 바꿀 수는 없고, 대나무는 태울 수는 있어도 그 절개를 꺾을 수 없는 법이오. 몸은 죽더라도 이름은 죽백竹帛(역사 기록)에 남아 길이 전할 것이오. 그대는 여러 말 말고 속히 성을 나가시오. 내 손권과 목숨을 건 일전을 벌이겠소!"

제갈근이 다시 설득했다.

"오후께서는 춘추시대 진秦나라와 진晉나라가 그랬듯이 군후와 혼인을 맺고 힘을 합쳐 조조를 깨뜨리고 함께 한나라 조정을 붙들어 세우고자 하시는 것일 뿐 다른 뜻은 없으십니다. 군후께서는 어찌 이리도 고집을 부리시오?"

말이 채 끝나기도 전에 관평이 검을 뽑아 들고 나와 제갈근의 목을 치려고 했다. 관공이 그를 만류했다.

"저 사람의 아우 공명은 촉에서 너의 백부를 보좌하고 있다. 지금 저 사람을 죽인다면 그들 형제의 정을 상하게 되느니라."

그러고는 부하들을 시켜 제갈근을 쫓아내게 했다.

제갈근은 얼굴 가득 부끄러운 빛을 띠고 말에 올라 성을 나갔다. 그는 동오로 돌아가서 오후를 알현하고 아뢰었다.

"관공은 마음이 철석같아 말로 달랠 수가 없었습니다."

손권은 감탄했다.

"참으로 충신이로다! 그렇다면 이 일을 어찌해야겠소?"

여범이 말했다.

"제가 점을 쳐서 길흉을 알아보겠습니다."

손권은 즉시 점을 치게 했다. 여범이 시초蓍草를 뽑아 괘를 얻으니 땅地이 위에 있고 물水이 아래에 있는 사괘師卦(주역의 괘 이름)가 나왔다. 군사를 동원하여 적과 싸우는 게 이롭다는 뜻이다. 더욱이 현무玄武가 호응하니 적이 멀리 달아남을 예시하는 점괘였다.

손권이 여몽에게 물었다.

"점괘가 적이 멀리 달아날 것을 예시하는데 경은 어떤 계책을 써서 그를 사로잡으려 하오?"

여몽이 웃으며 대답했다.

"괘상은 제가 생각한 계책과 합치됩니다. 관공에게 하늘에 오를 수 있는 날개가 있다 해도 제가 쳐 둔 그물에서 빠져나가지는 못할 것입니다!"

이야말로 다음 대구와 같다.

용이 도랑에서 놀면 새우의 조롱을 당하고 /
봉황도 새장에 들면 새의 속임수에 걸리네.
龍游溝壑遭蝦戲　鳳入牢籠被鳥欺

과연 여몽의 계책이란 어떤 것인가, 다음 회를 보라.

77

관운장의 혼령

옥천산에서 관공의 혼령이 나타나고
낙양성에서 조조는 관신에 감동하다
玉泉山關公顯聖 洛陽城曹操感神

손권이 여몽에게 계책을 물으니 여몽이 대답했다.

"제 짐작에 관 아무개는 군사가 적으니 큰길로 달아나지는 못할 것입니다. 맥성 북쪽에 험준한 샛길이 있는데 필시 그 길로 갈 것입니다. 주연에게 정예 병사 5천 명을 이끌고 맥성 북쪽 20리 되는 곳에 매복하고 있다가 적군이 와도 대적하지 말고 바짝 뒤를 따르게만 합니다. 그러면 적은 싸울 마음이 사라져 틀림없이 임저臨沮로 달아날 것입니다. 반장에게 정예 병사 5백 명을 이끌고 미리 임저의 후미진 산길에 매복해 있게 하면 관 아무개를 사로잡을 수 있을 것입니다. 지금 장졸들을 보내 각 문을 공격하되 북문만은 비워 놓아 그리로 달아나게 하시지요."

계책을 들은 손권은 여범에게 다시 점을 치게 했다. 괘가 이루어 지자 여범이 아뢰었다.

"이 괘는 적이 서북방으로 달아날 것을 예시하는데 오늘 밤 해시 亥時(밤 10시경)에는 틀림없이 사로잡힐 것입니다."

크게 기뻐한 손권은 즉시 명령을 내려 주연과 반장에게 두 갈래의 정병을 거느리고 군령에 따라 가서 매복하게 했다.

한편 맥성에 있던 관공은 기병과 보병을 점검해 보니 남은 군사라 곤 겨우 3백여 명뿐인 데다 군량과 말먹이 풀마저 바닥이 났다. 이날 밤 성밖에서는 오의 군사들이 이쪽 군사들의 이름을 부르며 투항을 권했다. 그 바람에 많은 군사가 성벽을 넘어 달아났다. 게다가 구원 병마저 오지 않았다. 관공은 아무리 생각해도 마땅한 대책이 떠오르 지 않아서 왕보에게 물었다.

"지난날 공의 말을 듣지 않은 것이 후회되는구먼! 지금 사태가 위 급하게 되었으니 어찌하면 좋겠는가?"

왕보가 소리 내어 울면서 대답했다.

"오늘 닥친 일은 비록 자아子牙(강태공)가 다시 살아나더라도 어쩔 수 없을 것입니다."

조루가 말했다.

"상용에서 구원병이 오지 않는 것은 유봉과 맹달이 군사를 움직이 려 하지 않기 때문입니다. 이 외로운 성을 버리고 서천으로 달아나서 군사를 다시 정돈해서 형주를 되찾는 게 어떻겠습니까?"

"나 역시 그럴 생각이네."

관공이 동의하고 성벽으로 올라가 형세를 살펴보았다. 북문 밖에 는 적병이 많지 않은 걸 보고 성안에 사는 백성에게 물었다.

"여기서 북쪽으로 가면 지세가 어떤가?"

백성이 대답했다.

"북쪽은 모두 좁은 산길인데 그 길로 쭉 가면 서천으로 통합니다."

관공이 말했다.

"오늘 밤 그 길로 가야겠군."

왕보가 만류했다.

"좁은 샛길에는 매복이 있을 것이니 큰길로 가시지요."

관공은 대수롭지 않다는 듯 대꾸했다.

"설사 매복이 있기로서니 내 어찌 두려워하겠는가?"

관공은 즉시 명령을 내려 기병과 보병에게 차림을 단단히 하고 성에서 나갈 준비를 하라고 했다. 왕보가 소리 내어 울면서 말했다.

"군후께서는 가시는 길에 조심하시고 몸을 소중히 여기소서! 저는 군졸 1백여 명과 함께 죽기로써 이 성을 지키겠습니다. 성은 비록 깨어질지라도 몸은 항복하지 않겠습니다! 바라건대 군후께서는 속히 돌아와 구해 주소서!"

관공 역시 눈물을 뿌리며 작별하고 주창을 남겨 왕보와 함께 맥성을 지키게 했다. 그러고는 관평, 조루와 함께 남은 군사 2백여 명을 이끌고 북문으로 돌격해 나갔다. 관공은 칼을 가로 들고 전진하여 초경(저녁 8시경)이 지날 즈음 대략 20여 리를 갔다. 갑자기 우묵한 골짜기에서 징과 북이 일제히 울리면서 고함 소리가 진동했다. 그와 함께 한 떼의 군사가 닥치는데, 선두에 선 대장은 주연이었다. 주연은 창을 꼬나들고 질풍같이 말을 몰며 소리쳤다.

"운장은 달아나지 말라! 일찌감치 항복하여 죽음을 면하라!"

크게 노한 관공이 말을 다그쳐 몰고 청룡도를 휘두르며 덤벼들었다. 그러자 주연은 제대로 싸워 보지도 않고 달아났다. 관공이 승세를 타고 뒤를 쫓았다. 이때 북소리가 한바탕 요란하게 울리더니 사면에서 매복하고 있던 적병이 모두 일어났다. 관공은 감히 싸우지 못하고 임저의 샛길을 향하여 달아났다. 주연이 군사를 이끌고 그 뒤를 몰아쳤다. 관공을 따르는 군사들은 점점 줄어들었다. 4,5리를 못가서 앞쪽에서 또 고함 소리가 진동하더니 불빛이 크게 치솟는 가운데 반장이 질풍같이 말을 몰고 칼을 휘두르며 달려왔다. 관공은 크게 노하여 청룡도를 휘두르며 맞받았다. 단지 3합 만에 반장이 패해

두각민 그림

서 달아났다.

관공은 다시 싸울 엄두가 나지 않아 급히 산길을 향하여 달아났다. 관평이 헐레벌떡 뒤따라와서 조루가 난군 속에서 전사했다고 전했다. 관공은 슬픔과 당황함을 이기지 못하며 관평에게 뒤를 끊게 하고 몸소 앞장서서 길을 열었다. 이때 수하에 따르는 군사라고는 겨우 10여 명이 남았을 뿐이었다. 행군이 결석決石에 이르렀다. 보니 길 양편은 모두 산인데 산기슭에는 갈대와 시든 풀이 가득하고 수목이 빽빽하게 우거졌다. 때는 이미 5경(새벽 4시경)도 끝나 갈 무렵이었다.

한창 달리는데 한바탕 고함 소리가 일어나더니 양편에서 매복했던 군사들이 일제히 뛰쳐나왔다. 그들은 긴 갈고리와 올가미를 던져 먼저 관공이 탄 말의 다리를 걸어서 넘어뜨렸다. 그 서슬에 관공은 몸을 뒤집으며 말에서 굴러 떨어지고 마침내 반장의 부장인 마충에게 사로잡히고 말았다. 부친이 사로잡힌 것을 알고 관평이 부리나케 달려와 구하려 했다. 그러나 뒤에서 반장과 주연이 군사를 거느리고 일제히 쫓아와서 사면으로 관평을 에워쌌다. 관평은 홀몸으로 외로이 싸웠지만 마침내 힘이 다하여 역시 사로잡히고 말았다. 날이 밝아올 무렵 손권은 관공 부자가 사로잡혔다는 소식을 들었다. 그는 크게 기뻐하며 여러 장수들을 군막 안에 모았다.

잠시 후에 마충의 무리가 관공을 에워싸고 손권 앞으로 왔다. 손권이 관공에게 말했다.

"내가 오랫동안 장군의 높은 덕을 사모하여 진秦나라와 진晉나라처럼 사돈을 맺고자 했는데 어찌하여 거절하셨소? 장군은 평소에 스스로 천하무적이라고 자부했는데 오늘은 어찌하여 나에게 사로잡혔소? 장군은 오늘도 역시 이 손권에게 항복하지 않으시겠소?"

관공은 사나운 음성으로 손권을 꾸짖었다.

"푸른 눈의 애송이, 자줏빛 수염의 쥐새끼 같은 녀석! 나는 유황숙과 도원에서 의를 맺으면서 한나라 황실을 붙들어 세우기로 맹세하였거늘 어찌 한나라 조정을 배반한 너희 역적들과 한 무리가 된단 말이냐? 내 이제 잘못하여 간계에 걸려들었으니 죽음이 있을 따름이다! 더 이상 무슨 잔말이 필요하겠느냐?"

손권 관원들을 돌아보며 물었다.

"운장은 천하의 호걸이라 내가 몹시 아끼고 있소. 이제 예로써 대접해서 귀순하도록 권해 볼까 하는데 어떠하오?"

주부 좌함左咸이 만류했다.

"아니 됩니다. 예전에 조조가 저 사람을 얻었을 때 후侯로 봉하고 벼슬을 내렸고, 사흘마다 작은 잔치, 닷새마다 큰잔치를 베풀어 환대했으며, 말에 오르면 황금을 주고 말에서 내리면 은을 하사했습니다. 이처럼 은혜를 베풀고 예를 다했건만 끝내 붙들어 두지 못하고 그가 다섯 관문을 지나며 여섯 장수를 죽이고 가 버렸다는 소식만 들었을 따름입니다. 그리하여 오늘에 이르러서는 도리어 그의 핍박을 받게 되었고 그의 예봉을 피하기 위해 수도를 옮길 생각까지 했을 정도입니다. 지금 주공께서 그를 사로잡았지만 즉시 없애지 않으시면 아마 뒷날 걱정거리가 될 것입니다."

손권은 깊은 생각에 잠겨 있더니 반나절이 지나서야 입을 열었다.

"그 말이 옳도다."

마침내 밖으로 끌어내라고 명을 내렸다. 이리하여 관공 부자는 함께 죽임을 당했으니, 때는 건안 24년 겨울 12월(220년 초)이었다. 죽을 때 관공의 나이 58세였다. 후세 사람이 시를 지어 탄식했다.

한말에 그 재주 당할 사람 없어 / 관운장이 영웅들 중 뛰어났다네. //
신 같은 위엄으로 무용을 떨쳤고 / 의젓한 태도에 학문까지 겸했네.

태양처럼 밝은 마음 거울 같았고 / 춘추의 의리는 구름까지 닿았네. //
빛나는 그 모습 만고에 드리우니 / 삼국 시기만 으뜸간 게 아니라네.

漢末才無敵, 雲長獨出群. 神威能奮武, 儒雅更知文.
天日心如鏡, 春秋義薄雲. 昭然垂萬古, 不止冠三分.

또 이런 시도 있다.

인걸이라면 오직 옛 해량 땅을 추종하니 /
사람들 다투어 한나라 관운장을 숭배하네. //
복숭아 동산에서 하루아침 맺은 형과 아우가 /
천세토록 제사 받는 황제와 왕이 되었네.

기개는 바람과 우레 같아 맞설 사람 없고 /
지조는 해와 달처럼 환하게 빛을 뿌리네. //
지금도 사당과 신상은 천하에 가득한데 /
고목의 갈까마귀 어찌 석양에 우짖는가?

人傑惟追古解良, 士民爭拜漢雲長. 桃園一日兄和弟, 俎豆千秋帝與王.
氣挾風雷無匹敵, 志垂日月有光芒. 至今廟貌盈天下, 古木寒鴉幾夕陽.

관공이 죽은 뒤 그가 타던 적토마는 마충이 노획하여 손권에게 바쳤다. 손권은 적토마를 즉시 마충에게 하사하여 타게 했다. 그러나 말은 며칠 동안 여물을 먹지 않더니 끝내 굶어 죽었다.

한편 맥성에 있던 왕보는 뼈와 살이 와들와들 떨렸다. 그래서 주창에게 물어보았다.

"간밤 꿈에 주공께서 온몸이 피투성이가 된 채 내 앞에 와서 서셨소. 급히 까닭을 여쭈어 보려다가 갑자기 놀라 깨어나고 말았소. 대체 이게 무슨 조짐일까요?"

이렇게 이야기를 하고 있는데 별안간 오군이 성 아래서 관공 부자의 수급을 들고 항복을 권한다는 보고가 들어왔다. 왕보와 주창은 소스라치게 놀라 급히 성 위로 올라가서 살펴보았다. 과연 관공 부자의 수급이 틀림없었다. 왕보는 '악!' 하는 외마디 비명을 지르고는 그대로 성벽에서 떨어져 죽었다. 주창 또한 스스로 목을 베어 죽었다. 이리하여 맥성마저 동오의 차지가 되고 말았다.

한편 관공의 혼백은 흩어지지 않고 허공을 이리저리 떠돌다가 한 곳에 이르니 바로 형문주荊門州 당양현當陽縣에 있는 옥천산玉泉山이었다. 그 산에 한 노승이 있었는데 법명이 보정普淨이었다. 보정은 원래 사수관汜水關 진국사鎭國寺의 장로였는데, 뒤에 천하를 구름처럼 떠돌다가 이곳에 이르렀다. 산이 좋고 물이 맑은 것을 보고는 풀을 엮어 암자를 세우고 날마다 좌선坐禪하여 도를 닦았다. 신변에는 다만 어린 행자行者 하나가 있어 탁발하며 날을 보내고 있었다. 그날 밤은 달이 유난히 밝고 바람까지 맑았다. 3경이 지나서 보정이 암자에서 좌선하고 있노라니 문득 공중에서 누군가 크게 외치는 소리가 들렸다.

"내 머리를 돌려 다오!"

보정이 고개를 쳐들고 자세히 살펴보니 공중에서 한 사람이 적토마를 타고 청룡도를 들고 있는데, 왼편에는 얼굴이 흰 장군이 하나 있고 오른편에는 얼굴이 검고 수염이 곱슬곱슬한 사람이 따르고 있었다. 세 사람은 일제히 구름을 타고 아래로 내려오더니 옥천산 정상에 이르렀다. 보정은 그가 관공임을 알아보고 곧 손에 든 불자拂子(스님들이 쓰는 먼지떨이)로 암자의 문을 탁 치면서 말했다.

"운장! 어디 계시오?"

관공의 영험한 혼령은 즉시 깨닫고 말에서 내려 바람을 타고 암자 앞으로 와서 두 손을 모으고 물었다.

"스님은 뉘시오? 법호를 알려 주시지요."

보정이 대답했다.

"노승은 보정이라 하오. 예전에 사수관 앞 진국사에서 군후를 만난 적이 있는데 오늘 어찌 그 일을 잊으셨소?"

관공이 그를 알아보았다.

"지난날 구해 주신 은혜를 가슴 깊이 새겨 잊지 않고 있소이다. 나는 벌써 화를 입어 몸은 죽었소이다. 밝은 가르침을 내려 이 미망에서 벗어날 길을 알려 주시오."

보정이 말했다.

"과거와 현재의 시시비비 따위는 일체 따지지 마시오. 인과因果는 앞뒤가 조금도 어긋남이 없는 법이오. 지금 장군께선 여몽에게 해를 당해 '내 머리를 돌려 달라'고 소리치고 계시지만, 안량과 문추며 다섯 관의 여섯 장수를 비롯한 여러 사람의 머리는 장차 누구에게 찾아 달라고 한단 말이오?"

이에 관공은 홀연히 깨달았다. 그는 머리를 조아리며 불법佛法에
귀의하고 사라졌다. 후에 그는 가끔 옥천산에서 영험한 모습을 보여
백성들을 보호하니 마을 사람들이 그 덕에 감사하여 산꼭대기에 사
당을 짓고 사계절 제사를 지냈다. 후세 사람이 그 사당에다 대련對聯
을 지어 붙이니 그 내용은 다음과 같다.

붉은 얼굴에 붉은 마음 품은 채 / 붉은 적토마 타고 바람을 쫓나니 /
치달리던 그때 붉은 황제*가 세운 한 황실을 잊은 적 없었네.

푸른 등불 켜고 푸른 역사 읽으며 / 날 푸른 청룡언월도 들었으니 /
어두운 곳에 있어도 푸른 하늘에 부끄러움이 없었네.

赤面秉赤心, 騎赤兎追風馳, 驅時無忘赤帝.

青燈觀青史, 仗青龍偃月, 隱微處不愧青天.

관공을 죽이고 형양 땅을 모조리 수중에 넣은 손권은 삼군에 상과
음식을 내리고 잔치를 베풀어 장수들을 모아 전공을 축하했다. 그는
여몽을 상좌에 앉히고 여러 장수들을 돌아보며 입을 열었다.

"내가 오랫동안 형주를 얻지 못하다가 이번에 이처럼 쉽게 얻은
것은 모두가 자명의 공로요."

여몽은 두 번 세 번 공손히 사양했다. 손권이 다시 말을 이었다.

"예전에 주랑周郞(주유의 별명)이 뛰어난 지략으로 적벽에서 조조를

*붉은 황제赤帝 | 한고조高祖 유방劉邦을 가리키는데 여기서는 한나라 황실을 뜻한다.

깨뜨렸으나 불행히도 일찍이 세상을 떠나고 노자경子敬(노숙의 자)이 그를 대신했소. 자경은 처음 나를 보자마자 제왕의 큰 책략을 일러 주었으니 이것이 첫 번째 통쾌한 일이었소. 조조가 동쪽으로 내려올 때 여러 사람이 모두 나에게 항복을 권했지만 유독 자경만은 나에게 공근公瑾(주유의 자)을 불러들여 역으로 조조를 격파하게 했으니 이것이 두 번째 통쾌한 일이었소. 허나 유비에게 형주를 빌려 주도록 권한 것만큼은 자경의 잘못이었소. 이제 자명이 계책을 세우고 꾀를 정해 단번에 형주를 손에 넣었으니 자경이나 주랑보다 훨씬 낫구려!"

두각민 그림

그러고는 친히 술잔에 술을 가득 따라 여몽에게 하사했다. 그런데 술을 받아서 막 마시려던 여몽이 별안간 술잔을 땅바닥에 내동댕이치고는 한 손으로 손권의 먹살을 틀어쥐더니 사나운 음성으로 꾸짖었다.

"푸른 눈에 자줏빛 수염의 쥐새끼 같은 녀석! 네가 아직도 나를 모르겠느냐?"

여러 장수들이 소스라치게 놀라 급히 손권을 구하려 할 때였다. 여몽은 손권을 밀어서 쓰러뜨리고 큰 걸음으로 성큼성큼 나아가 손권의 자리에 앉아 눈썹을 곤두세우고 두 눈을 부릅뜨며 크게 호통을 쳤다.

"내가 황건적을 격파한 이래 천하를 종횡한 지 30여 년인데 이제와서 네놈의 간계에 빠져 하루아침에 해를 입고 말았도다. 살아서 너의 고기를 씹지 못했지만 죽어서라도 여몽 이 도적놈의 넋을 쫓아다닐 것이다! 나는 바로 한수정후 관운장이노라!"

손권은 소스라치게 놀랐다. 황급히 대소 장졸들을 거느리고 다함께 엎드려 절을 올렸다. 그러자 여몽은 땅바닥에 쓰러지더니 일곱 구멍으로 피를 쏟으며 죽어 버렸다. 모든 장수들은 이 광경을 보고 두려워 떨지 않는 자가 없었다. 손권은 여몽의 시신을 관에 넣어 안장하고 남군 태수에 잔릉후屛陵侯로 봉한 다음 그 아들 여패呂覇에게 작위를 계승하게 했다. 손권은 이로부터 관공의 일에 감동하며 놀라는 한편 의아함을 금치 못했다.

그때 건업에서 장소가 왔다는 보고가 들어왔다. 손권이 불러들여서 온 까닭을 물었더니 장소가 대답했다.

"이번에 주공께서 관공 부자를 해쳤으니 강동에 닥칠 화가 멀지 않았습니다. 이 사람은 도원에서 유비와 의를 맺으면서 생사를 함께 하기로 맹세한 사이입니다. 지금 유비는 이미 양천兩川(서천과 동천)의 군사를 가졌고, 그 위에 제갈량의 지모와 장비, 황충, 마초, 조운의 용맹을 아울러 갖추고 있습니다. 운장 부자가 해를 당한 사실을 유비가 아는 날에는 반드시 나라의 군사를 모조리 일으키고 힘을 떨쳐 원수를 갚으려 들 것입니다. 이렇게 되면 우리 동오로서는 대적하기가 어려울 것 같습니다."

이 말을 들은 손권은 크게 놀라 발을 굴렀다.

"내 생각이 짧았구나! 그러나 이미 일이 이렇게 되었으니 어찌하면 좋단 말인고?"

장소가 안심을 시켰다.

"주공께서는 심려하지 마십시오. 저에게 계책이 하나 있으니 서촉 군사가 동오를 침범하지 못하게 하고 형주를 반석같이 안전하도록 하겠습니다."

손권이 어떤 계책이냐고 묻자 장소가 대답했다.

"지금 조조는 1백만 대군을 거느리고 범처럼 천하를 노려보고 있습니다. 유비가 급히 원수를 갚으려면 반드시 조조와 화해를 해야 합니다. 만약 두 곳의 군사가 연합해서 쳐들어온다면 동오는 위급해질 것입니다. 그러니 먼저 조조에게 관공의 수급을 보내는 게 좋겠습니다. 유비에게 조조가 시킨 일임을 확실히 해 두는 것이지요. 그러면 유비는 틀림없이 조조에게 원한을 품을 것입니다. 그리되면 서촉의 군사는 동오로 오지 않고 위로 갈 것입니다. 우리는 그들의 승부를 살펴보다가 중간에서 이익을 취하면 됩니다. 이것이 상책입니다."

손권은 그 말을 따르기로 했다. 즉시 관공의 수급을 나무 상자에

담은 다음 사자를 시켜 밤낮을 가리지 말고 달려서 조조에게 갖다 주게 하였다. 이때 조조는 마피에서 회군하여 낙양으로 돌아와 있었는데 동오에서 관공의 수급을 보내왔다는 말을 듣자 몹시 기뻐했다.

"운장이 죽었다니, 내 이제는 밤에 다리를 뻗고 편히 자게 되었구나."

계단 아래서 한 사람이 나서며 말했다.

"이는 동오가 우리에게 화를 뒤집어씌우려는 계책입니다."

조조가 보니 바로 주부 사마의였다. 조조가 까닭을 물으니 사마의가 대답했다.

"예전에 유비, 관우, 장비 세 사람은 도원에서 형제의 의를 맺을 때 생사를 함께 하기로 맹세했습니다. 이제 동오에서 관공을 해치고는 유비가 원수 갚을 일이 두려워 그 수급을 대왕께 바친 것입니다. 그래서 유비의 노여움을 대왕께 돌려 오를 공격하는 대신 우리 위를 치게 하고 자기들은 중간에서 틈을 이용하여 일을 꾸미려는 수작입니다."

조조도 동의했다.

"중달의 말이 옳으이. 그렇다면 내가 어떤 계책으로 그 문제를 해결해야 하는가?"

사마의가 대답했다.

"그것은 지극히 쉬운 일입니다. 대왕께서는 관공의 머리에 향나무로 몸을 만들어 붙이고 대신大臣의 예로 장사를 치러 주십시오. 유비가 이 일을 알면 틀림없이 손권을 죽이고 싶도록 미워하며 힘을 다해 남쪽 정벌에 나설 것입니다. 우리는 그들의 승부를 주시하다가 촉이 이기면 오를 치고 오가 이기면 촉을 치면 됩니다. 둘 중 하나를 얻고 나면 남은 하나 역시 오래 버티지 못할 것입니다.”

조조는 크게 기뻐하며 그 계책을 따르기로 했다. 즉시 동오에서 온 사자를 불러들였다. 사자가 들어와서 나무 상자를 바쳤다. 조조가 받아서 뚜껑을 열어 보니 관공의 얼굴은 살아 있을 때나 다름이 없었다. 조조가 웃으며 말을 건넸다.

“운장공! 그동안 무탈하셨소?”

조조의 말이 미처 끝나기도 전이었다. 문득 관공이 입을 딱 벌리고 눈을 번쩍 뜨더니 수염과 머리카락이 모두 곤두섰다. 소스라치게 놀란 조조는 그대로 쓰러지고 말았다. 관원들이 급히 구완해 한참만에야 정신을 차렸다. 조조는 여러 관원을 돌아보며 말했다.

“관장군은 참으로 천신天神이로다!”

이때 오에서 온 사자 또한 관공의 영험한 혼령이 여몽의 몸에 붙어 손권을 꾸짖고 여몽의 목숨까지 뺏은 일들을 조조에게 알려 주었다. 이 말을 들은 조조는 더욱 두려워서 짐승을 잡고 술을 갖추어 제사를 지냈다. 그리고 침향목沉香木으로 관공의 몸을 조각하여 왕후王侯의 예로써 낙양성 남문 밖에다 장사지내 주었다. 조조는 대소 관원들에게 명하여 영구를 전송토록 하는 한편 친히 절을 올려 제사를 지내 주었다. 그는 또 관공을 형왕荊王으로 추증하고 관원을 파견하여 묘를 지키게 했다. 그런 뒤에 오의 사자를 강동으로 돌려보냈다.

한편 한중왕은 동천으로부터 성도로 돌아와 있었다. 법정이 아뢰었다.

"대왕의 전 부인께선 세상을 떠나셨고 손부인 또한 남쪽으로 돌아가셨으니 반드시 다시 돌아온다고 기약하기는 어렵습니다. 인륜의 도리는 폐할 수 없으니 반드시 왕비를 들이시어 내정을 보살피게 하소서."

한중왕이 그 말을 따르기로 했다. 법정이 다시 아뢰었다.

"오의吳懿에게 누이 하나가 있는데 용모가 아름다울 뿐만 아니라 현숙하다고 합니다. 듣자니 일찍이 관상 보는 사람이 그 여인을 보고는 후에 반드시 크고 귀하게 되리라고 했다 합니다. 앞서 유언劉焉의 아들 유모劉瑁에게 출가시켰는데 유모가 일찍 죽어 지금까지 홀로 지내고 있답니다. 대왕께서 그 여인을 왕비로 맞아들이시면 좋을 듯합니다."

한중왕은 반대했다.

"유모는 나와 같은 종친이니 도리로 보아 아니 될 일이오."

법정이 말했다.

"친척의 관계로 따진다면 진문공晉文公과 회영懷嬴*의 사이와 무엇이 다르겠습니까?"

한중왕도 그제는 허락하고 마침내 오씨를 맞아들여 왕비로 삼았다. 오씨는 뒤에 아들 형제를 낳았는데, 맏아들은 유영劉永으로 자가 공수公壽요 둘째 아들은 유리劉理로 자가 봉효奉孝였다.

이 무렵 동서 양천兩川에선 백성들은 편안하고 나라는 부유하며 논밭에는 곡식이 무르익었다. 그런데 갑자기 형주에서 사람이 와서 동오가 관공에게 청혼을 했지만 관공이 잘라서 거절했다는 말을 전

---

* 진문공과 회영 | 회영은 춘추시대 진泰나라 목공穆公의 딸. 처음에 진쯥나라 회공懷公(이름 자어子圉)에게 시집갔다가 회공이 죽은 뒤에 다시 회공의 백부인 문공에게 시집갔다.

했다. 공명이 걱정을 했다.

"형주가 위태롭게 되었구나!"

공명은 현덕에게 말했다.

"다른 사람을 보내 대신하게 하고 관공은 돌아오게 해야겠습니다."

한창 논의를 하고 있는데 형주에서 전투에 이겼다는 보고를 전하는 사자가 끊임없이 이르렀다. 며칠이 되지 않아 관흥이 왔는데 강물을 터뜨려 조조의 7군을 수장시킨 일을 자세히 이야기했다. 또 하루는 관공이 강변에 봉화대를 많이 설치하고 매우 엄밀하게 방비를 하고 있으므로 형주는 만에 하나도 실수가 없을 것이란 보고까지 도달했다. 이로 말미암아 현덕은 마음을 놓았다.

그러던 어느 날이었다. 갑자기 현덕은 온몸의 살이 떨리면서 앉으나 서나 불안해서 견딜 수가 없었다. 밤에도 편안히 잠을 이루지 못하여 자리에서 일어나 내실에 앉아 등불을 밝히고 책을 읽다가 정신이 몽롱해져 안석에 기대고 누워 있었다. 그때 문득 방안에 한줄기 싸늘한 바람이 일어나더니 등불이 펄럭이며 가무러지다가 다시 밝아졌다. 현덕이 고개를 들어 바라보니 등불 아래 웬 사람이 서 있었다.

"그대는 어떤 사람이건대 이 야밤에 나의 내실까지 들어왔는가?"

그러나 그 사람은 아무 대답이 없었

다. 괴이하게 여긴 현덕이 자리에서 일어나 자세히 살펴보니 바로 관공이었다. 그런데 웬일인지 관공은 등불 밑 어두운 곳에서 이리저리 오가며 자꾸만 몸을 피하는 것이었다. 현덕이 물었다.

"아우님은 그동안 별고 없었는가? 이런 한밤중에 이곳에 왔으니 반드시 무슨 큰일이 난 게로구나. 내 자네와의 정리가 혈육과 다름없는 터에 어찌하여 나를 피한단 말인가?"

관공이 눈물을 흘리며 부탁했다.

"원컨대 형님께선 군사를 일으켜 이 아우의 한을 씻어 주소서!"

말이 끝나자 갑자기 찬바람이 일어나면서 관공의 모습이 사라졌다. 현덕이 화들짝 놀라 깨어나니 바로 꿈이었다. 때마침 3경을 알리는 북소리가 들렸다. 와락 의심이 난 현덕은 급히 앞 궁전으로 나가 사람을 시켜 공명을 청해 오게 했다. 공명이 들어와 뵙자 현덕은 꿈 이야기를 자세히 했다. 공명이 말했다.

"대왕께서 관공을 너무 그리워하신 까닭에 그런 꿈을 꾸신 것입니다. 무엇 때문에 그토록 의심하십니까?"

그래도 현덕이 이중 삼중으로 의심하고 염려하자 공명은 좋은 말로 마음을 풀어 주었다.

현덕에게 인사를 하고 물러 나온 공명이 중문 밖을 나서다가 마주 오는 허정許靖을 만났다. 허정이 말했다.

"제가 방금 보고 드릴 기밀이 있어 군사의 부중에 들렀는데 군사께서 입궐하셨다는 말씀을 듣고 특별히 예까지 왔소이다."

"무슨 기밀이지요?"

공명이 묻자 허정이 대답했다.

"방금 외지 사람이 전하는 말을 들으니 동오의 여몽이 형주를 습격했고 관공은 이미 해를 당했다고 합니다. 그래서 특별히 군사께 알려 드리러 온 것입니다.”

공명이 말했다.

“내가 밤에 천상天象을 살펴보는데 장성將星이 형초荊楚 땅에 떨어지기에 운장이 틀림없이 화를 당했을 것이라 짐작하고 있었소이다. 다만 주상께서 너무 깊이 슬퍼하실 게 걱정되어 아직 감히 말씀을 드리지 못하고 있소이다.”

두 사람이 이렇게 이야기를 주고받고 있는데 별안간 전각 안에서 한 사람이 돌아 나오더니 공명의 소매를 덥석 잡으며 소리쳤다.

“그토록 흉한 소식이거늘 공은 어찌 나를 속였단 말이오?”

공명이 보니 바로 현덕이었다. 공명과 허정은 함께 아뢰었다.

“방금 저희들끼리 한 말은 모두가 전해들은 일들일 뿐이니 깊이 믿을 바가 못 되옵니다. 대왕께서는 마음을 느긋하게 가지시고 심려하지 마시기 바라나이다.”

현덕이 말했다.

“나와 운장은 생사를 함께 하기로 맹세한 사이요. 그에게 무슨 일이 생기기라도 했다면 내 어찌 홀로 살 수 있겠소?”

공명과 허정이 한창 현덕을 달래고 있는데 근시近侍가 들어와 아뢰었다.

“마량과 이적이 왔습니다.”

현덕이 급히 불러들여 물으니 두 사람은 형주가 함락된 일과 관공이 싸움에 패해서 구원병을 청하고 있다는 일을 자세히 말했다. 그들이 가지고 온 관공의 표문을 올렸다. 그러나 미처 표문을 뜯어볼 사이도 없이 근시가 또 형주에서 요화가 당도했다고 아뢰었다. 현덕이 급히 불러들이자 요화는 소리쳐 울며 땅에 엎드려 절을 올렸다. 그러고는 유봉과 맹달이 구원병을 보내지 않은 일을 자세히 아뢰었다. 현덕은 깜짝 놀라 소리쳤다.

"그렇다면 내 아우는 끝장이 났겠구나!"

공명이 말했다.

"유봉과 맹달이 이토록 무례하니 그 죄는 죽어 마땅합니다. 대왕께서는 마음을 느긋하게 가지소서. 이 양이 직접 한 부대의 군사를 거느리고 가서 형양의 위급함을 구하겠습니다."

현덕은 눈물을 흘리며 소리쳤다.

"운장이 잘못된다면 나는 결단코 혼자 살지는 않겠소! 내가 내일 직접 군사를 거느리고 가서 운장을 구하겠소!"

그러고는 낭중으로 사람을 보내 익덕에게 알리는 한편 인마를 모아들이게 했다. 날이 밝기도 전에 연달아 몇 차례 급보가 날아들었는데 관공이 밤에 임저로 달아나다가 오의 장수에게 사로잡힌 일이며 끝내 절개를 굽히지 않다가 부자가 함께 세상을 떠났다는 내용이었다. 마지막 보고를 듣고 난 현덕은 외마디 소리를 지르고는 그대로 정신을 잃고 땅바닥에 쓰러지고 말았다. 이야말로 다음 대구와 같다.

그 옛날 함께 죽기로 맹세한 일 생각하면 /
오늘 어찌 차마 홀로 목숨 버리게 하리오!
爲念當年同誓死　忍敎今日獨捐生

현덕의 목숨은 어찌될 것인가, 다음 회를 보라.

78

간웅 조조의 최후

풍병을 고치려다 신의 화타는 비명에 죽고
유언을 전하고 난 간웅 조조는 명이 다하다
治風疾神醫身死　傳遺命奸雄數終

관공 부자가 해를 당했다는 말을 들은 한중왕은 통곡을 하며 땅바닥
에 쓰러졌다. 문무 관원들이 급히 구완해서 한참만에야 겨우 정신을
차린 그는 부축을 받으며 내전으로 들어갔다. 공명이 권고했다.

"대왕께서는 너무 근심하지 마십시오. 예로부터 '죽고 사는 것은
명에 달렸다'고 했습니다. 관공은 평소 너무 강직하고 자긍심이 높
았던 까닭에 오늘날 이런 화를 당한 것입니다. 대왕께서는 옥체를
보중하시어 원수 갚을 일을 서서히 도모하
소서."

현덕이 말했다.

"나는 관운장, 장익덕 두 아우
와 더불어 도원에서 형제의 의
를 맺을 때 함께 살고 함
께 죽기로 맹세했소. 지
금 운장이 죽은 마당에

내 어찌 홀로 부귀를 누린단 말이오?"

그 말이 채 끝나기도 전에 관흥이 통곡을 하며 들어왔다. 이 광경을 본 현덕은 그만 외마디 소리를 지르고는 또다시 통곡을 하다가 기절해 쓰러졌다. 여러 관원들이 구완해 다시 깨어났다. 그러나 그때부터 하루에도 서너 차례나 소리쳐 울다가 기절을 하고, 사흘 내리 물 한 모금 마시지 않은 채 줄곧 통곡만 했다. 눈물이 흘러 옷깃

을 적셨는데 얼룩진 자리마다 혈흔이 비쳤다. 공명이 여러 관원들을 데리고 두 번 세 번 맺힌 마음을 풀라고 권고했지만 현덕은 단호하게 말했다.

"맹세코 동오와는 같은 하늘 아래 살지 않을 것이오!"

공명이 말했다.

"들자오니 동오에서 관공의 수급을 조조에게 바쳤는데 조조는 왕

후의 예로 제사를 지내고 묻어 주었다고 합니다."

현덕이 물었다.

"그것은 무슨 뜻이오?"

공명이 대답했다.

"이는 동오가 조조에게 화를 떠넘기려는 수작인데, 조조가 그 꾀를 알아차렸기 때문에 후한 예로 관공을 장사지내서 대왕의 원한을 동오로 되돌리려는 것입니다."

현덕의 고집은 여전했다.

"내 즉시 군사를 거느리고 오에 죄를 물은 다음 가슴에 맺힌 한을 씻을 것이오!"

공명이 간했다.

"아니 됩니다. 지금 오에서는 우리가 위를 치기를 바라고 위 또한 우리가 오를 치기를 바라며 저마다 간사한 흉계를 품고 틈만 노리고 있습니다. 대왕께서는 군사를 움직이지 마시고 우선 관공의 초상을 치르십시오. 오와 위가 불화하기를 기다렸다가 기회가 왔을 때 그들을 정벌해야 합니다."

여러 관원들이 두 번 세 번 권하고 간했다. 그제야 현덕은 음식을 받고 전지를 내려 동서 양천의 모든 장졸들에게 상복을 입게 했다. 그러고는 한중왕 스스로 직접 남문 밖에 나가 초혼제招魂祭를 지내며 종일토록 통곡을 그치지 않았다.

한편 조조는 낙양에서 관공을 장사지낸 뒤로 밤마다 눈만 감으면 관공이 보였다. 너무나 놀랍고 두려워 관원들에게 물으니 관원들이 대답했다.

"낙양 행궁行宮의 옛 전각에는 요사스런 귀신들이 많습니다. 새 궁전을 지어 거처하심이 좋겠습니다."

조조가 말했다.

"새로 궁전을 하나 짓고 건시전建始殿이라고 부르고 싶으나 훌륭한 장인이 없는 게 한이로다."

가후가 아뢰었다.

"낙양에 소월蘇越이라는 훌륭한 장인이 있는데 매우 뛰어난 구상을 가지고 있습니다."

조조가 그를 불러들여 새로 지을 궁전의 도면을 그리게 했다. 소월은 앞뒤로 복도와 곁채, 그리고 누각을 갖춘 아홉 칸짜리 큰 궁전을 그려 조조에게 바쳤다. 도면을 살펴본 조조가 말했다.

"도면은 마음에 썩 든다. 그러나 대들보로 쓸 재목이 없을 것 같아 걱정이구나."

소월이 아뢰었다.

"성에서 삼십 리쯤 떨어진 곳에 약룡담躍龍潭이라 부르는 못이 있고 그 못 앞에 약룡사라는 사당이 하나 있습니다. 그 사당 바로 옆에 큰 배나무 한 그루가 있는데 높이가 열 길이 넘으니 건시전의 대들보로 쓸 만합니다."

조조는 크게 기뻐하여 즉시 인부들을 보내 그 나무를 베어 오게 했다. 그러나 이튿날 인부들이 돌아와서 나무는 톱으로 켜지지도 않고 도끼날도 들어가질 않아서 도저히 벨 수가 없다고 보고했다. 조조는 믿을 수가 없어 직접 기병 몇 백 명을 거느리고 약룡사로 달려갔다. 말에서 내려 쳐다보니 나무는 우뚝 솟은 것이 흡사 귀인의 해가리개를 펼쳐 놓은 듯한 모습인데, 하늘을 찌를 듯 곧게 뻗어 오른

둥치는 어디 한 군데 굽은 데도 없고 옹이 하나도 없었다. 조조가 인부들에게 나무를 베어 내라고 다그치는데, 마을의 노인들 몇이 와서 만류했다.

"이 나무는 수백 년이 된 것으로 저 꼭대기에는 신인神人이 산다고 하옵니다. 그러니 베지 않으시는 게 좋을 듯합니다."

조조는 크게 노했다.

"내 평생 천하를 누비면서 40여 년 동안 위로는 천자부터 아래로는 서민에 이르기까지 나를 두려워하지 않는 사람이 없었다. 어떤 요망한 귀신이 감히 내 뜻을 거스른단 말인가?"

말을 마치고 허리에 차고 있던 검을 뽑아 직접 그 나무를 찍었다. 그런데 '쨍그랑!' 하는 쇳소리가 나면서 나무에서 나온 피가 솟아나 온몸에 튀었다. 소스라치게 놀란 조조는 검을 내던지고 말에 올라 궁전으로 돌아와 버렸다. 이날 밤 2경 무렵이었다. 조조는 잠을 자려고 누웠지만 왠지 편치가 않아서 전각 안에 앉아 나지막한 상에 기대어 깜빡 졸고 말았다. 그때 별안간 머리를 풀어헤치고 검을 든 사람 하나가 검은 옷을 입고 곧바로 코앞으로 다가오더니 조조를 가리키며 호통을 쳤다.

"나는 배나무의 신이다. 네가 건시전을 짓는 건 황제 자리를 뺏을 생각인 모양인데, 도리어 나의 신목神木을 베러 들다니? 내 너의 명이 다한 것을 알고 특별히 너를 죽이러 왔노라!"

깜짝 놀란 조조는 급히 사람을 불렀다.

"무사들은 어디에 있느냐?"

그때 검은 옷을 입은 사람이 검을 번쩍 들어 조조를 찍었다. 조조는 외마디 비명을 지르다가 놀라 깨어났다. 그런데 머리가 지끈지끈

쑤시고 아파서 견딜 수가 없었다. 급히 전지를 내리고 널리 용한 의원들을 구해 치료를 받았지만 낫지 않았다. 여러 관원들이 모두 근심에 싸였다.

화흠이 들어와서 아뢰었다.

"대왕께서는 신의神醫 화타가 있음을 아십니까?"

조조가 되물었다.

"강동의 주태를 치료한 그 사람 말이오?"

"그러하옵니다."

"비록 그 이름은 들었으나 아직 그 의술은 알지 못하오."

화흠은 화타의 일을 이야기했다.

"화타는 자가 원화元化이며 패국 초군 사람입니다. 그 신묘한 의술은 세상에 보기 드물지요. 일단 환자가 생기면 증상에 따라 약을 쓰기도 하고 침을 놓기도 하며 뜸을 뜨기도 하는데 손을 쓰는 족족 낫는답니다. 오장육부에 병이 생겨 약으로 효과를 볼 수 없는 경우에는 먼저 병자에게 마폐탕麻肺湯을 먹여 만취해 쓰러진 것처럼 만듭니다. 그런 다음 예리한 칼로 배를 가르고 약물로 그 장부臟腑를 씻어 내는데 병자는 조금도 고통을 느끼지 않는다 하옵니다. 장부를 다 씻어 내고 나서는 약 먹인 실로 환부를 꿰매고 약을 바르는데 한 달이나 스무날 정도가 지나면 원래대로 낫는다고 하옵니다. 그 신통하기가 이러합니다.

어느 날 화타가 길을 가다가 웬 사람이 신음하는 소리를 들었답니다. 화타는 '이것은 음식이 속에서 내려가지 않는 병이로군.' 하고선 물어보니 과연 그렇다고 하더랍니다. 화타가 마늘 즙 서 되를 먹이자 그 사람은 길이가 두세 자나 되는 뱀을 한 마리 토하고선 곧 음식이 내려갔답니다. 광릉廣陵 태수 진등陳登은 번열증이 있어 얼굴이 벌겋게 달아오르고 음식을 먹지 못하여 화타를 청해 치료를 받았답니다. 진등은 화타가 주는 약을 먹고 벌레를 서 되나 토했는데 벌레들은 모두 머리가 새빨간 게 대가리와 꼬리가 꿈틀거리더랍니다. 진등이 까닭을 물으니 화타는 '물고기를 날것으로 많이 자서서 이런 독이 생겼습니다. 지금 비록 낫기는 했지만 3년 뒤에는 반드시 재발할 텐데 그때는 구할 방도가 없습니다.'라고 했습니다. 진등은 과연 3년 만에 죽었다고 합니다.

또 어떤 사람이 미간에 혹이 하나 생겼는데 가려워 견딜 수가 없어서 화타에게 보였지요. 화타가 '그 안에 날아다니는 물건이 들었소.'라고 했지만 사람들은 모두 웃어넘겼습니다. 그러나 화타가 칼로 혹을 째자 노란 참새 한 마리가 포르르 날아가고 그 즉시 병자는 씻은 듯이 나았다고 합니다. 또 한 사람은 개한테 발가락을 물렸는데 뒤에 살점이 두 개나 돋아나 하나는 아프고 하나는 가려워서 견딜 수가 없었답니다. 화타가 '아픈 곳에는 바늘 열 개가 들어 있고 가려운 곳에는 검고 흰 바둑알 두 개가 들어 있다'고 하더랍니다. 아무도 그 말을 믿지 않았으나 칼로 째고 보니 과연 화타가 말한 물건들이 나왔다고 합니다. 이 사람이야말로 진정 편작扁鵲(전국시대의 명의)이나 창공倉公(서한 시대의 명의)과 같은 명의가 아니겠습니까! 지금 금성金城에 머물고 있다고 하니 이곳에서 멀지 않습니다. 대왕께서도 그 사람을 불러 보이시는 게 어떻겠습니까?"

조조는 즉시 사람을 시켜 밤낮을 가리지 않고 달려가서 화타를 불러 오게 하여 맥을 짚고 병을 살피게 했다. 화타가 말했다.

"대왕의 두통은 풍風 때문에 생긴 것입니다. 병의 근원은 뇌 속에 있으며 풍을 일으키는 점액이 빠져나오지 못하고 있으므로 탕약으로는 고칠 수가 없습니다. 저에게 한 가지 방법이 있사온데 먼저 마폐탕을 드시고 날카로운 도끼로 두개골을 열어 그 속에 있는 점액을 제거해야만 비로소 병의 뿌리를 없앨 수 있습니다."

조조는 크게 화를 냈다.

"네가 나를 죽일 작정이로구나!"

화타가 타일렀다.

"대왕께서도 들으신 적이 있겠지만 관공이 독화살을 맞아 오른팔을 다쳤을 때 제가 뼈를 긁어 독을 치료했지만 관공은 전혀 두려워하는 기색이 없었습니다. 지금 대왕께서는 대수롭지 않은 병에 걸리셨을 뿐인데 무얼 그리 의심하십니까?"

조조가 소리쳤다.

"그까짓 팔 따위야 아프면 뼈를 긁어낼 수도 있다지만 두개골을 어찌 쪼갠단 말이냐? 너는 틀림없이 관공과 정이 깊었기 때문에 이 기회에 그의 원수를 갚으려는 것이렷다!"

조조는 부하들을 불러 화타를 붙잡아 감옥에 집어넣고 바른 말을 할 때까지 고문하도록 했다. 가후가 간했다.

"저런 훌륭한 의원은 세상에 다시 찾기 어렵습니다. 죽어서는 아니 됩니다."

그러나 조조는 가후마저 꾸짖었다.

"이자는 이 기회에 나를 해치려고 했다! 길평吉平과 다를 것이 없는 놈이야!"

조조는 급히 고문하라고 다그쳤다.

화타가 갇혀 있는 감옥에 옥졸이 하나 있었는데, 성이 오吳씨였기

吳押獄妻燒書

兼能濟此長榮
業悦懷非長榮
神彼俱親把右
捆振全書香抱
依人倖見亭義
庚辰年春月宏書

왕굉희 그림

1894

때문에 사람들은 모두 그를 오압옥押獄(옥졸이란 뜻)이라고 불렀다. 이 사람이 날마다 술과 음식을 가져다주며 화타를 받들었다. 화타는 그 은혜에 감동하여 말했다.

"내 이제 죽게 된 마당에 내가 지은 『청낭서青囊書』*를 세상에 전하지 못하는 게 한이구려. 공의 후의에 감사하나 보답할 길이 없소. 내가 편지를 한 장 써 줄 테니 공은 우리 집으로 사람을 보내 편지를 전하고 『청낭서』를 가져오도록 하시오. 내 그 책을 공에게 선사하여 내 의술을 잇도록 하겠소."

오압옥은 대단히 기뻐했다.

"제가 그 책을 얻게 된다면 이 직업을 버리고 의술로 천하의 병자들을 고치면서 선생님의 덕을 전하겠습니다."

화타는 즉시 편지를 써서 오압옥에게 주었다. 오압옥은 곧바로 금성으로 가서 화타의 아내를 찾아 『청낭서』를 받아 왔다. 감옥으로 돌아와 가지고 온 책을 화타에게 주니 화타는 그 책을 처음부터 끝까지 죽 훑어보고 나서 오압옥에게 선사했다. 오압옥은 그 책을 집으로 갖고 가서 소중해 간직해 두었다.

열흘 뒤 화타는 결국 옥중에서 죽었다. 오압옥은 관을 사서 장례를 치러 준 다음 『청낭서』를 익혀 의술을 배워 보려고 옥졸을 그만두고 집으로 돌아왔다. 그런데 집에 와 보니 그의 아내가 책을 불태우고 있었다. 오압옥이 대경실색하며 황급히 달려들어 책을 빼앗았다. 그러나 책은 이미 다 타서 못쓰게 되고 겨우 한두 조항이 남았을 뿐이었다. 오압옥이 화가 나서 아내를 심하게 꾸짖자 아내가 대꾸했다.

*청낭서 | 의서醫書란 뜻. '청낭青囊'은 약주머니를 말한다.

"설사 의술을 배워 화타만큼 신묘한 경지를 터득한다 해도 결국에는 옥중에서 죽고 말잖아요? 그까짓 걸 해서 무슨 소용이 있단 말이에요?"

오압옥은 한탄하면서 더 이상 아내를 나무라지 못했다. 이리하여 『청낭서』는 세상에 전해지지 못하고 겨우 돼지나 닭 따위를 거세하는 하잘 것 없는 방법만 후세에 알려졌으니 이는 바로 타다 남은 한두 장 속에 실려 있던 내용이었다. 후세 사람이 탄식해서 지은 시가 있다.

화타의 뛰어난 의술 장상군과 견주리니 /
신묘한 진찰 담 너머 물건도 볼 정도라. //
슬프구나, 사람이 죽자 책마저 없어지니 /
후세 사람들 다시는 청낭을 볼 수 없네.
華佗仙術比長桑, 神識如窺垣一方. 惆悵人亡書亦絶, 後人無復見靑囊.

조조는 화타를 죽인 뒤 병세가 더욱 심해졌는데, 게다가 오와 촉의 일에 대한 근심까지 겹쳤다. 한창 근심에 쌓여 있는데 갑자기 동오에서 사자가 글을 가지고 왔다는 보고가 들어왔다. 글을 받아 겉봉을 뜯고 살펴보니 대략 다음과 같은 내용이었다.

신臣 손권은 이미 오래 전부터 천명이 대왕께 돌아갔음을 알고 있었습니다. 엎드려 바라건대 하루 빨리 대위大位(황제의 자리)에 오르시고 장수를 보내 유비를 섬멸하여 양천兩川을 평정하소서. 신은 곧 수하의 무리들을 거느리고 영토를 바쳐 항복하겠나이다.

글을 읽고 난 조조는 껄껄 웃었다. 그러고는 그 글을 신하들에게 내어 보이면서 말했다.

"이 아이가 나를 화롯불 위에 올려놓으려 하는군!"

시중 진군陳群을 비롯한 신하들이 아뢰었다.

"한나라 황실은 쇠미한 지 이미 오래이며 전하의 공덕은 높고 높아 만백성이 모두 우러러 보고 있습니다. 이제 손권도 신하로 자처하고 귀순하겠다 하오니 이는 하늘과 사람이 함께 호응하고 각기 다른 기운이 소리를 맞추는 것입니다. 전하께서는 부디 하늘의 뜻에 응하시고 사람들의 기대를 따르셔서 속히 대위에 오르소서."

조조가 웃으며 말했다.

"내가 여러 해 동안 한을 섬기면서 백성들에게 공덕을 미쳤다고 하더라도 지위가 왕에 이르러 명예와 작위가 이미 극치에 달했거늘 감히 무엇을 더 바라겠는가? 천명이 나에게 있다 해도 나는 주문왕周文王이 될 것이다."

사마의가 말했다.

"지금 손권이 신하를 자처하며 귀순할 의사를 밝혔으니 대왕께서는 벼슬과 작위를 내리시고 그에게 유비를 막게 하십시오."

조조는 그 말을 좇기로 했다. 천자에게 표문을 올려 손권을 표기장군驃騎將軍 남창후南昌侯로 봉하고 형주 목을 겸하게 했다. 그리고 그 날로 사신을 파견하여 조서를 받들고 동오로 가게 했다.

조조의 병세는 날이 갈수록 더해졌다. 어느 날 밤에는 홀연히 말세 필이 한 구유에서 여물을 먹고 있는 꿈을 꾸었다. 날이 밝자 조조가 가후에게 물었다.

"내 예전에 말 세 필이 한 구유에 있는 꿈을 꾸고 마등 부자가 화를 일으키지나 않을까 의심한 적이 있었소. 지금 마등은 이미 죽었는데 간밤에 다시 말 세 필이 한 구유에서 먹이를 먹고 있는 꿈을 꾸었소. 이게 무슨 징조인 것 같소?"

가후는 좋은 쪽으로 해몽했다.

"여물을 먹고 있는 말祿馬은 길한 징조입니다. 녹마가 조曹로 돌아왔는데 대왕께서 의심할 필요가 뭐 있겠습니까?"

조조는 이 말을 듣고 더 이상 의심하지 않았다. 후세 사람이 지은 시가 있다.

세 말이 한 구유에 모였으니 의심할 일이거늘 /
어느새 진나라 뿌리를 심어 놓은 줄 몰랐구나. //
조조는 한갓 간웅의 책략을 가졌거니 /
어찌 조정에 숨어 있는 사마사를 알아보랴.
三馬同槽事可疑, 不知已植晉根基. 曹瞞空有奸雄略, 豈識朝中司馬師.

이날 밤 조조가 침실에 누워 있는데 3경이 되자 머리가 어지럽고 눈앞이 캄캄해졌다. 자리에서 일어나 나지막한 상에 엎드려 있는데 문득 전각 안에서 비단을 찢는 듯한 날카로운 소리가 들렸다. 깜짝 놀라 살펴보니 복황후와 동귀인, 그리고 복황후가 낳은 두 황자 복완과 동승 등 20여 명이 온몸이 피투성이가 된 채 처연한 구름 속에 서 있는 게 아닌가? 뿐만 아니라 목숨을 돌려 달라는 가냘픈 음성까지

•녹마가 조로 돌아오다│한자로 녹祿은 음식을 먹는다는 뜻도 있고 복福이란 뜻도 있다. 또 조曹는 조조의 성이면서 말구유 조槽와 음이 같다. '녹마가 조로 돌아왔다'는 건 말이 구유에서 여물을 먹는 꿈의 내용을 표현한 말이면서 조조에게 복이 돌아왔다는 뜻이 된다.

대돈방 그림

제78회 1899

들려왔다. 조조는 급히 검을 뽑아 허공을 향해 내려찍었다. 그 순간 갑자기 요란한 소리가 울리면서 전각 서남쪽 귀퉁이가 와지끈 무너져 내렸다. 놀란 조조는 그만 정신을 잃고 땅바닥에 쓰러졌다. 근시들이 조조를 구완해 별궁으로 자리를 옮기고 병을 치료했다. 그러나 이튿날 밤에도 또다시 궁전 밖에서 남녀의 울부짖는 소리가 끊이지 않고 들려왔다. 날이 밝자 조조는 신하들을 불러들였다.

"나는 30여 년을 전쟁터에서 지냈지만 아직 한번도 괴이한 일을 믿지 않았소. 그런데 오늘은 어찌하여 이렇단 말인가?"

신하들이 아뢰었다.

"대왕께서는 도사에게 단을 쌓고 액풀이 기도를 드리게 하소서."

조조가 한숨을 쉬며 말했다.

"성인께서 '하늘에 죄를 지으면 빌 곳이 없다'고 하셨소. 나의 천명이 이미 다했는데 어찌 구원을 바라겠소?"

조조는 액풀이용 단 쌓는 일을 허락하지 않았다.

이튿날이 되자 조조는 기氣가 상초上焦˚로 치밀어 오르면서 눈에는 아무것도 보이지 않았다. 일을 상의하려고 급히 하후돈을 불렀는데, 하후돈이 궁전 문앞에 이르렀을 때 별안간 복황후와 동귀인, 두 황자 복완과 동승 등이 음산한 구름 속에 서 있는 모습이 보였다. 깜짝 놀란 하후돈은 그만 정신을 잃고 쓰러졌다. 부하들이 부축해서 데리고 나갔지만 이로부터 하후돈도 병을 얻고 말았다. 조조는 조홍, 진군, 가후, 사마의 등을 불렀다. 모두가 침상 앞에 이르자 조조는 뒷일을 부탁했다. 그러자 조홍 등이 머리를 조아리며 아뢰었다.

˚상초 | 한의학에선 위의 윗부분으로 음식을 흡수하는 곳을 말하나 일반적으로는 상반신이나 머리 부분을 가리킨다.

"대왕께서는 옥체를 잘 보중하시면 며칠이 지나지 않아 반드시 쾌차하실 것입니다."

조조가 말했다.

"내가 30여 년 동안 천하를 종횡하면서 뭇 영웅들을 다 멸망시켰으나 오직 강동의 손권과 서촉의 유비만은 없애지 못했다. 나는 이제 병이 위독하여 다시는 경들과 마음을 터놓고 말할 기회가 없을 것이기에 특별히 집안일을 부탁한다. 맏아들 조앙曹昂은 유劉씨가 낳았는데 불행히도 젊은 나이에 완성에서 죽었다. 이제 변卞씨가 낳은 네 아들이 있으니 비丕와 창彰과 식植과 웅熊이다. 내가 평소에 사랑한 아이는 셋째 식이나 사람됨이 허황하고 성실성이 적은 데다 술을 좋아하고 방종하여 세자로 세우지 않았다. 둘째 아이 창은 용맹하지만 꾀가 없고 넷째 아이 웅은 병이 많아 몸을 보전하기 어렵다. 오직 큰아이 비가 독실하고 인정이 두터우며 공손하고 조심성이 있으니 가히 나의 대업을 이을 만하다. 경들은 그를 잘 보좌해 주기 바라노라."

조홍 등은 눈물을 흘리며 명을 받들고 물러났다. 조조는 근시를 시켜 평소 간직해 온 이름난 향을 가져오게 하여 시첩들에게 나누어 주고, 여인들에게 당부했다.

"내가 죽은 뒤에 너희들은 모름지기 여자의 직공職工을 부지런히 익히도록 하라. 비단신만 많이 만들어도 그것을 팔아 스스로 살아갈 돈은 벌 수 없을 것이다."

또한 첩들에게는 대부분 동작대에 머물면서 날마다 제사를 지내되 반드시 여자 기생이 연주하는 음악을 울리면서 음식을 올리라고 일렀다. 조조는 또 창덕부彰德府 강무성講武城 밖에 가짜 무덤 72개를 만들라는 명을 남겼다.

"후세 사람이 내가 묻힌 곳을 알지 못하게 하라. 다른 사람이 무덤을 파헤치지나 않을까 두렵다."

부탁을 마친 조조는 땅이 꺼지도록 한숨을 내쉬며 눈물을 비 오듯 흘렸다. 그리고 잠시 후 숨이 끊어졌다. 그의 나이 66세로, 때는 건안 25년(220년) 봄 정월이었다. 후세 사람이 '업중가鄴中歌' 한 편을 지어 조조를 탄식했다.

땅은 곧 업성이요 물은 장수러니 /
이인이 예서 일어나도록 정해졌다네. //
웅대한 지략에다 시문을 겸했으니 /
군신에다 형제인 조조 삼부자로세.

영웅의 가슴엔 속된 마음이 없으니 /
나오고 물러감에 어찌 낮은 안목 따르리? //
공 세우고 죄 지은 자 다른 사람 아니며 /
악명도 미명도 본디 한 몸에서 나왔네.

문장은 입신 지경 패업은 기걸 차니 /
어찌 가벼이 잡된 무리와 섞이리? //
강을 질러 누대 쌓고 태항산과 마주하니 /
뻗은 처마 솟은 땅 기세를 다투누나.

이 사람 어찌 역적질 안 했을까만 /
누린 권세 크건 작건 황제 되진 못했잖소? //

패왕 운세 끝날 즈음 자식 정이 앞서지만 /
어찌해 볼 방도 없어 가슴만 답답했으리.

처첩들 장막에 들러 이익 될 일 밝혀 주고 /
향을 나눠 염려하니 무정타곤 할 수 없네. //
오호라! 옛 사람이 한 일은 대소사 가릴 것 없이 /
적막하건 호화롭건 모두 다 뜻이 있네. //
서생들은 무턱대고 죽은 사람 헐뜯지만 /
무덤 속 조조는 너희들 객기 비웃으리.

鄴則鄴城水漳水, 定有異人從此起. 雄謀韻事與文心, 君臣兄弟而父子.
功首罪魁非兩人, 遺臭流芳本一身. 英雄未有俗胸中, 出沒豈隨人眼底?
文章有神霸有氣, 豈能苟爾化爲群? 橫流築臺距太行, 氣與理勢相低昂.
安有斯人不作逆, 小不爲霸大不王? 霸王降作兒女鳴, 無可奈何中不平.
向帳明知非有益, 分香未可謂無情. 嗚呼! 古人作事無巨細, 寂寞豪華皆
有意. 書生輕議塚中人, 塚中笑爾書生氣!

　조조가 죽자 문무백관은 모두 슬피 울면서 장례 준비를 하는 한편
사람을 파견하여 세자인 조비와 언릉후鄢陵侯 조창, 임치후臨菑侯 조
식, 소회후蕭懷侯 조웅에게 부음을 전했다. 그런 한편 관원들은 조조
의 시신을 염해 금관金棺에 모시고 그것을 다시 은곽銀槨에 넣어서 서
둘러 영구를 업군으로 가져갔다.
　조비는 부친이 세상을 떠났다는 소식을 듣자 대성통곡하면서 대
소 관원들을 거느리고 업성 10리 밖까지 나왔다. 길에 엎드려 영구
를 맞이한 그는 성안으로 모시고 들어가 편전에 안치했다. 모든 관

원이 상복을 입고 궁전에 모여 곡을 하는데 갑자기 한 사람이 썩 나서며 말했다.

"세자께서는 슬픔을 그치시고 대사를 의논하도록 하십시오."

모두들 바라보니 바로 중서자中庶子 사마부司馬孚였다.

"위왕께서 승하하시어 천하가 진동하고 있으니 속히 왕위를 계승하셔서 모든 사람의 마음을 안정시켜야 하거늘 어찌하여 눈물만 흘리고 계십니까?"

여러 신하들이 말했다.

"세자께서 마땅히 왕위를 계승하셔야 하겠지만 아직 천자의 조서를 받지 못했으니 어찌 경솔하게 움직이겠소?"

병부상서 진교陳矯가 나섰다.

"왕께서 밖에서 승하하셨으니 평소 사랑하셨던 아들들이 사사로이 왕위에 오르려 한다면 형제간에 변이 생기고 사직이 위태로워질 것이오."

진교는 검을 뽑아 자신의 도포 소매를 썩 자르더니 사나운 음성으로 소리쳤다.

"오늘 당장 세자께 왕위를 잇도록 청하겠소. 관원들 중 다른 생각을 가진 자가 있다면 이 도포 꼴이 될 것이오!"

그 말에 관원들은 모두 무서워 떨었다. 그때 허창에서 화흠이 달려왔다는 보고가 들어왔다. 사람들은 모두 깜짝 놀랐다. 조금 뒤 화흠이 들어오자 여러 사람이 무슨 일로 왔느냐고 물었다. 그러자 화흠이 되물었다.

"지금 위왕께서 승하하시어 천하가 진동하고 있는데 어찌하여 속히 세자를 받들어 왕위를 이으시도록 하지 않는 게요?"

관원들이 대답했다.

"미처 조서를 받지 못했기 때문입니다. 바야흐로 왕후 변씨의 분부를 받들어 세자를 왕으로 모시려고 의논 중입니다."

"내 이미 황제로부터 조서를 받아서 여기 가져왔소."

화흠의 말에 모두들 펄쩍 뛰며 축하했다. 화흠은 품에서 조서를 꺼내더니 펼쳐 들고 읽었다. 본래 화흠은 조위曹魏(조씨의 위나라)에 아부하느라 미리 이 조서를 지어 두었다가 조조가 죽자 즉시 위세를 부리며 헌제를 협박하여 받아 냈던 것이다. 헌제는 하는 수 없이 그 뜻을 좇아 조비를 위왕으로 봉하고 승상과 기주 목을 겸하라는 조서를 내렸다. 조비는 그날로 왕위에 올라 대소 관료의 축하를 받았다.

한창 축하 잔치가 무르익어 갈 즈음 언릉후 조창이 장안으로부터 10만 대군을 거느리고 온다는 보고가 들어왔다. 깜짝 놀란 조비가 신하들에게 물었다.

"노란 수염 아우는 본래 천성이 강직하고 무예에 정통했소. 지금 군사를 거느리고 먼 길을 왔으니 반드시 나와 왕위를 다투려는 것이오. 이 일을 어찌하면 좋겠소?"

계단 아래서 한 사람이 대답하며 나섰다.

"신이 가서 언릉후를 만나 말 한마디로 그의 기세를 꺾어 놓겠습니다."

사람들도 모두 이구동성으로 말했다.

"대부가 아니면 이 사단을 해결할 수 없을 것이오."

이야말로 다음과 같다.

조씨 집안 조비와 조창의 일을 보아하니 /
자칫 원씨 집안 원담과 원상이 싸운 꼴 되려 하네.
試看曹氏丕彰事　幾作袁家譚尙爭

이 사람은 누구일까, 다음 회를 보라.

79

칠보시

형이 아우를 핍박하니 조식은 시를 짓고
조카가 숙부를 해쳐 유봉은 죽임을 받다
兄逼弟曹植賦詩 侄陷叔劉封伏法

조창이 군사를 거느리고 온다는 말을 듣고 놀란 조비가 여러 관원들에게 대책을 묻자 한 사람이 썩 나서며 조창을 설복시키러 가겠다고 자원했다. 모두들 보니 그 사람은 바로 간의대부諫議大夫 가규賈逵였다. 조비는 크게 기뻐하며 즉시 가규에게 명을 내렸다. 명을 받들고 성에서 나간 가규가 조창을 맞이하자 조창이 대뜸 물었다.

"선왕의 옥새와 인끈은 어디에 있소?

가규는 정색을 하고 대답했다.

"집안에는 장자가 있고 나라에는 세자가 계십니다. 선왕의 옥새와 인끈은 군후께서 물으실 일이 아닙니다."

조창은 말없이 잠자코 가규와 함께 성으로 들어갔다. 궁문 앞에 이르자 가규가 한마디 물었다.

"군후께서 이번에 오신 것은 부왕의 장례에 참석하기 위해 오신 것입니까? 아니면 왕위를 다투러 오신 것입니까?"

조창이 대답했다.

"나는 아버님의 장례에 참석하려고 왔을 뿐 다른 마음은 없소."

가규가 일침을 놓았다.

"다른 뜻이 없을진대 무슨 까닭으로 군사를 데리고 성으로 들어가려 하십니까?"

조창은 즉시 좌우에서 따르던 장병들을 꾸짖어 물리친 다음 혼자 궁전으로 들어가 조비를 알현했다. 형과 아우는 부둥켜안고 대성통곡을 했다. 조창이 수하의 군사를 모조리 조비에게 넘기자 조비는 그를 언릉鄢陵으로 돌려보내 지키도록 했다. 조창은 인사하고 떠났다.

이에 조비는 편안히 왕위에 올라 건안 25년을 연강延康 원년으로 연호를 바꾸었다. 그런 다음 가후를 태위太尉, 화흠을 상국相國, 왕랑王朗을 어사대부御使大夫로 임명했다. 나머지 대소 관료들도 모두 벼슬을 높이고 상을 내렸다. 조비는 조조의 시호를 무왕武王으로 정하고 업군의 고릉高陵에 장사지낸 다음 우금을 시켜 능 만드는 일을 관리 감독하게

했다. 우금이 명을 받들어 그곳에 이르러 보니 하얗게 회칠한 능옥陵
屋의 벽에 관운장이 7군을 물에 빠뜨리고 우금을 사로잡는 그림을 그
러져 있었다. 관운장은 높직이 앉아 있고 방덕은 분노하며 무릎을 꿇
지 않는데 우금은 땅에 엎드려 살려 달라고 애걸하는 모습이었다.

원래 조비는 우금이 싸움에 패해 사로잡혔을 때 죽음으로 절개를
지키지 못하고 적에게 투항했다가 다시 돌아온 일을 두고 그 사람됨
을 매우 비루하게 여기고 있었다. 그래서 미리 능옥의 벽에다 그림
을 그리게 한 뒤 의도적으로 우금을 보내 제 눈으로 보고 수치를 느
끼도록 한 것이었다. 그림을 본 우금은 부끄럽고 괴로운 나머지 마
침내 울화병이 들어 오래지 않아 죽고 말았다. 후세 사람이 탄식해
서 지은 시가 있다.

삼십년 동안 사귀어 온 옛정으로 말하자면 /
어려움 당해 조씨에게 불충한 일 안타깝네. //
사람을 안다 하여 마음까지 아는 건 아니니 /
범을 그릴 땐 이제는 뼛속부터 그릴지라.
三十年來說舊交, 可憐臨難不忠曹. 知人未向心中識, 畵虎今從骨裏描.

화흠이 조비에게 아뢰었다.

"언릉후는 이미 군마를 대왕께 넘기고 자신의 나라로 돌아갔습니
다. 그러나 임치후 조식과 소회후 조웅은 끝내 와서 장례를 치르지
않으니 이치로 보아 당연히 그 죄를 물으셔야 합니다."

조비는 그 말을 따랐다. 즉시 두 명의 사자를 각각 두 곳으로 보
내어 죄를 묻게 했다. 며칠이 되지 않아 소회로 갔던 사자가 돌아와

서 보고했다.

"소회후 조웅은 죄가 두려워서 스스로 목을 매어 죽었습니다."

조비는 조웅을 후히 장사지내 주고 소회왕으로 추증했다. 다시 하루가 지나자 임치로 갔던 사자가 돌아와 보고했다.

"임치후는 날마다 정의丁儀, 정이丁廙 형제와 더불어 술을 마시고 잔뜩 취하여 거만하고 무례하게 굴었습니다. 임금의 사자가 왔다는 말을 듣고도 임치후는 가만히 앉아서 움직이지 않았고 정의는 이렇게 욕을 했습니다. '선왕께서는 본래 우리 주공을 세자로 삼으려 하셨으나 신하들이 헐뜯으며 막는 바람에 못하셨다. 선왕의 상고喪故가 있은 지 얼마 되지도 않았는데 벌써부터 골육의 죄를 따져 물으니 어찌된 일이냐?' 정이도 또 호통을 쳤습니다. '우리 주공의 총명은 세상에서 으뜸이시다. 마땅히 대위를 이으셔야 했으나 지금 그렇게 되지 못했다. 너희 묘당廟堂의 신하란 것들은 어찌하여 이처럼 인재를 몰라본단 말이냐?' 이런 말을 들은 임치후는 화를 내면서 무사들에게 호령하여 신을 몽둥이로 마구 두들겨 패서 내쫓았습니다."

사자의 말을 들은 조비는 크게 노했다. 즉시 허저에게 3천 명의 호위군을 거느리고 임치臨菑로 달려가 조식과 그 일당을 사로잡아 오라고 했다.

명을 받든 허저가 군사를 이끌고 임치성에 당도하니 성을 지키는 장수가 들어가지 못하게 막았다. 허저는 단칼에 장수의 목을 베고 곧바로 성안으로 들어갔다. 누구 하나 감히 나서서 막는 자가 없으니 허저는 한달음에 임치부의 부당府堂으로 들이닥쳤다. 거기에는 조식과 정의, 정이를 비롯한 무리들이 술에 잔뜩 취해 쓰러져 있었다. 허저는 그들을 모조리 밧줄로 묶어 수레에 싣고 부중의 대소 관원들도 죄다 붙들어 업군으로 압송한 다음 조비의 처분을 기다리게 했다. 조비는 먼저 정의와 정이를 비롯한 그 무리들을 모조리 목을 자르게 했다. 정의는 자가 정례正禮요 정이는 자가 경례敬禮였다. 두 형제는 패군沛郡 사람으로 당대에 이름을 날린 문사文士들이었다. 그들이 처형당하자 애석하게 여기는 사람들이 많았다.

이때 조비의 모친 변씨는 조웅이 목을 매어 자진했다는 소식을 듣고 매우 슬퍼하고 있었다. 그런데 갑자기 또 조식이 잡혀 오고 그의 일당인 정의 무리는 이미 참살 당했다는 말을 듣자 소스라치게 놀랐다. 급히 정전으로 나와 조비를 만났다. 모친이 정전까지 나온 것을 본 조비는 황급히 절을 올렸다. 변씨는 소리쳐 울며 조비에게 말했다.

"네 아우 식은 평소 술을 좋아하여 난잡할 정도로 거침없이 행동하는데 이는 가슴에 품은 제 재주를 믿고 그토록 방종한 것이다. 너는 피를 나눈 형제의 정리를 생각해서 그 목숨만은 살려 주어라. 그래야 내가 구천九泉에 가더라도 편히 눈을 감겠구나."

조비가 말했다.

"이 아들 역시 그의 재주를 너무나 사랑하는데 해칠 리가 있겠습니까? 지금 바로 그 성품을 경계하려는 것뿐입니다. 어머님께선 근심하지 마십시오."

변씨는 눈물을 뿌리며 안으로 들어갔다.

조비는 편전으로 나와 조식을 불러들였다. 화흠이 물었다.

"방금 태후께서 혹시 자건子建(조식의 자)을 죽이지 말라고 타이르지 않으셨습니까?"

"그렇소."

화흠이 은근하게 말했다.

"자건은 재주가 있고 지혜를 갖추었으니 결국엔 연못 속의 이무기로 그칠 인물이 아닙니다. 속히 제거하지 않으면 반드시 뒷날의 걱정거리가 될 것입니다."

조비는 난처했다.

"어머님의 명이니 어길 수가 없구려."

화흠이 계략을 꾸몄다.

"사람들 말이 자건은 입만 열면 훌륭한 문장이 줄줄 나온다고 하지만 신은 그 말을 곧이곧대로 믿지 못하겠습니다. 주상께서 불러들여 재주를 한번 시험해 보십시오. 그래서 만약 문장을 이루지 못하면 그를 죽이시고 과연 소문대로 잘한다면 벼슬을 깎아 천하 문인들의 입을 막아 버리십시오."

조비는 그렇게 하기로 했다. 조금 지나자 조식이 들어와 알현했다. 그는 두려워 어쩔 줄 모르면서 땅바닥에 엎드려 절을 올리며 벌을 청했다. 조비가 말했다.

"나는 너와 정으로는 형제지간이나 의리로 따지면 임금과 신하의 사이다. 그런데 너는 어찌 감히 재주를 믿고 예의를 우습게 안단 말이냐? 선군께서 살아 계실 때 너는 종종 문장으로 사람들에게 으스대곤 했는데 나는 네가 틀림없이 다른 사람에게 대신 글을 짓게 했을 것이라고 의심했다. 내가 지금 너에게 시간을 정해 줄 테니 일곱 걸음을 걷는 동안 시 한 수를 읊어라. 과연 시를 지으면 죽음을 면해 주겠지만 짓지 못하면 중죄로 다스려 추호도 용서가 없을 것이다!"

조식이 대답했다.

"제목을 내려 주시기 바랍니다."

이때 전각에는 수묵화 한 폭이 걸려 있었는데 거기에는 소 두 마리가 토담 아래서 싸우다가 그 중 한 마리가 우물에 떨어져 죽는 모습이 그려져 있었다. 조비는 그림을 가리키며 분부했다.

"저 그림으로 시제詩題를 삼도록 하라. 시 가운데 '소 두 마리가 담 아래서 싸운다'거나 '한 마리가 우물 속에 빠져 죽는다'는 따위의 문구가 들어가서는 아니 되느니라."

조식은 한 걸음 한 걸음씩 걸음을 내디디며 일곱 걸음을 가자 어느덧 시 한 수가 완성되었다. 그 시는 이러했다.

두 고깃덩이 나란히 길을 가는데 /
머리 위에는 요凹 자 뼈를 덮어썼네. //
한 무더기 흙산 아래 서로 만나니 / 갑자기 부딪쳐 싸움이 일어나네.

두 놈이 다 같이 강할 수는 없어 / 한 덩이 고기는 토굴에 자빠지네. //
힘이 모자라서 그런 것이 아니라 / 성한 기운을 다 쓰지 못함이라네.
兩肉齊道行, 頭上帶凹骨. 相遇塊山下, 欻起相搪突.
二敵不俱剛, 一肉臥土窟. 非是力不如, 盛氣不泄畢.

조비를 비롯한 여러 신하들은 모두들 깜짝 놀랐다. 그러나 조비는 다시 트집을 잡았다.

"일곱 걸음 만에 시 한 수를 짓는다는 건 아무래도 늦은 감이 있다. 내 말이 떨어지기 무섭게 바로 시 한 수를 지을 수 있겠느냐?"

조식이 대답했다.

"시제를 내리시기 바랍니다."

왕굉희 그림

1914

조비가 말했다.

"나와 너는 형제이다. 바로 이를 시제로 삼되 역시 시구에 '형제兄弟'라는 글자가 들어가지 않도록 하라."

조식은 아예 생각할 필요도 없이 즉시 시 한 수를 읊었다.

콩을 삶는데 콩깍지로 불을 때니 / 콩은 가마솥 속에서 울고 있구나. //
본래 같은 뿌리에서 생겨났거늘 / 어찌 이다지도 급히 볶아대느뇨.
煮豆燃豆萁, 豆在釜中泣. 本是同根生, 相煎何太急!

조비는 그 시를 듣고 눈물을 주르르 흘렸다. 이때 모친 변씨가 전각 뒤에서 나오며 조비를 나무랐다.

"형이 되어 어찌 이다지도 아우를 심하게 핍박하느냐?"

조비는 황망히 자리에서 일어나며 변명했다.

"국법을 폐할 수가 없어 그렇게 했을 따름입니다."

이리하여 조비는 조식의 작위를 낮추어 안향후安鄕侯로 봉했다. 조비에게 절을 올려 하직한 조식은 말을 타고 봉지로 떠났다.

조비는 왕위를 계승한 뒤로 법령을 새롭게 바꾸고 위세로 헌제를 핍박했는데 그 가혹함이 아비 조조보다 훨씬 심했다. 어느새 첩자가 성도로 들어가 보고를 올렸다. 소식을 들은 한중왕은 크게 놀라서 즉시 문무백관과 대책을 의논했다.

"조조가 죽고 조비가 그 자리를 이었으나 위세를 부리며 황제를 핍박함이 조조보다도 훨씬 심하다 하오. 더구나 동오의 손권은 두 손을 모아 쥐고 신하를 자칭한다 하오. 나는 먼저 동오를 정벌하여 운장의 원수를 갚고 그 다음에 중원을 토벌하여 나라를 어지럽히는 도적들을 없애려 하오."

그 말이 미처 끝나기도 전에 요화가 반열에서 뛰쳐나오더니 소리쳐 울며 땅에 엎드려 절을 올렸다.

"관공 부자께서 해를 입으신 것은 실로 유봉과 맹달의 죄입니다. 이 두 도적놈에게 죽음을 내려 주소서."

현덕은 즉시 그 두 사람을 잡아 오도록 사람을 보내려 했다. 그러자 공명이 간했다.

"아니 됩니다. 천천히 손을 써야지 급히 서두르다가는 변이 생길 것입니다. 먼저 그 두 사람을 군수郡守로 승진시켜 따로 떼어놓은 다음에 잡는 게 좋겠습니다."

현덕은 그 말을 따랐다. 즉시 사자를 파견하여 유봉의 벼슬을 높여 주고 면죽綿竹으로 자리를 옮겨 그곳을 지키게 했다.

팽양彭羕은 본래 맹달과 교분이 두터운 사이였다. 이 말을 들은 그는 급히 집으로 돌아가 편지를 써서 심복을 시켜 맹달에게 달려가 알리도록 했다. 그러나 팽양의 사자는 막 남문을 나서다가 순시 중이던 마초의 군사들에게 체포되어 마초 앞으로 끌려갔다. 심문 끝에 사건의 전말을 알게 된 마초는 즉시 팽양을 찾아갔다. 팽양은 마초를 맞아들인 다음 술상을 차려 대접했다. 술이 몇 순 돌고 나자 마초가 팽양에게 한마디 툭겨 보았다.

"예전에는 한중왕께서 공을 매우 후하게 대해 주셨는데 지금은 어쩐지 점점 박해지는 것 같소?"

술에 취한 팽양은 미움이 치밀어 욕을 퍼부었다.

"늙은 군바리가 노망이 든 것 같소. 내 반드시 보복하고 말겠소!"

마초가 다시 팽양의 본심을 떠 보았다.

"나 역시 원한을 품은 지가 오래요."

팽양은 신이 났다.

"공께서 수하의 군사를 일으켜 맹달과 연결하여 밖에서 힘을 합친 다면 이 몸은 서천의 군사를 거느리고 안에서 호응하겠소. 그러면 대 사를 도모할 수 있을 것이오."

마초는 그 말에 맞장구를 쳐 주었다.

"선생의 말씀이 매우 옳소. 그럼 내일 다시 의논합시다."

팽양에게 작별을 고한 마초는 즉시 잡아 둔 사자와 편지를 가지 고 한중왕에게 가서 사건의 전말을 낱낱이 고했다. 크게 노한 현덕 은 즉시 명을 내려 팽양을 잡아다 감옥에 가두고 실정을 문초하게 했 다. 감옥에 갇힌 팽양은 때늦은 후회를 했지만 돌이킬 수 없었다. 현 덕이 공명에게 물었다.

"팽양에게 모반할 마음이 있는데 그 죄를 어떻게 다스리면 좋 겠소?"

공명이 대답했다.

"팽양은 비록 미치광이 선비에 불과하지만 살려 두면 오래지 않아 반드시 화를 일으킬 것입니다."

현덕은 옥에 갇힌 팽양에게 죽음을 내렸다.

팽양이 죽고 나자 누군가 이 사실을 맹달에게 알렸다. 소스라치게 놀란 맹달은 어찌할 바를 몰라 허둥지둥했다. 이때 갑자기 사자가 당 도하여 유봉은 가서 면죽을 지키라는 명을 전했다. 맹달은 황급히 상 용과 방릉房陵의 도위인 신탐申耽, 신의申儀 형제를 청해 상의했다.

"나는 법효직孝直(법정의 자)과 함께 한중왕을 위해 공을 세웠소. 지금 효직이 죽자 한중왕은 예전의 공로를 깡그리 잊어버리고 나를 없 애려 하오. 대체 이 일을 어찌하면 좋겠소?"

신탐이 말했다.

"저에게 계책이 하나 있는데 한중왕이 공을 해치지 못하게 할 수 있습니다."

뛸 듯이 기뻐한 맹달은 급히 무슨 계책인지를 물었다. 신탐이 대 답했다.

"우리 형제는 위나라로 가려고 마음먹은 지가 오래되었습니다. 공은 표문을 지어 한중왕에게 사직을 알리고 위왕 조비에게 가십시 오. 조비는 반드시 공을 중용할 것입니다. 우리 두 사람 역시 뒤따라 투항하겠습니다."

불현듯 깨달은 맹달은 즉시 표문 한 통을 적어 성도에서 온 사자 에게 주어 보내고는 그날 밤으로 50여 명의 기병을 이끌고 위에 투항 했다. 표문을 지니고 성도로 돌아간 사자는 맹달이 위에 투항한 사 실을 한중왕에게 아뢰었다. 크게 노한 선주先主가 표문을 읽어 보니 내용은 다음과 같았다.

신 달은 엎드려 생각하옵건대, 전하께서는 장차 이윤과 여상呂尙(강태 공) 같은 대업을 세우시고 제환공이나 진문공의 공적을 따르려 하셨 는데, 대사의 기초가 이루어지고 오吳와 초楚(형주) 땅에 세력을 뻗치자 유능한 인재들이 덕망을 우러러 바람에 쏠리듯 모여들었나이다. 신은 전하에게 귀순한 이래로 죄과가 산처럼 쌓여 신 스스로도 알고 있거 늘 하물며 군주께서 모를 리가 있겠나이까? 이제 왕조에는 출중하고 능력 있는 인재들이 물고기 비늘처럼 모여들었는데 신은 안에 있어도 보좌할 그릇이 못 되고 밖에 있어도 군사를 거느릴 재주가 없으니 공신의 반열에 끼어 있기가 진실로 부끄럽나이다.

신은 듣자오니 범려范蠡는 미묘한 심리를 알아 오호五湖에 배를 띄웠고 구범舅犯은 허물을 사죄하고 황하 강변에서 머뭇거렸다'고 하옵니다. 무릇 일이 성사되어 군신이 다 같이 모일 시기에 오히려 신변을 보전해 달라고 청한 것은 무엇 때문이겠습니까? 바로 머무르고 떠나는 명분을 깨끗이 하려는 것입니다. 하물며 신은 그들보다 지위도 낮고 나라를 일으킨 큰 공도 없으며 현실에만 얽매어 있던 처지라 남몰래 앞에서 언급한 선현들을 사모하면서 미리 뒷날 닥쳐올 수치를 생각했습니다. 예전에 신생申生은 지극한 효자였지만 양친의 의심을 받았고 오자서伍子胥는 둘도 없는 충신이었지만 자신이 섬긴 군주에게 죽임을 당했습니다. 몽념蒙恬은 변경을 개척했지만 큰 형벌을 받았고 악의樂毅'는 제나라를 격파했으나 간신의 참소를 받았나이다. 신은 그러한 옛글을 읽을 적마다 감정에 북받쳐 눈물을 흘리지 않은 적이 없었는데, 이제 몸소 그런 일을 당하고 보니 더더욱 슬퍼지나이다.

근래 형주가 뒤집어져 괴멸되자 대신들은 절개를 잃고 백에 하나도 돌

---

*범려는……머뭇거렸다 | 범려는 춘추시대 월나라 구천의 신하. 구천이 오나라와의 전쟁에 져서 포로가 되었을 때 그를 보좌하여 수치를 참고 힘을 기를 수 있게 도왔다. 그러나 구천이 오나라에 보복하고 천하의 패자가 된 뒤에는 '구천은 환란을 함께 할 수는 있어도 부귀를 함께 할 수 있는 인물은 아니다'고 판단하여 모든 관직을 내놓고 오호에서 배를 타고 나라를 떠났다. 또 구범은 춘추시대 진헌공 중이重耳의 외삼촌으로 그가 19년 간 망명 생활을 할 때 수행하며 보좌했다. 그러나 중이가 즉위하기 위해 귀국하게 되자 황하를 건널 때 중이가 즉위하고 나면 자신의 공로는 잊고 지난 허물만 기억할 게 두려워 작별하고자 했다. 그때 중이는 황하에 대고 맹세하며 그를 만류했고, 나중에 진나라 육경六卿의 한 사람이 되었다.

*신생·오자서·몽념·악의 | 신생은 춘추시대 진헌공晉獻公의 태자로 효성이 뛰어났다. 오자서는 춘추시대 초楚나라 사람으로 오吳나라 왕 합려闔閭와 부차夫差를 보좌하여 초나라를 정벌했다. 몽념은 진시황의 천하 통일 후 흉노를 격퇴하고 장성長城을 쌓은 명장이었다. 악의는 전국시대 연燕나라 장수로 당시 강대국이던 제나라를 격파하여 연나라의 위세를 떨쳤다. 이들은 모두 다른 사람의 모함으로 자살했고, 악의는 제나라의 이간책으로 연나라를 떠나려 했다.

아오지 못했습니다. 유독 신만은 할 일을 찾아 스스로 방릉과 상용을 지켰으니 다시 한번 이 몸을 보전하여 스스로 외지로 떠나도록 놓아 주기를 청하나이다. 엎드려 생각하옵건대 전하께서는 성은으로 느끼고 깨달으시어 신의 마음을 가엾게 여기고 신의 행동을 슬퍼하여 주소서. 신은 진실로 소인이므로 끝까지 전하를 모실 수가 없나이다. 알면서도 이렇게 하는데 감히 죄가 아니라고 할 수 있겠나이까? 신은 매양 듣기를 '교분을 끊을 때는 나쁜 말을 하지 아니하고 신하를 보낼 때는 원망하는 말을 하지 않는다'고 하더이다. 신의 과실은 군자께 털어놓아 가르침을 받을 터이니 바라건대 군왕께서도 옛말을 따르도록 힘쓰소서. 너무도 황공한 심정을 이기지 못하겠나이다.

글을 읽고 난 현덕은 크게 노했다.

"필부 녀석이 나를 배반하고도 어찌 감히 글로 희롱한단 말이냐?"

즉시 군사를 일으켜 그를 사로잡으려 했다. 공명이 말했다.

"유봉을 보내 그를 추격하게 하여 두 호랑이가 서로 물어뜯게 하십시오. 유봉은 공을 세우든 패하든 반드시 성도로 올 것입니다. 그때 제거하면 두 가지 해를 한꺼번에 뿌리 뽑을 수 있습니다."

현덕은 그 말을 따르기로 하고 사자를 면죽으로 보내 명령을 전하게 했다. 명을 받은 유봉은 군사를 거느리고 맹달을 잡으러 떠났다.

한편 조비가 문무백관을 모아 놓고 정사를 의논하고 있는데 근시가 들어와 아뢰었다.

"촉장 맹달이 항복을 드리러 왔습니다."

조비가 불러들여 물었다.

"그대가 이번에 온 것은 혹시 거짓 항복이 아닌가?"

맹달이 해명했다.

"신이 관공의 위기를 구하지 않았다 하여 한중왕이 신을 죽이려 합니다. 이 때문에 죄가 두려워 항복하러 온 것이지 다른 뜻은 없습니다."

조비는 그래도 확실히 믿어지지가 않았다. 이때 별안간 유봉이 5만 명의 군사를 이끌고 양양으로 쳐들어왔는데 오직 맹달 한 사람만을 찾아 싸움을 건다는 보고가 들어왔다. 조비가 말했다.

"그대의 행동이 진심이라면 양양으로 가서 유봉의 수급을 잘라 오도록 하라. 그러면 나도 확실히 믿을 것이다."

맹달이 대답했다.

"신이 이해득실을 따져 설득한다면 군사를 움직일 필요도 없습니다. 유봉마저 항복을 드리도록 하겠습니다."

크게 기뻐한 조비는 맹달의 벼슬을 산기상시散騎常侍에다 건무장군建武將軍으로 높이고 평양정후平陽亭侯로 봉함과 동시에 신성新城 태수를 겸직하면서 양양과 번성을 지키도록 했다. 이보다 앞서 하후상과 서황은 양양에 있으면서 상용의 여러 군을 치려고 준비하고 있었다. 양양에 당도한 맹달이 두 장수와 인사를 마치고 탐지해 보니 유봉이 성에서 50리 떨어진 곳에 영채를 세우고 있다고 했다. 맹달은 즉시 편지 한 통을 쓰고 사람을 촉군의 영채로 보내 유봉에게 항복을 권하게 했다. 글을 읽고 난 유봉은 크게 노했다.

"이 도적놈이 나에게 숙질간의 의리를 끊도록 하더니 다시 또 우리 부자 사이를 벌어지게 해서 나를 불충불효한 인간으로 만들려 하는구나!"

유봉은 글을 갈가리 찢어 버리고 사자의 목을 잘랐다. 그러고는 이튿날 군사를 이끌고 양양으로 가서 싸움을 걸었다.

유봉이 자기가 보낸 글을 찢었을 뿐만 아니라 사자의 목까지 잘랐다는 말을 들은 맹달은 와락 성을 냈다. 그 역시 군사를 거느리고 맞받아 나왔다. 양편 군사가 마주보고 진을 치고 나자 유봉이 문기 아래 말을 세운 채 칼끝으로 맹달을 가리키며 욕을 퍼부었다.

"나라를 배반한 역적놈이 어찌 감히 허튼소리를 지껄이느냐?"

맹달이 마주 꾸짖었다.

"너는 죽음이 눈앞에 닥쳤는데 아직도 정신을 차리지 못했구나!"

크게 노한 유봉은 말을 다그쳐 몰고 칼을 휘두르며 곧바로 맹달에게 덤벼들었다. 싸움이 3합도 되지 않아 맹달이 패하여 달아났다. 유봉은 그 틈을 타고 20여 리나 추격했는데, 갑자기 '우와!' 하는 고함 소리와 함께 복병이 한꺼번에 나타났다. 왼편에서는 하후상이 돌격해 나오고 오른편에서는 서황이 달려 나오는데 맹달 또한 뒤돌아서 덤벼들었다. 세 갈래 군사의 협공을 받고 유봉은 크게 패하여 달아났다. 밤을 새워 상용으로 도망쳐 돌아오는데 등 뒤에는 위군이 바싹 쫓아왔다. 상용성 아래 이른 유봉은 빨리 문을 열라고 소리쳤다. 그러나 성 위에서 어지러이 화살이 쏟아져 내렸다. 신탐이 적루에서 소리쳤다.

"나는 이미 위에 항복했노라!"

크게 화가 난 유봉이 성을 공략하려 했으나 어느새 등 뒤로 추격병이 금방이라도 따라잡을 기세로 접근했다. 발을 붙이고 서 있을 수도 없게 된 유봉은 하는 수 없이 방릉을 바라고 달아났다. 하지만 방릉성 위에도 위나라의 깃발들이 빼곡히 꽂혀 있었다. 적루에 있던 신탐이 깃발을 휘두르자 성 뒤로부터 한 떼의 군사가 나타났다. 깃발에는

'우장군 서황'이라는 글자가 큼직하게 적혀 있었다. 더 이상 당해 낼 수 없다고 판단하고 유봉은 서천을 향하여 달아났다. 서황이 기세를 타고 추격하며 무찔렀다. 유봉은 거우 남은 부하 1백여 기만을 거느린 채 성도에 당도했다. 한중왕을 알현한 유봉이 소리쳐 울며 땅에 엎드려 절을 올렸다. 그리고는 앞에서 일어난 일들을 자세히 아뢰었다. 현덕은 노해서 소리쳤다.

"욕된 아들놈이 무슨 낯짝으로 나를 다시 본단 말인고?"

유봉이 변명했다.

"숙부님의 위난은 소자가 구하려 하지 않은 게 아닙니다. 맹달이 굳이 말리며 막았기 때문입니다."

현덕은 더욱 진노했다.

"너도 사람이 먹는 음식을 먹고 사람이 입는 옷을 입었을 테니 흙이나 나무로 만든 꼭두각시는 아닐 것이다. 어떻게 헐뜯는 도적놈이 막는 말을 곧이들었단 말이냐?"

즉시 좌우에게 유봉을 끌어내다 목을 자르라고 했다. 한중왕은 유봉의 목을 자르고 난 다음에 유봉이 항복을 권하는 맹달의 글을 찢고 그 사자를 죽였다는 말을 듣고 속으로 몹시 후회했다. 게다가 관공의 죽음을 너무 애통해 하다가 끝내 병이 되고 말았다. 이로 인해 한중왕은 군사를 멈추어 둔 채 움직이지 못했다.

한편 위왕 조비는 왕위에 오른 다음 문무 관료들의 벼슬을 빠짐없이 올려 주고 상을 내렸다. 그런 다음 갑옷 입은 군사 30만을 거느리고 남쪽으로 순행을 나가 패국 초현에 이르러 조상들의 무덤에 성대한 제사를 지냈다. 고향 땅의 늙은이들은 먼지를 일으키며 길에 나와 잔을 들고 술을 올리니 옛날 한고조가 황제가 된 다음 고향 패현에 돌아갔을 때의 일을 본뜬 것이었다. 그러던 중 대장군 하후돈의 병세가 위급하다는 보고가 들어와서 조비는 즉시 업군으로 돌아갔다. 조비가 당도했을 때 하후돈은 이미 죽은 뒤였다. 조비는 그를 위해 상복을 입고 두터운 예로 장사지내 주었다.

그해 8월 석읍현石邑縣에 봉황이 날아들고 임치성에는 기린이 출현했으며 업군에서는 황룡이 나타났다는 보고가 들어왔다. 중랑장 이복李伏과 태사승 허지許芝가 그러한 상서로운 징조들은 위가 한을 대신할 조짐이므로 수선受禪의 예를 행하여 한나라 황제가 위왕에게 천하를 양도하게 해야 한다는 논의를 했다. 그들은 드디어 화흠, 왕랑, 신비, 가후, 유이劉廙, 유엽, 진교, 진군, 환계 등 40여 명의 문무 관료와 함께 곧장 내전으로 들어가 헌제에게 황위를 위왕 조비에게 양보하라고 아뢰었다. 이야말로 다음 대구와 같다.

위나라 사직이 이제 세워지려 하니 /
한나라 강산이 한순간에 넘어가네.
魏家社稷今將建　漢代江山忽已移

헌제는 무엇이라 대답할 것인가, 다음 회를 보라.

80

황제 유비

조비는 헌제를 폐하여 한 왕조를 찬탈하고
한중왕은 제위에 올라 대통을 계승하다
曹丕廢帝簒炎劉 漢王正位續大統

화흠을 비롯한 문무 관료들이 정전으로 들어가 헌제를 알현했다. 화흠이 아뢰었다.

"엎드려 살피건대 위왕께서 왕위에 오르신 뒤로 그 덕이 사방에 퍼지고 그 인자함이 만물에 미치니 고금을 뛰어넘어 당우唐虞(요순堯舜)도 이보다 더하지는 못했습니다. 이에 신하들이 의논하는 자리에서, 한나라의 운명이 다하였으니 폐하께서는 요임금과 순임금의 도를 본받으시어 산천과 사직을 위왕에게 양보하시는 것이 좋겠다는 말이 나왔습니다. 이는 위로는 하늘의 뜻을 따르고 아래로는 백성들의 마음에 부합하는 일이니, 폐하께서는 조용하고 한가하게 복을 누리실 수 있을 것입니다. 이렇게 한다면 조종祖宗(역대 제왕들)에 얼마나 큰 다행이며 만백성에게도 얼마나 큰 행운이리까? 신들은 이렇게 의논을 정하였기에 특별히 주청 드리는 바입니다."

헌제는 그 말을 듣고 얼마나 놀랐던지 반나절 동안이나 말이 없다가 드디어 백관들의 얼굴을 살피더니 소리 내어 울며 말했다.

"짐이 생각해 보면 고조께서 삼척검三尺劍을 들어 흰 뱀을 베고 의로운 군사를 일으켜 진秦을 평정하고 초楚를 멸하여 창업의 기틀을 세우신 이래 대대로 전하여 온 지 4백 년이 되었소. 짐은 비록 재주는 없으나 나쁜 짓을 한 적이 없는데 어찌 차마 조종의 대업을 쉽사리 버린단 말이오? 백관들은 다시 한번 상의해 보도록 하오."

화흠은 이복과 허지를 이끌고 헌제 앞으로 가까이 다가가 아뢰었다.

"폐하께서 믿지 못하신다면 이 두 사람에게 물어 보소서."

이복이 아뢰었다.

"위왕께서 왕위에 오르신 이래로 기린이 태어나고 봉황이 날아들며 황룡이 나타나고 굵은 이삭이 달린 벼가 무성하게 자라며 감로甘露가 내리니, 이는 하늘이 보여 주는 상서로운 징조로 위가 한을 대신해야 한다는 징표이옵니다."

이어서 또 허지가 아뢰었다.

"신들은 천문을 살피는 직책을 맡고 있사옵니다. 밤에 천상을 살펴보니 염한炎漢의 운수는 끝이 나서 폐하의 황제별은 가려져 밝지가 못합니다. 반면 위나라의 천상은 하늘과 땅에 가득 뻗쳐 있어 말로 다할 수가 없나이다. 더욱이 위로는 도참圖讖에 부응하니 그 예언은 이러하옵니다. '귀신鬼은 변두리에 있고 맡길 위委가 이어졌으니 한漢을 대신해야 함은 말할 필요도 없어라. 말씀言은 동쪽에 있고 낮오午는 서쪽에 있으니 두 개의 해가 빛을 나란히 하여 위아래로 옮겨 다니네.' 이로써 따져 보면 폐하께서는 일찌감치 선양하심이 좋겠습니다. '귀신은 변두리에 있고 맡길 위가 이어졌다'는 것은 위魏 자이고, '말씀은 동쪽에 있고 낮 오는 서쪽에 있다'는 것은 허許 자이며, '두 해가 빛을 나란히 하여 위아래로 옮겨 다닌다'는 것은 창昌 자입니다. 이는 위가 허창許昌에서 한의 황제 자리를 넘겨받아야 한다는 뜻입니다. 바라건대 폐하께서는 깊이 살피소서."

헌제가 말했다.

"상서로운 징조나 도참 따위는 다 허망한 일이거늘 어찌 그런 허망한 일을 가지고 짐에게 조종의 기업을 버리라고 하는 것이오?"

이번에는 왕랑이 아뢰었다.

"예로부터 흥하면 반드시 망하고 성하면 반드시 쇠하기 마련이니, 어찌 망하지 않는 나라가 있고 쇠하지 않는 집안이 있겠습니까? 한나라 황실이 4백여 년을 전해 내려오다가 폐하의 대에 이르러 운수가 다했으니 일찌감치 물러나 피하심이 마땅하며 지체하거나 의심하시면 아니 되옵니다. 그리되면 변이 생길 것입니다."

헌제가 대성통곡을 하며 내전으로 들어가자 백관들은 비웃으며 물러갔다.

이튿날 관료들은 또다시 대전大殿에 모여서 환관을 시켜 헌제를 모셔 오게 했다. 헌제는 근심스럽고 두려워 감히 나오지 못했다. 조曹황후가 물었다.

"백관들이 폐하께 조회를 여시라고 청하는데 폐하께서는 무슨 까닭으로 거절하시나이까?"

헌제는 눈물을 흘리며 대답했다.

"그대의 오라비가 제위를 뺏으려고 백관을 시켜서 핍박하고 있소. 이 때문에 짐은 나가지 못하고 있는 것이오."

이 말을 들은 조황후는 격노했다.

"오라버니가 어찌하여 이와 같이 함부로 역적질을 한단 말인고?"

말이 채 끝나기도 전에 조홍과 조휴가 검을 차고 들어오더니 헌제더러 대전으로 나가기를 청했다. 조황후가 큰소리로 욕을 퍼부었다.

"모두가 너희들 돼먹지 못한 도적놈들이 부귀를 도모하느라 함께 역모를 꾸민 게로구나! 우리 아버님은 공이 세상을 덮고 위엄이 천하를 진동시켰건만 그래도 감히 황제 자리만큼은 엿보거나 빼앗지 못

하셨다. 지금 우리 오라버니가 왕위를 이은 지 얼마 되지도 않았는데 벌써 한나라를 찬탈할 생각을 품으니 황천이 반드시 너희들을 돕지 않을 것이다!"

말을 마치자 조황후는 통곡하며 내전으로 들어갔다. 좌우에서 모시는 자들이 모두 흐느껴 울었다.

조홍과 조휴는 헌제에게 대전으로 나가기를 강요했다. 핍박을 견디지 못한 헌제는

하는 수 없이 의복을 갈아입고 앞의 전각으로 나갔다. 화흠이 아뢰었다.

"폐하께서는 신들이 어제 말씀드린 공론을 따르시어 큰 화를 면하도록 하소서."

헌제는 통곡을 하며 말했다.

"경들은 모두 한나라 조정에서 녹을 먹은 지 오래고 그 가운데는 공신의 자손들도 많을 터인데 어찌 차마 이렇게 신하로서 못할 짓을 한단 말인가?"

화흠이 대꾸했다.

"폐하께서 만약 여러 사람들의 의논을 따르지 않으시면 당장에라도 궁전 안에서 재난이 일어나지 않을까 두렵습니다. 신들이 폐하께 불충하기 때문이 아닙니다."

헌제가 소리쳤다.

"누가 감히 짐을 시해한단 말인가?"

화흠이 사나운 음성으로 반박했다.

"천하 사람 모두가 폐하께 임금의 복이 없어서 세상이 크게 어지러워졌음을 알고 있소! 만약 위왕께서 조정에 계시지 않았다면 폐하를 시해할 자가 어찌 한두 사람에 그쳤겠소? 폐하께서는 아직도 은혜를 모르고 덕을 갚을 줄 모르니 천하 사람들이 다 함께 폐하를 칠 때까지 버틸 작정이오?"

깜짝 놀란 헌제는 소매를 떨치고 일어났다. 왕랑이 화흠에게 눈짓을 했다. 화흠이 앞으로 훌쩍 뛰어나와 용포 자락을 덥석 틀어잡더니 얼굴빛을 시퍼렇게 해 가지고 다그쳤다.

"허락할 테요 말 테요? 어서 한마디 하시오!"

헌제는 부들부들 떨며 대답하지 못했다. 조홍과 조휴가 검을 쑥 뽑아 들며 큰소리로 외쳤다.

"부보랑符寶郞은 어디 있는가?"

부보랑 조필祖弼이 그 소리에 맞추어 나타났다.

"부보랑은 여기 있소!"

조홍이 옥새를 가져오라고 했다. 조필이 꾸짖었다.

"옥새는 천자의 보물이거늘 어찌 함부로 달라고 하느냐?"

조홍은 무사들을 호령해서 조필을 끌어내 목을 치게 했다. 조필은 크게 욕설을 퍼부었는데 죽을 때까지 그 소리가 그치지 않았다. 후세 사람이 시를 지어 찬탄했다.

간악한 도적이 권세 휘둘러 한실을 망치니 /
선위를 사칭하여 요순을 본받는다고 하네. //
만조백관 모두가 위왕만 우러러 받드는데 /
충신이라곤 겨우 부보랑 하나밖에 없구나.
奸允專權漢室亡, 詐稱禪位效虞唐. 滿朝百辟皆尊魏, 僅見忠臣符寶郞.

헌제는 몸이 와들와들 떨려 견딜 수가 없었다. 계단 아래를 내려다보니 갑옷 입고 창을 든 수백 명이 모두가 위왕 수하의 군사들이었다. 헌제는 흐느끼면서 신하들에게 말했다.

"짐은 천하를 위왕에게 선양할 터이니 부디 남은 목숨을 보존하여 하늘이 정해 준 수명이나 마치도록 해주오."

가후가 말했다.

"위왕께서는 반드시 폐하를 저버리지 않으실 것입니다. 폐하께서는 속히 조서를 내리시어 모든 사람의 마음을 안정시키소서."

헌제는 하는 수 없이 진군에게 선위하는 조서를 초(草)하게 하고는, 화흠에게 조서와 옥새를 받들어 문무백관을 거느리고 위왕의 궁전으로 가서 바치게 했다. 조비는 뛸 듯이 기뻐하며 조서를 읽게 했다. 조서의 내용은 다음과 같았다.

> 짐은 32년 동안 황제 자리에 있으면서 천하가 흔들려 뒤집힐 뻔한 변을 당했으나 다행히 조종 영령의 도움을 입어 위기에 빠졌다가 다시 보존되었다. 그러나 이제 우러러 하늘의 천상을 헤아리고 백성들의 마음을 굽어 살피건대 염정炎精(한나라의 운수)은 이미 다하고 천명이 조씨에게 있게 되었다. 그리하여 이미 전대의 위왕이 신무神武의 업적을 수립했고, 지금의 위왕 또한 밝은 덕을 밝혀 그 기대하는 바에 응했노라. 역수曆數가 분명히 밝혀 주니 진실로 알 수 있도다. 대저 '큰 도리의 운행은 천하의 모든 사람에게 공정하다大道之行 天下爲公'고 했다. 요임금이 사사로이 아들에게 자리를 넘기지 않음으로써 그 이름을 후세에 영원히 전파했으니 짐은 남몰래 그분을 사모했노라. 이제 요임금의 사적을 본받아서 승상 위왕에게 자리를 넘기나니 위왕은 이를 사양하지 말지어다.

다 듣고 나서 조비가 곧바로 조서를 받으려 했다. 그러자 사마의가 간했다.

"아니 됩니다. 아무리 조서와 옥새가 이르렀다고는 하지만 전하께서는 표문을 올리며 사양하셔서 천하의 비방을 막으셔야 합니다."

조비는 그 말을 좇았다. 왕랑에게 시켜 자신은 덕이 모자라니 달리 훌륭한 인물을 찾아 천자의 자리를 물려주시라는 뜻으로 표문을 지었다. 조비의 표문을 읽어 본 헌제는 크게 놀라고 의심스러워 신하들에게 물었다.

"위왕이 사양하니 이 일을 어찌해야 하오?"

화흠이 조언했다.

"예전에 위무왕武王(조조)께서 왕의 작위를 받으실 때도 세 번 사양하였지만 폐하께서 허락하지 않는다는 조서를 내리신 연후에야 작위를 받으셨습니다. 그러니 지금 폐하께서 다시 조서를 내리신다면 위왕은 자연히 폐하의 뜻을 따를 것입니다."

헌제는 하는 수 없이 다시 환계桓階에게 조서를 초하게 한 다음 고묘사高廟使 장음張音을 시켜 절을 지니고 옥새를 받들어 위왕의 궁전으로 가게 했다. 조비가 조서를 읽게 하니 조서의 내용은 다음과 같았다.

아아, 그대 위왕이여, 글을 올려 겸양하는구나. 짐이 생각건대 한나라의 도道가 쇠퇴한 지 이미 오래이다. 다행히 무왕 조조가 덕이 높고 천운을 입어 신 같은 무력을 떨쳐 흉포한 무리를 잘라 없애고 중원을 평정했노라. 지금의 왕 조비가 선왕의 유업을 이음에 지극한 덕성이 빛을 환히 밝히고 위엄과 가르침이 사해를 덮으며 어진 기풍이온 나라에 퍼지니 하늘의 역수曆數가 실로 그대에게 있노라. 옛날 우순虞舜(순임금)이 스무 가지 큰 공을 세우자 방훈放勛(요임금을 말함)이 천하를 그에게 물려주었고, 대우大禹(우임금)가 물길을 내어 홍수를 다스리자 중화重華(순임금을 말함)가 그에게 제위를 넘겨주었노라. 한은 요의 운을 이었으니 성인에게 자리를 전할 의리가 있는지라, 신령의 뜻에 순종하고 하늘의 밝은 명을 받들어 어사대부 대리 장음을 시켜 절을 지니고 황제의 새수璽綬를 받들어 가게 하였노라. 왕은 이를 받을 지어다.

조비는 조서를 받고 즐거워하면서 가후에게 말했다.

"비록 두 차례의 조서가 있었지만 그래도 끝내는 천하 사람과 후세 사람들에게 제위를 찬탈했다는 소리를 듣지 않을까 두렵구려."

가후가 말했다.

"그것은 지극히 쉬운 일입니다. 다시 장음에게 명하여 옥새와 인끈을 도로 가지고 가게 하십시오. 그리고 화흠에게 천자를 움직여 '수선단受禪壇'을 쌓게 하십시오. 그리고 길한 날 좋은 시간을 받아 높고 낮은 공경 대신들을 모두 단 아래에 모아 놓고 천자가 친히 새수를 받들어 천하를 대왕께 넘기도록 하십시오. 그러면 여러 사람의 의혹을 풀 수 있을 뿐만 아니라 천하 사람들의 논란도 막을 수 있을 것입니다."

크게 기뻐한 조비는 즉시 장음에게 새수를 돌려주면서 지난번처럼 다시 표문을 지어 겸손하게 사양했다. 장음이 돌아가서 헌제에게 아뢰니 헌제는 신하들에게 물었다.

"위왕이 또다시 사양하는데 이는 무슨 뜻이오?"

화흠이 아뢰었다.

"폐하께서는 '수선단'을 쌓으시고, 공경 대신과 서민들을 다 모아 놓고 명백하게 선위를 하십시오. 그러면 폐하의 후손들은 자자손손 반드시 위나라의 은혜를 입게 될 것입니다."

헌제는 그 말을 좇아 태상원太常院의 관원들을 보내 번양繁陽에 터를 고르고 3층짜리 높은 단을 쌓게 했다. 그리고 드디어 10월 경오일庚午日 인시寅時에 황제 자리를 선양하기로 했다.

그날이 되자 헌제는 위왕 조비를 단 위로 청해 황제 자리를 넘겨받게 했다. 단 아래에는 대소 관료 4백여 명이 모이고 어림호분금군御臨虎賁禁軍 30여만 명이 둘러섰다. 천자가 친히 옥새를 받들어 조비에게 바치자 조비가 그것을 받았다. 단 아래에 모인 신하들은 무릎을 꿇고 황제를 정하는 책문冊文을 들었다.

아아, 그대 위왕이여! 옛적에 요임금이 순에게 선위하고 순임금 또한 우에게 자리를 맡도록 명하였으니, 천명은 한 곳에 고정된 것이 아니라 오직 덕 있는 이에게 돌아갔도다. 한나라의 도가 쇠퇴하여 세상의 질서가 흐트러졌다. 짐의 대에 이르러서는 천하가 크게 어지럽고 더욱 혼미해지니 흉악한 무리들이 반역을 자행하여 나라가 뒤집어졌노라. 다행히 무왕의 신 같은 무공에 힘입어 사방의 어려운 난리를 평정하고 중원을 깨끗이 하여 나의 종묘를 보전하게 되었으니, 이 어찌 나 한 사람만이 안정을 얻은 것이겠는가? 만천하가 다 그 은혜를 입었다 하리라. 지금의 위왕은 전대의 위업을 이어받아 그 덕을 빛내고 문무의 대업을 넓히며 돌아간 아비의 크나큰 공적을 밝혔노라. 하늘은 상서로운 징조를 내리고 사람과 귀신은 그 조짐을 알리매 그대에게 제위를 넘겨줄 일을 깊이 고려하니 여러 사람이 짐의 결정에 대해 토론했노라. 여러 사람이 입을 모아 그대의 헤아림이 순임금과 같으니 나에게 요임금이 확정한 선양 제도禪讓制度를 본받아 그대에게 경건하면서도 공손하게 제위를 넘기라고 말했다. 오호라! 하늘의 역수가 그대의 몸에 있으니, 그대는 삼가 대례大禮에 따라 만국萬國을 받고 하늘이

劉備登基

황소민 그림

내린 명을 엄숙히 계승할지어다!

책문 낭독이 끝나자 위왕 조비는 팔반대례八般大禮(여덟 가지 성대한 예식)를 받고 황제의 자리에 올랐다. 가후가 대소 관료들을 이끌고 단 아래에서 조례朝禮를 드렸다. 조비는 연호를 연강延康 원년에서 황초 黃初 원년(220년)으로 고치고 국호를 대위大魏라 했다. 이어서 성지를 내려 천하에 대사령을 내리고, 아비 조조에게 태조太祖 무황제武皇帝 라는 시호를 바쳤다. 화흠이 아뢰었다.

"하늘에는 두 해가 없고 백성에게는 두 임금이 없는 법이옵니다. 한의 황제가 천하를 이미 폐하께 선양했으니 이치상 번복藩服(수도에 서 가장 먼 고장)으로 물러나야 하오리다. 유씨를 어느 땅에 안치해야 할지 성지를 내려 주소서."

말을 마친 화흠은 헌제를 부축하여 단 아래 꿇어앉히고 성지를 든 도록 했다. 조비는 헌제를 산양공山陽公으로 봉한다는 성지를 내리고 그날 바로 길을 떠나게 했다. 화흠은 허리에 찬 검에 손을 얹고 헌제 를 가리키며 사나운 음성으로 소리쳤다.

"한 임금을 세우고 한 임금을 폐하는 것은 예로부터 내려오는 떳 떳한 도리이오! 금상께서 인자하시어 차마 그대에게 해를 가하지 않 으시고 산양공으로 봉하셨소. 오늘 즉시 봉지로 떠나되 조서가 없이 는 조정에 들어오지 말아야 할 것이오!"

헌제는 눈물을 머금고 절하여 사은하고 말을 타고 떠났다. 단 아 래에 늘어선 군사와 백성들은 그 광경을 보고 모두 슬퍼해 마지않았 다. 조비가 신하들에게 말했다.

"순임금과 우임금의 일을 짐은 알겠노라!"

모든 신하들이 일제히 '만세!'를 외쳤다. 후세 사람이 이 수선단을 보고 시를 지어 탄식했다.

전한 후한 다스린 일 자못 어려웠는데 /
하루아침에 옛 강산 모두 잃고 말았네. //
조비는 요순의 선양을 배우려고 하지만 /
사마씨가 같은 짓 저지를 걸 보게 되리.
兩漢經營事頗難, 一朝失却舊江山. 黃初欲學唐虞事, 司馬將來作樣看.

백관들이 조비에게 천지에 사은할 것을 청했다. 조비가 막 절을 올리려는데 별안간 단 앞에서 괴이한 바람이 일어나며 모래를 날리고 돌을 굴리는데, 마치 소낙비 퍼붓듯 급해서 서로 얼굴을 마주 하고도 알아볼 수 없을 지경이었다. 이 바람에 단 위에 켜 놓은 불과 촛불들도 모조리 꺼지고 말았다. 조비는 너무나 놀란 나머지 단 위에서 쓰러져 버렸다. 백관들이 급히 구완해 단 아래로 내려갔으나 반나절이 지나서야 겨우 정신을 차렸다. 곁에서 모시는 신하들의 부축을 받아 궁중으로 들어갔으나 며칠 동안은 조회조차 열지 못했다. 병이 좀 나은 후에야 정전으로 나가 문무백관의 하례를 받았다. 조비는 화흠을 사도司徒로 봉하고, 왕랑을 사공司空으로 삼고, 그 밖의 대소 관료들에게도 일일이 벼슬을 높여 주고 상을 내렸다. 그러나 병이 좀처럼 완쾌되지 않자 조비는 허창의 궁실에 요괴가 많은 게 아닌가 의심하고 낙양으로 가서 궁실을 크게 지었다.

누군가 성도로 들어가 이 사실을 보고했다. 조비가 스스로 대위의 황제가 되어 낙양에 궁전을 지으며 게다가 들리는 소문으로는 한의 황제는 이미 해를 당했다고 한다는 소식을 듣고 한중왕은 종일 토록 통곡했다. 이윽고 백관들에게 상복을 입게 하고 멀리 수도 쪽을 바라보며 제사를 지낸 다음 헌제에게 '효민황제孝愍皇帝'라는 시호를 올렸다. 이 때문에 근심이 쌓여 병에 걸린 현덕은 정사를 처리하지 못하고 모든 정사를 공명에게 위탁했다. 공명은 태부太傅 허정許靖과 광록대부光祿大夫 초주譙周에게 천하에는 하루라도 임금이 없을 수 없으니 한중왕을 높여 황제로 모시는 게 어떠냐고 의논했다. 초주가 말했다.

"근래 상서로운 바람이 불고 경사스러운 구름이 이는 좋은 조짐이 있습니다. 성도 서북쪽 귀퉁이에 누런 기운이 수십 길이나 일어나 하늘을 뚫을 듯 치솟는가 하면 황제별이 필畢, 위胃, 묘昴의 별자리에 나타나 달빛처럼 휘황하게 빛납니다. 이는 바로 한중왕께서 황제의 자리에 오르시어 한 왕조의 대통을 이으실 조짐이니 더 이상 무엇을 의심하겠습니까?"

이에 공명은 허정과 함께 대소 관료들을 이끌고 들어가서 표문을 올리며 한중왕에게 황제의 자리에 오르라고 청했다. 표문을 본 한중왕은 깜짝 놀랐다.

"경들은 나를 불충불의한 사람으로 만들려는 것이오?"

공명이 아뢰었다.

"아닙니다. 조비가 한나라를 찬탈하고 스스로 제위에 올랐는데 대왕께서는 곧 한 황실의 후예이시니 이치로 보아 대통을 계승하시어 한의 제사가 이어지도록 해야 합니다."

한중왕은 발연히 얼굴빛이 변했다.

"내 어찌 역적의 소행을 본받는단 말이오?"

말을 마치자 소매를 떨치고 일어나 후궁으로 들어가 버렸다. 관원들은 모두 흩어졌다. 사흘 뒤 공명은 다시 모든 관원들을 이끌고 조정에 들어가 한중왕이 나오시기를 청했다. 모두들 그 앞에 부복했다. 허정이 나서서 아뢰었다.

"지금 한의 천자께서 조비의 손에 시해되셨으니 대왕께서 제위에 올라 군사를 일으켜 역적을 토벌하지 않으신다면 충성스럽고 의롭다 할 수 없을 것입니다. 지금 천하의 모든 사람이 대왕께서 황제가 되시어 효민황제의 한을 씻어 주기를 바라고 있사옵니다. 신들의 의견을 따르지 않으신다면 백성들의 소망을 저버리시게 되옵니다."

그래도 한중왕은 듣지 않았다.

"내 비록 경제景帝의 후손이라고는 하나 아직 백성들에게 이렇다 할 은덕도 베푼 적이 없소. 그런데 지금 하루아침에 스스로 황제가 된다면 그것이 찬탈과 무엇이 다르단 말이오?"

공명이 여러 차례 간곡하게 권했지만 한중왕은 고집을 부리며 기어이 따르지 않았다. 마침내 공명은 한 가지 계책을 생각해 내고 관원들에게 이러저러하게 하라고 일러두었다. 그러고는 아프다고 둘러대고 집에 틀어박혀 나가지 않았다.

공명의 병이 위독하다는 말을 들은 한중왕은 친히 군사부로 가서는 침상 곁에 다가가 물었다.

"군사께서는 무슨 병에 걸리셨소?"

공명이 대답했다.

"근심으로 인해 가슴이 타는 듯하니 아무래도 목숨이 오래가지 못할 것 같습니다."

한중왕이 다시 물었다.

"군사께서 근심하는 게 대체 무엇이란 말이오?"

한중왕이 연거푸 몇 번이나 물었으나 공명은 그저 병이 심한 척 눈을 지그시 감은 채 대답하지 않았다. 한중왕이 대답을 재촉하며 두 번 세 번 물어서야 공명은 한숨을 몰아쉬면서 한탄했다.

"신이 초려를 나와서 대왕을 만나 오늘까지 모시고 지내는 동안 대왕께서는 신의 말이라면 모두 들어주시고 신의 계책이라면 모두 써 주셨습니다. 오늘날 대왕께서는 다행히 양천兩川의 땅을 차지하시어 신이 지난날 드렸던 말씀이 어긋나지 않게 되었습니다. 지금 조비가 황제의 자리를 찬탈하여 한 황실의 제사가 끊어지려 하므로 문무 관료들이 다함께 대왕을 받들어 황제로 모시고 위를 멸하고 유씨를 일으켜 공명을 이루려 합니다. 그런데 뜻밖에도 대왕께서는 한사코 고집하며 거절하시니 관원들에겐 모두 원망하는 마음이 생겼습니다. 이러다간 머지않아 모조리 흩어지고 말 것인데, 문무 관료가 모두 흩어진 뒤에 오와 위가 쳐들어온다면 양천을 보전하기 어려울 것입니다. 그러니 신이 어찌 근심하지 않을 수 있겠습니까?"

한중왕의 대답은 한층 누그러졌다.

"내가 거절하는 게 아니라 천하 사람들이 비난할까 두려울 따름이오."

공명이 설득했다.

"성인聖人께서도 '명분이 바르지 않으면 말이 이치에 맞지 않는다'고 하셨습니다. 지금 대왕께서는 명분이 바르고 하시는 말씀이 모두 이치에 맞는데 무슨 비난을 하겠습니까? '하늘이 내리신 것을 받지 않으면 도리어 재앙을 받는다'는 말씀도 듣지 못하셨습니까?"

한중왕은 하는 수 없다는 듯 대답했다.

"군사의 병이 낫기를 기다려 그리해도 늦지 않으리라."

말이 떨어지기 무섭게 공명이 침상에서 벌떡 일어나더니 병풍을 툭 쳤다. 밖으로부터 문무 관원들이 우르르 몰려 들어오더니 땅바닥에 엎드려 절을 올렸다.

"대왕께서 윤허하셨으니 즉시 길일을 골라 대례를 거행하시옵소서."

한중왕이 살펴보니 그들은 바로 태부 허정, 안한장군安漢將軍 미축麋竺, 청의후靑衣侯 상거向擧, 양천후陽泉侯 유표劉豹, 별가別駕 조조趙祚, 치중治中 양홍楊洪, 의조議曹 두경杜瓊, 종사從事 장상張爽, 태상경太常卿 뇌공賴恭, 광록경光祿卿 황권黃權, 좨주祭酒 하종何宗, 학사學士 윤묵尹黙, 사업司業 초주譙周, 대사마大司馬 은순殷純, 편장군偏將軍 장예張裔, 소부少府 왕모王謀, 소문박사昭文博士 이적伊籍, 종사랑從事郎 진복秦宓 등의 무리였다.

한중왕은 깜짝 놀랐다.

"과인을 불의에 빠뜨리는 것은 모두가 경들이로다!"

공명이 얼른 쐐기를 박았다.

"대왕께서 신들이 주청한 바를 이미 윤허하셨습니다. 즉시 단을 쌓고 길일을 택해 공손히 대례를 거행하겠나이다."

공명은 즉시 한중왕을 궁으로 모셔 가게 하는 한편 박사博士 허자許慈와 간의랑諫議郎 맹광孟光에게 대례를 주관하게 하고 성도에 있는 무담武擔 남쪽에 단을 쌓았다. 모든 준비가 끝나자 많은 관원들이 난가鑾駕(천자의 수레)를 정비하고 한중왕을 모셔다 단에 올라 제사지내기를 청했다. 초주가 단 위에서 목청을 돋우어 제문을 낭독했다.

건안 26년(221년) 4월 병오丙午 초하루에서 열이틀 지난 정사丁巳일에 황제 유비는 감히 황천黃泉과 후토后土께 아뢰나이다. 한이 천하를 얻어 왕위가 끝없이 이어졌습니다. 이전에 왕망王莽이 나라를 찬탈하였으나 광무황제께오서 진노하시어 그를 죽이고 사직을 다시 보존하였나이다. 그런데 조조가 병력을 믿고 잔인한 짓을 하여 황제와 황후를 시해하여 죄악이 하늘에 사무쳤더니, 조조의 아들 조비는 함부로 흉악한 반역을 자행하여 신기神器(황제 자리)를 훔쳐 차지했습니다. 이에 부하들과 장병들이, 한의 제사가 끊어지게 되었으니 이 유비가 그 제사를 이으며 고조와 광무제 두 선조의 장한 업적을 계승하여 천벌을 내려야 한다고 여기나이다. 유비는 덕이 없어 제위를 욕되게 할까 두려우매 일반 서민들과 밖으로 멀리 황량한 땅의 우두머리들에게까지 두루 물었더니 모두가 '천명에 응답하지 않아서는 아니 되고, 조상의 사업을 오랫동안 폐지하여서는 아니 되며, 사해四海에 주인이 없어서는 아니 된다'고 하였습니다. 온 나라 모든 백성들의 소망이 이 유비 한 사람에게로 모아졌습니다. 유비는 하늘의 밝으신 명령이 두렵고 또 고황제와 광무황제의 대업이 땅에 떨어질 것이 무서워 삼가 길일을 택하여 단에 올라 제를 지내 고하옵고 황제의 옥새와 인수를 받아 사방을 어루만져 다스리려 하나이다. 천지신명께서는 한실에 복을 내리시어 천하가 길이 평안하게 하여 주소서!

제문 낭독이 끝나자 공명이 관원들을 거느리고 공손히 옥새를 받들어 올렸다. 한중왕은 옥새를 두 손으로 받들어 단 위에 올려놓고 거듭거듭 사양했다.

"이 유비는 재주와 덕이 없으니 재주 있고 덕 있는 사람을 골라 받게 하시오.”

공명이 아뢰었다.

“대왕께서는 사해를 평정하시어 공과 덕이 천하에 뚜렷이 알려졌을 뿐만 아니라 대한大漢의 종친이시니 마땅히 황제의 자리에 오르셔야 합니다. 이미 천신에게 제사를 지내 고한 터에 무엇을 다시 사양하신단 말씀입니까?”

문무 관원들이 모두 ‘만세!’를 외쳤다. 신하들이 절을 올리며 경축하는 예식을 마치자 현덕은 정식 황제가 되어 연호를 장무章武 원년으로 고쳤다. 왕비 오吳씨를 황후로 세우고 맏아들 유선劉禪을 황태자로 삼았으며 둘째 아들 유영劉永은 노왕魯王으로 봉하고 셋째 아들 유리劉理는 양왕梁王으로 삼았다. 또 제갈량을 승상으로, 허정을 사도로 삼은 다음 대소 관료들도 일일이 벼슬을 높여 주고 상을 내렸다. 이어서 천하에 대사령을 내리니 양천兩川의 군사와 백성들 치고 기뻐 날뛰지 않는 자가 없었다.

이튿날 조회가 열렸다. 문무 관료들이 절을 올린 다음 문반文班과 무반武班으로 나뉘어 늘어섰다. 선주先主*가 조서를 내렸다.

“짐은 복숭아 동산에서 관운장, 장익덕과 의형제를 맺은 날로부터 생사를 같이하기로 맹세했다. 불행히도 큰아우 운장이 동오의 손권에게 해를 당했으니 그 원수를 갚지 않는다면 맹세를 저버리게 될 것이다. 짐은 온 나라의 군사를 모조리 일으켜 동오를 정벌하고 역적을 사로잡아 이 한을 씻고자 하노라!”

말이 미처 끝나기도 전에 반열에서 한 사람이 나와 계단 아래 엎

*선주 | 진수陳壽의 『삼국지』 「촉서」에서 유비를 ‘선주’, 유비의 아들 유선을 ‘후주後主’라고 지칭했다. 『삼국지연의』에서는 유비가 황제가 된 뒤부터 ‘선주’로 부르고 있다.

드리며 간했다.

"아니 되옵니다!"

선주가 살펴보니 바로 호위장군虎威將軍 조운이었다. 이야말로 다음 대구와 같다.

임금이 하늘을 대신해 토벌하기 전에 /

신하가 드리는 바른 말을 듣게 되네.

君王未及行天討 臣下曾聞進直言

자룡은 어떤 간언을 올리려는 것일까, 다음 회를 보라.

81

장비의 죽음

형의 원수 급히 갚으려다 장비는 해를 당하고
아우의 원한 씻으려고 선주는 군사를 일으키다
急兄仇張飛遇害 雪弟恨先主興兵

선주가 군사를 일으켜 동오를 정벌하려 하자 조운이 나서서 간했다.

"나라의 역적은 조조이지 손권이 아니옵니다. 지금 조비가 한나라를 찬탈하여 귀신과 사람이 다함께 분노하고 있나이다. 폐하께서는 조속히 관중關中을 도모하시어 군사를 위하渭河 상류에 주둔하시고 흉악한 역적을 토벌하소서. 그리되면 관동關東의 의로운 인사들이 반드시 양식을 싸 들고 말을 채쳐서 폐하의 군사를 맞이할 것입니다. 위를 그냥 둔 채 오를 정벌하시다가 싸움이 일단 어우러지고 나면 급히 그만둘 수 있겠나이까? 폐하께서는 부디 이를 잘 살피소서."

선주가 대답했다.

"손권은 짐의 아우를 해쳤다. 더욱이 부사인, 미방, 반장, 마충은 모두들이가 갈리는 원수들이니 그 고기를 씹어 삼키고 종족을 몰살시켜야 짐의 한이 풀릴 것이다! 경이 어찌 막을 수 있는가?"

조운도 물러서지 않았다.

"한나라의 역적에게 원수를 갚는 것은 공적인 일이고 형제의 원수를 갚는 것은 사적인 일입니다. 부디 천하를 중히 여기소서."

선주가 대답했다.

"짐이 아우의 원수를 갚지 못한다면 만리 강산을 손에 넣은들 무엇이 귀하겠는가?"

마침내 선주는 조운의 충고를 듣지 않고 동오를 정벌할 군사를 일으킨다는 명령을 내렸다. 또 오계五谿로 사자를 보내 번병番兵(오계 지역의 소수 민족 군대) 5만을 빌려 함께 호응하게 하는 한편 낭중으로 사람을 보내 장비를 거기장군車騎將軍 겸 사례교위司隸校尉로 삼고, 그 위에 서향후西鄕侯로 봉하여 낭중 목閬中牧까지 겸하게 했다. 사자는 조서를 받들고 떠났다.

한편 낭중의 장비는 관공이 동오 군사들에게 해를 당했다는 소식을 듣고 아침저녁으로 통곡하여 피눈물이 옷깃을 적실 지경이었다. 수하 장수들이 그의 마음을 풀어 주려고 술을 권했으나 술이 취하면 노여움이 더욱 심해졌다. 장막 아래위에서 조금이라도 비위를 거스르는 자가 있으면 무자비하게 채찍질을 해대니 채찍에 맞아 죽는 자가 많았다. 그러고는 날마다 남쪽을 노려보며 이를 갈아 부치는가 하면 눈을 부릅뜨고 목 놓아 통곡하기를 그치지 않았다. 그러고 있는데 선주가 보낸 사자가 당도했다. 황급히 사자를 영접해 들이니 사자가 조서를 펼쳐 들고 읽었다. 벼슬과 작위를 받은 장비는 주연을 베풀어 사자를 대접했다. 장비가 사자에게 물었다.

"우리 형님이 해를 당해 원한이 바다처럼 깊어졌는데 묘당廟堂의 신하들은 어찌하여 조속히 군사를 일으키라고 아뢰지 않는 거요?"

사자가 대답했다.

"우선 위부터 멸한 다음 오를 징벌하시라고 권하는 사람들이 많습니다."

장비가 버럭 화를 냈다.

"그게 무슨 소리야? 예전에 우리 세 사람이 복숭아 동산에서 형제의 의를 맺을 때 함께 살고 함께 죽기로 맹세했다. 이제 불행하게도 둘째 형님이 중도에서 돌아가셨으니 내 어찌 홀로 부귀를 누린단 말인가? 내 마땅히 천자를 만나 뵙고 선두 부대의 선봉이 되어 상복을 입고 오를 징벌하여 역적을 사로잡을 테다! 그래서 둘째 형님의 영전에 바쳐 지난날의 맹세를 지킬 것이야!"

말을 마친 장비는 즉시 사자와 함께 성도를 향해 길을 떠났다.

이때 선주는 날마다 친히 교련장에 나가 군마를 조련하고 있었다. 날짜를 정해 군사를 일으켜 어가를 몰고 직접 동오를 정벌하려는 것이었다. 이에 공경대부들은 모두 승상부로 가서 공명에게 말했다.

"천자께서 이제 막 대위大位에 오르셨는데 친히 군사를 거느리고 출정하시는 건 사직을 중히 여기는 처사가 아니올시다. 그런데 승상께서는 국가의 막중한 소임을 맡고 계신 몸으로 어찌 말리지 않으십니까?"

공명이 대답했다.

"여러 차례 간곡히 말렸소이다만 한사코 듣지 않으시는구려. 오늘은 여러분이 나와 함께 교련장으로 가서 함께 만류해 보십시다."

공명은 백관들을 이끌고 가서 선주에게 아뢰었다.

주지펑 그림

1948

"폐하께서는 이제 막 보위에 오르셨습니다. 만약 북으로 한의 역적을 쳐서 대의를 천하에 펼치려 하신다면 친히 육사六師(천자의 군대)를 통솔하시는 것도 좋은 일입니다. 그러나 오를 정벌하시는 일이라면 상장 한 명을 보내 정벌하게 하시면 그만입니다. 어찌 굳이 직접 어가를 움직이는 수고를 마다하지 않으시는지요?"

공명이 이토록 간곡히 말리자 선주는 조금 마음을 돌렸다. 그때 장비가 왔다는 보고가 들어왔다. 선주는 급히 불러들였다. 연무청演武廳에 당도한 장비는 땅바닥에 엎드리며 선주의 다리를 끌어안고 울음을 터뜨렸다. 선주 역시 소리 내어 울었다. 장비가 물었다.

"폐하께서는 오늘날 임금이 되시더니 벌써 도원의 맹세를 잊으셨구려! 둘째 형님의 원수를 어째서 갚지 않으시오?"

선주가 대답했다.

"여러 관원들이 간하고 막는 바람에 감히 경솔하게 움직이지 못하고 있네."

장비가 소리쳤다.

"그 사람들이야 지난날의 맹세를 어찌 알겠소? 만약 폐하께서 가시지 않겠다면 신이 이 한 몸 바쳐 둘째 형님의 원수를 갚겠소. 원수를 갚지 못하면 차라리 죽을지언정 다시는 폐하를 뵙지 않겠소!"

마침내 선주는 마음을 결정했다.

"짐도 경과 함께 가겠노라. 경은 수하의 군사를 거느리고 낭주閬州에서 출발하라. 짐은 정예 군사를 거느리고 강주江州로 가겠다. 거기서 만나 함께 동오를 쳐서 이 원한을 씻으리라!"

장비가 떠나기 전에 선주가 당부했다.

"짐이 알기로 경은 평소에 술만 마시면 화를 폭발시켜 부하들을 채찍질하고선 매 맞은 사람을 다시 곁에 둔다고 하는데, 이는 화를 자초하는 짓일세. 이후로는 부하들을 너그럽게 대하도록 노력하게. 예전처럼 굴어서는 아니 되네."

장비는 선주에게 절을 올리고 떠나갔다.

이튿날 선주가 군사를 정돈하여 길을 떠나려고 하는데, 학사 진복秦宓이 아뢰었다.

"폐하께서는 만승萬乘 천자의 귀하신 몸을 돌보지 않고 한낱 작은 의리를 지키려 하시니 이는 옛사람이 취한 바가 아니옵니다. 바라건 대 폐하께서는 깊이 헤아리소서."

선주가 대꾸했다.

"운장과 짐은 한 몸이나 다름없소. 대의大義가 아직 남아 있는데 어찌 잊을 수가 있겠소?"

진복은 바닥에 엎드린 채 일어나지 않았다.

"폐하께서 신의 말씀을 들어 주지 않으시니 실수나 생기지 않을 지 진실로 두렵나이다."

선주는 그만 크게 화가 났다.

"짐이 군사를 일으키려 하는데 어찌 이렇듯 불리한 말을 하는가?"

선주는 무사들에게 진복을 끌어내어 목을 치라고 호령했다. 그러 나 진복은 조금도 낯빛을 바꾸지 않고 선주를 돌아보며 웃음을 지 었다.

"신은 죽은들 한스러울 게 없습니다만 새로 이룩하신 기업이 전복 되고 말 일이 애석할 따름입니다!"

관원들이 모두 나서서 진복을 위해 용서를 빌었다. 선주가 분부 했다.

"잠시 옥에 가두도록 하라. 짐이 원수를 갚고 돌아오는 날 처분을 내리겠노라."

이 소식을 들은 공명은 즉시 표문을 올려 진복을 구하려고 했다. 표문의 내용은 대략 다음과 같다.

신 양亮 등은 생각하옵건대 오의 도적들이 간사한 계책을 달성시키자 형주가 망하는 화를 만났고, 장수별이 두우斗牛(북두성과 견우성)에서 떨어지며 하늘을 바치던 기둥이 초楚(형주) 땅에서 부러졌으니 그 애통한 심정이야 진실로 잊을 길이 없나이다. 그러나 돌이켜 생각해 보면 한나라 정권을 찬탈한 죄는 조조로 말미암은 것이지 유씨 왕조를 바꾸어 놓은 허물이 손권에게 있는 것은 아니옵니다. 삼가 말씀드리건대 위의 역적만 제거되면 동오는 저절로 복종하게 될 것입니다. 바라건대 폐하께서는 진복의 금석金石 같은 진언을 받아들이시어 군사들의 힘을 기르면서 달리 좋은 방도를 세우소서. 그리하시면 사직에 큰 다행일 뿐만 아니라 천하를 위해서도 더 없는 다행이겠나이다.

선주는 표문을 땅에 내던지며 소리쳤다.

"짐의 뜻은 이미 결정되었다. 더 이상 간하지 말라!"

그러고는 드디어 명을 내렸다. 승상 제갈량은 태자를 보호하여 양천兩川을 지키고, 표기장군 마초와 그 아우 마대는 진북장군 위연을 도와 한중을 지키면서 위병을 막으며, 호위장군 조운은 뒤에서 후원하며 식량과 말먹이 풀을 감독하게 했다. 황권과 정기程畿는 참모가 되고 마량과 진진은 문서를 맡아 보며 황충은 선두 부대의 선봉이 되고 풍습과 장남은 부장이 되었다. 부동傅彤과 장익은 중군호위가 되고 조융趙融과 요순廖淳(요화廖化)은 후군이 되었다. 서천의 장수 수백 명에 오계에서 온 번병의 장수까지 합치니 군사가 모두 75만 명이나 되었다. 대군은 장무 원년 7월 병인일丙寅日로 날을 잡아 출정했다.

한편 장비는 남중으로 돌아오는 즉시 3일 안으로 흰 깃발과 흰 갑옷을 장만하여 삼군이 모두 상복을 입고 오를 정벌한다는 명령을 내렸다. 그러자 이튿날 막하 장수인 범강范疆과 장달張達이 들어와 보고했다.

"그렇게 많은 흰 깃발과 흰 갑옷을 한꺼번에 마련하기는 어렵습니다. 기한을 좀 늦추어 주십시오."

장비는 불같이 화를 냈다.

"내가 원수를 갚고 싶은 급한 마음으로 친다면야 당장 내일이라도 역적들이 있는 곳으로 쳐들어가지 못하는 게 한스럽다! 그런데 네놈들이 어찌 감히 나의 장령을 거역하는가?"

장비는 무사에게 호령하여 두 사람을 나무에 묶고 각각 채찍으로 등을 50대씩 후려치게 했다. 매질이 끝나자 그들을 손가락질하며 호령했다.

"내일까지 모든 준비를 끝내도록 하라. 기한을 어기면 즉각 너희 두 놈을 죽여 모두에게 보이겠다!"

두 사람은 어찌나 지독하게 매질을 당했던지 입으로 피를 토할 지경이었다. 그들은 영채로 돌아와 상의했다. 범강이 먼저 입을 열었다.

"오늘 형벌을 받았으나 우리가 무슨 수로 그 많은 걸 내일까지 다 장만한단 말인가? 그자는 천성이 불같이 사나우니 만약 내일까지 지시한 대로 준비를 마치지 못하면 자네와 나는 그놈 손에 죽고 말 걸세!"

장달이 말했다.

"그놈 손에 우리가 죽을 거라면 차라리 우리가 먼저 그놈을 죽여 버리세."

범강은 걱정이 앞섰다.

"하지만 어떻게 접근한단 말인가?"

장달이 말했다.

"우리가 죽지 않을 팔자라면 그놈이 침상에서 술에 취해 있을 것이고 우리가 죽을 팔자라면 취하지 않았을 테지."

두 사람은 상의를 마쳤다.

이때 군막 안에 있던 장비는 정신이 혼란스럽고 몸놀림이 시원치 않아 수하 장수들을 보고 물었다.

"내가 지금 가슴이 두근거리고 살이 떨려서 앉으나 누우나 불안해서 견딜 수가 없다. 이것은 대체 무슨 까닭인가?"

수하 장수들이 대답했다.

"그것은 군후께서 관공을 너무 그리워하시어 그런 것입니다."

장비는 아랫사람에게 술을 가져오라고 하여 수하 장수들과 함께 마시고는 자신도 모르게 크게 취해서 군막 안에 누웠다. 범강과 장달이 이 소식을 탐지하고 초경쯤에 각기 몸에 단도를 감추고 은밀히 군막 안으로 들어갔다. 중대한 기밀을 아뢰고 싶다고 거짓말을 둘러대어 곧바로 침상 앞까지 다가갔다. 장비는 본래 잘 때도 눈을 감지 않았다. 이날 밤에도 골아 떨어졌지만 두 도적은 수염이 곤두서고 두 눈을 부릅뜬 모습을 보곤 감히 손을 놀릴 엄두를 내지 못했다. 잠시 후 우레같이 코고는 소리를 듣고서야 가까이 다가간 그들은 장비의 배에 단도를 찔러 넣었다. 장비는 '억!' 하는 외마디 비명을 지르고는 그 자리에서 죽어 버렸다. 이때 그의 나이 55세였다. 후세 사람이 시를 지어 그를 탄식했다.

일찍이 안희현에선 독우를 매질하더니 /
황건적을 소탕하여 한 황실을 보좌했다네. //
호뢰관 싸움에선 앞장서서 용맹 떨치고 /
장판교 고함으로 강물조차 역류시켰네.

의로써 엄안 풀어 서촉 땅을 평정터니 /
지혜로 장합 속여 중원을 안정시켰네. //
오나라 치기도 전에 몸이 먼저 죽으니 /
가을 풀 핀 낭중 땅에 수심만 남았네.

安喜曾聞鞭督郵, 黃巾掃盡佐炎劉. 虎牢關上聲先震, 長坂橋邊水逆流.
義釋嚴顔安蜀境, 智欺張郃定中州. 伐吳未克身先死, 秋草長遺閬地愁.

두 도적은 그날 밤 장비의 수급을 베어 들고 그 길로 군사 수십 명을 이끌고 밤을 도와 배를 타고 동오로 찾아갔다. 이튿날에야 군중에서 이 사실을 알고 군사를 일으켜 뒤쫓았으나 잡지 못했다. 당시 장비 수하에 오반吳班이라는 장수가 있었다. 이전에 형주에서 선주를 뵈러 갔는데 선주가 그를 아문장牙門將으로 등용하여 장비를 도와 낭중을 지키게 했던 것이다. 오반은 즉시 표문을 띄워 천자에게 슬픈 소식을 아뢰었다. 그러고는 장비의 맏아들 장포張苞에게 관곽을

진백일 그림

제81회 1955

갖추어 장비의 시신을 모시게 했다. 장포는 아우 장소張紹에게 낭중을 지키게 하고 직접 선주께 보고하러 갔다. 선주는 그에 앞서 길일을 택해 출병하고, 대소 관료들이 모두 공명을 따라 10리 밖까지 나가 배웅하고 돌아왔다. 성도로 돌아온 공명은 마음이 즐겁지 못하여 관원들을 돌아보며 말했다.

"법효직孝直(법정의 자)이 살아 있었다면 틀림없이 주상의 동정東征을 제지할 수 있었을 것이오."

한편 선주는 이날 밤 까닭 없이 가슴이 두근거리고 살이 떨려 편안히 잠을 이룰 수가 없었다. 장막 밖으로 나와 하늘을 우러러 천문을 보는데 별안간 서북쪽에서 말斗만한 별 하나가 땅으로 떨어졌다. 덜컥 의심이 든 선주는 밤중임에도 불구하고 공명에게 사람을 보내 길흉을 물었다. 공명이 회답으로 아뢰었다.

"상장 하나를 잃을 징조입니다. 사흘 안으로 반드시 놀라운 소식이 있겠습니다."

선주는 군사를 그 자리에 멈추고 움직이지 않았다. 그럴 즈음 갑자기 시신侍臣이 들어와서 아뢰었다.

"낭중에서 장거기車騎의 부장 오반이 사람을 보내 표문을 올렸나이다."

선주는 발을 구르며 소리쳤다.

"아뿔싸! 막내아우가 죽은 게로구나!"

표문을 보니 과연 장비가 세상을 떠났다는 흉한 기별이었다. 선주는 목 놓아 통곡하다가 정신을 잃고 쓰러졌다. 관원들이 부랴부랴 구완하여 겨우 정신을 차렸다.

이튿날 사람이 들어와 한 떼의 군마가 질풍같이 달려온다고 보고

1956

했다. 선주가 영채에서 나와 그쪽을 바라보는데, 얼마 후 은빛 갑옷에 새하얀 전포를 걸친 소년 장수 하나가 나타나 굴러 떨어지듯 말에서 내렸다. 그러고는 땅에 엎드려 통곡했다. 바로 장포였다.

"범강과 장달이 신의 아비를 살해하고 수급을 가지고 동오에 투항해 버렸습니다!"

선주는 너무나 애통한 나머지 음식조차 먹지 못했다. 신하들이 간곡히 간했다.

"폐하께서는 바야흐로 두 분 아우를 위하여 원수를 갚으려 하시면서 어찌하여 스스로 용체龍體를 손상시키나이까?"

선주는 그제야 마지못해 음식을 들었다. 그러고는 장포에게 물었다.

"경은 오반과 함께 수하의 군사를 이끌고 선봉이 되어 아비의 원수를 갚아 보겠느냐?"

장포가 씩씩하게 대답했다.

"나라를 위하고 아버님을 위하여 만 번 죽더라도 사양하지 않겠사옵니다!"

선주가 막 장포를 파견하여 군사를 일으키려 하는데 다시 보고가 들어왔다. 한 떼의 군사가 바람처럼 몰려온다는 것이었다. 선주가 시신들에게 알아보게 했다. 잠시 후 시신이 한 소년 장수를 데리고 들어왔다. 은빛 갑옷에 새하얀 전포를 걸친 소년 장수는 영채 안으로 들어서자마자 땅바닥에 엎드려 통곡했다. 선주가 보니 관흥關興이었다. 관흥을 보자 선주는 불현듯 관공 생각이 떠올라 다시 목 놓아 울었다. 관원들이 간곡히 만류하자 선주가 말했다.

"짐은 지난날 포의布衣(벼슬이 없는 백성)로 있을 때 관운장, 장익덕과 형제의 의를 맺고 생사를 함께 하기로 맹세했다. 오늘날 짐은 천자가 되어 이제 막 두 아우와 함께 부귀영화를 누리려는 참인데 불행히도 둘 다 비명에 죽었다. 이렇게 두 조카를 보니 창자가 끊어질 듯하구나!"

말을 마치자 다시 소리 내어 울었다. 관원들이 말했다.

"두 분 젊은 장군들께선 잠시 물러나시어 성상께서 용체를 쉬시도록 해 드리시오."

근시들도 아뢰었다.

"폐하께서는 연세가 육순을 넘기셨으니 과도하게 슬퍼하셔서는 아니 되옵니다."

그러나 선주는 막무가내였다.

"두 아우가 모두 죽었거늘 짐이 어찌 홀로 살 수 있겠는가?"

말을 마치고는 머리를 땅에 부딪치며 통곡했다.

여러 관원들이 상의했다.

"천자께서 저토록 번뇌하시니 어떻게 해야 풀어 드릴 수 있겠소?"

마량이 말했다.

"주상께서 친히 대군을 통솔하고 동오를 치러 가시는 마당에 종일토록 우시는 것은 군사 작전에도 이로울 것이 없소이다."

진진이 한마디 했다.

"성도 청성산靑城山 서쪽에 이의李意라는 은자隱者 한 분이 계신다고 들었소. 사람들 말에 이 노인은 나이가 3백 세를 넘겼고 능히 사람의 생사와 길흉을 알아맞힌다 하니 당대의 신선인가 보오. 천자께 아뢰어 이 노인을 불러다 길흉을 물어보는 게 어떻겠소? 우리가 말씀드리는 것보단 그편이 훨씬 나을 것 같소."

1958

육일비 그림

제81회 1959

그들은 곧 선주께 들어가 아뢰었다. 선주는 그 말을 좇아 진진에게 조서를 받들고 청성산으로 가서 그 노인을 불러오게 했다. 진진은 밤낮을 가리지 않고 달려가 청성산에 이르렀다. 그 고장 사람에게 길을 안내하게 하여 산골로 깊이 들어가니 멀리 신선의 장원이 보였다. 주위에 맑은 구름이 은은하게 감돌고 상서로운 기운이 서린 것이 범상치가 않았다.

별안간 어린 동자 하나가 마주 나오더니 물었다.

"거기 오시는 분은 혹시 진효기孝起(진진의 자) 어른이 아니셔요?"

진진은 깜짝 놀랐다.

"선동仙童이 어떻게 나의 성과 자를 아는가?"

동자가 대답했다.

"어제 저의 사부님께서 오늘 반드시 황제의 조서가 이를 텐데 사자는 분명 진효기 어른일 거라고 하셨어요."

진진은 감탄했다.

"참으로 신선이로다! 사람들 말이 헛된 게 아니었어!"

동자와 함께 장원으로 들어간 진진은 이의에게 절하여 뵙고 천자의 조서를 전했다. 그러나 이의는 늙었다고 사양하며 가려고 하지 않았다. 진진이 사정했다.

"천자께서 급히 선옹仙翁을 뵙고자 하십니다. 부디 사양하지 마시고 행차하소서."

두 번 세 번 간청하자 이의가 비로소 길을 나섰다.

천자의 영채에 이르러 안으로 들어가 선주를 알현했다. 선주가 보니 학발鶴髮 동안童顔에 푸른 눈에 네모난 동자는 번쩍번쩍 광채를 발하고 몸은 오래 묵은 측백나무처럼 깡말랐다. 그 고고한 모습이 이인異人이 분명했다. 선주는 예를 갖추어 정중히 대접했다. 이의가 먼저 입을 열었다.

"이 늙은이는 황량한 산골에 사는 촌사람으로 배운 것도 없고 아는 것도 없소이다. 황송하게도 폐하께서 조서를 내려 부르시니 무슨 말씀을 내리시려는지요?"

선주가 말했다.

"짐은 관운장, 장익덕 두 아우와 생사를 같이 하기로 한 우정을 맺은 지 30년이 넘었소. 이제 두 아우가 해를 입었기로 짐이 친히 대군을 통솔하여 원수를 갚으려 하는데 길흉이 어떠한지 알 길이 없구려. 선옹께서 현묘한 이치에 통달했다는 소문을 들은 지 오래이니 바라건대 가르침을 내려 주시오."

이의는 답을 피했다.

"이는 하늘이 정한 운수이므로 이 늙은이가 알 바가 아니올시다."

선주가 두 번 세 번 끈질기게 청하자 이의는 마침내 종이와 붓을 찾았다. 그는 군사와 말, 전투에 쓰이는 기구들을 40장이나 넘게 그리더니 다 그린 그림을 다시 한 장 한 장 찢어 버렸다. 그런 뒤 다시 커다란 사람 하나가 땅 위에 번듯이 누워 있는데, 곁에서 다른 사람이 땅을 파고 그를 묻는 모습을 그렸다. 그러고는 그 위에 큼직하게 흰 '백白' 자를 적더니 머리를 조아리고 떠나 버렸다. 선주는 불쾌한 얼굴로 신하들에게 말했다.

"미친 늙은이로군! 믿을 것이 못 된다."

즉시 그림들을 불살라 버리게 하고 군사들을 재촉하여 전진했다.

장포가 들어와서 아뢰었다.

"오반의 군마가 이미 도착했습니다. 소신을 선봉으로 삼아 주소서.”

선주는 그 뜻을 장하게 여겨 즉시 선봉의 인印을 장포에게 내렸다. 장포가 바야흐로 선봉의 인수를 팔에 걸려고 하는데 또 다른 소년 장수 하나가 분연히 나섰다.

“선봉의 인을 나에게 넘겨라!”

보니 관흥이었다. 장포가 대꾸했다.

“내 이미 조서를 받들었노라.”

관흥이 물었다.

“너에게 무슨 능력이 있다고 감히 선봉의 소임을 맡는단 말인가?”

장포가 반박했다.

“나는 어릴 적부터 무예를 배우고 익혀 활을 쏘면 결코 빗나가는 법이 없다.”

선주가 말했다.

“짐이 직접 조카들의 무예를 보고 우열을 정하겠노라.”

장포가 군사에게 명하여 1백 보 밖에 깃발을 세우고 기폭에 붉은 색으로 동그란 과녁을 그려 넣게 했다. 장포가 활에 살을 먹여 연거푸 세 대를 날렸는데 화살들은 모두 붉은 동그라미에 명중했다. 보고 있던 사람들이 모두들 훌륭한 솜씨라고 칭찬했다. 관흥이 손으로 활을 끌어당기면서 말했다.

“붉은 동그라미를 맞히는 것쯤이야 대수로울 게 무어란 말인가?”

이렇게 말하는 순간 머리 위로 한 떼의 기러기가 줄을 지어 지나갔다. 관흥은 기러기를 가리키며 말했다.

“내가 저 기러기 중 세 번째 놈을 쏘겠다.”

화살을 날리자 시위 소리와 함께 바로 그 기러기가 땅에 떨어졌다.

문무 관료들이 일제히 소리를 지르며 손뼉을 쳤다. 크게 화가 난 장포는 몸을 날려 말에 오르더니 부친이 쓰던 장팔점강모丈八點鋼矛를 꼬나들고 벽력같이 고함을 쳤다.

"네 감히 나와 무예를 겨루어 보겠느냐?"

관흥 또한 말에 오르더니 집안에 가보로 전해 내려오는 자루 긴 대도大刀를 들고 말을 달려 나오며 소리쳤다.

"너만 창을 쓸 줄 알고 나는 칼을 다룰 줄 모른다더냐?"

두 장수가 바야흐로 맞붙으려 하는데 선주가 호통을 쳤다.

"두 사람은 무례하게 굴지 말라!"

관흥과 장포는 황망히 말에서 내려 각기 병기를 버리고 땅에 엎드려 죄를 청했다. 선주가 말했다.

"짐은 탁군에서 경들의 아비들과 의형제를 맺은 뒤로부터 성은 다르지만 혈육보다 더 친하게 지내 왔느니라. 너희 두 사람 역시 형제이니 마땅히 마음을 합치고 힘을 모아 함께 아비의 원수를 갚아야지 어찌 서로 다투어 큰 뜻을 잃으려 하느냐? 아비들이 죽은 지 얼마 되지도 않았는데 벌써 이 모양이니 훗날에는 오죽하겠느냐?"

두 사람은 두 번 절을 올리고 죄를 시인했다. 선주가 물었다.

"두 사람 가운데 누가 나이가 많은가?"

장포가 아뢰었다.

"신이 관흥보다 한 살 위입니다."

선주가 즉시 관흥더러 장포에게 절을 올려 형으로 모시라고 명했다. 두 사람은 즉시 군막 앞에서 화살을 꺾어 맹세하며 영원히 서로 도우며 보호하기로 했다. 선주는 조서를 내려 오반을 선봉으로 삼고 장포와 관흥은 어가를 호위하게 했다. 그런 다음 물과 뭍에서 전투선과 말이 동시에 움직이며 호호탕탕하게 오나라로 쳐들어갔다.

한편 범강과 장달은 장비의 수급을 들고 가서 오후에게 바치며 지난 일을 자세히 고했다. 그 말을 듣고 두 사람을 받아들인 손권은 백관들에게 말했다.

"지금 유현덕이 황제가 되어 정병 70여만 명을 통솔하여 어가를 몰고 직접 정벌에 나섰다 하오. 그 형세가 너무나 크니 이를 어찌하면 좋겠소?"

백관은 모두들 얼굴빛이 변할 정도로 놀라며 서로 얼굴만 쳐다볼 뿐이었다. 제갈근이 나서서 말했다.

"제가 군후의 녹을 먹은 지 오래이나 이렇다 할 보답이 없었습니다. 원컨대 남은 목숨을 버릴 각오로 촉주蜀主를 찾아가겠습니다. 이해득실을 따져 그를 설득하고 두 나라가 서로 화합하여 함께 죄인 조비를 토벌토록 해보겠습니다."

손권은 크게 기뻐하며 즉시 제갈근을 사자로 삼아 선주에게 가서 군사 행동을 그만두도록 설득하게 했다. 이야말로 다음 대구와 같다.

두 나라 서로 다투어도 사신 왕래는 통하는 법 /
말 한마디로 어려움 푸는 사신 능력 기대하네.
兩國相爭通使命　一言解難賴行人

제갈근의 이번 걸음은 어떻게 될 것인가, 다음 회를 보라.

82

동오 정벌

손권은 위나라에 항복하여 구석을 받고
선주는 오를 정벌하며 육군에 상을 내리다
孫權降魏受九錫 先主征吳賞六軍

장무章武 원년(221년) 가을 8월, 선주가 대군을 일으켜 기관夔關에
이르러 어가가 백제성白帝城에 머무르게 되었다. 이때 선두 부대는
이미 천구川口를 지나갔다. 근신이 아뢰었다.

"오의 사신 제갈근이 왔습니다."

선주가 성지를 내려 들이지 말라고 했다. 황권이 아
뢰었다.

"제갈근의 아우가 촉의 승상이니 반드시 일이 있
어서 왔을 것입니다. 폐하께서는 무엇 때문에 거절
하십니까? 마땅히 불러들여서 그가 하는 말을
들어 보셔야 합니다. 그래서 들어 줄 만하
면 들어 주시고, 그렇지 않으면 즉시 그의
입을 빌려 손권에게 죄를 따지는 우리의
명분을 알리소서."

선주는 그 말을 좇아 제갈근을 성으

로 불러들였다. 제갈근이 들어와서 땅에 엎드리자 선주가 물었다.

"자유子瑜(제갈근의 자)가 먼 길을 오셨으니 무슨 일이 있는 게요?"

제갈근이 말했다.

"신의 아우가 오랫동안 폐하를 섬겨 왔으므로 신은 머리에 도끼날이 떨어질 것을 각오하고 특별히 형주 일을 아뢰러 왔습니다. 전에 관공이 형주에 계실 때 오후께서 여러 차례 청혼을 하셨지만 관공은 허락하지 않으셨습니다. 후에 관공이 양양을 빼앗자 조조가 수차에 걸쳐 오후에게 글을 보내 형주를 습격하라고 시켰습니다. 오후는 처음부터 그 말을 듣지 않으셨으나 평소 관공과 사이가 좋지 않던 여몽이 제멋대로 군사를 일으켜 큰일을 저지르고 말았습니다. 지금 오후께서는 몹시 후회하고 계십니다. 이 일은 여몽의 죄이지 오후의 허물은 아니옵니다. 지금은 여몽도 이미 죽었으니 원수도 사라졌습니다. 또한 손부인께서도 오로지 폐하께 돌아오실 생각뿐이십니다. 그래서 오후께서 신을 사자로 보내셨습니다. 오후께서는 손부인을 모셔다 드리고 항복한 장수들도 묶어서 돌려 드림과 동시에 형주도 본래대로 반환하시고자 하십니다. 그래서 두 나라가 영원한 동맹을 맺고 함께 조비를 멸하여 반역의 죄를 바로잡고자 하십니다."

선주는 노하여 꾸짖었다.

"너희 동오가 짐의 아우를 해치고 오늘 감히 교묘한 말로 나를 설득하려 드느냐?"

제갈근은 다시 설득했다.

"신은 일의 경중과 대소를 폐하께 말씀드리고자 하옵니다. 폐하께서는 한나라 황실의 황숙이십니다. 지금 한의 제위帝位를 조비에게 찬탈 당했는데도 역적을 없앨 생각은 아니하시고 성이 다른 형제를 위하여 만승천자의 존엄을 굽히시니 이는 큰 의를 버리고 작은 의를 취하시는 것입니다. 중원은 천하의 중심지이고 장안과 낙양의 양도兩都는 모두 대한大漢이 창업된 곳이건만 폐하께서는 이를 취하려 하지는 않으시고 오직 형주만을 다투시니 이는 무거운 것을 버리고 가벼운 것을 취하시는 것입니다. 천하 사람들은 모두 폐하께서 즉위하셨으니 반드시 한실을 일으키고 강산을 회복하실 것으로 기대하고 있습니다. 그런데 지금 폐하께서 위는 그대로 두신 채 죄를 묻지 않으시고 도리어 오를 정벌하려 하시니 이는 폐하께서 취하실 바가 아니라고 생각합니다."

선주는 더욱 크게 노했다.

"내 아우를 죽인 원수와는 같은 하늘 아래 살 수 없다! 짐이 죽기 전에는 군사를 물릴 수 없다! 승상의 체면을 보지 않았다면 먼저 네 목을 베었을 것이다! 이제 잠시 너를 놓아 돌려보내니 손권에게 목을 씻고 칼을 받을 채비를 하라고 이르라!"

선주가 기어이 말을 듣지 않자 제갈근은 하는 수 없이 강남으로 돌아갔다.

한편 동오에서는 장소가 손권을 알현하고 귀띔했다.

"제갈자유는 촉병의 형세가 엄청난 것을 보고 강화를 맺는다는 핑계로 오를 배반하고 촉으로 들어가려는 것입니다. 이번에 가면 반드시 돌아오지 않을 것입니다."

손권이 말했다.

"나와 자유는 죽으나 사나 변치 않기로 맹세했었소. 내가 자유를 저버리지 않는 이상 자유 또한 나를 배신하지 않을 것이오. 지난날 자유가 시상에 있을 때 공명이 오에 왔는데, 그때 내가 자유더러 아

왕굉희 그림

1968

우를 붙들어 보라고 했소. 그러나 자유는 '아우가 이미 현덕을 섬기고 있으니 의리로 보아 두 마음이 없을 것입니다. 아우가 이곳에 머물지 않으려는 것은 바로 제가 그곳으로 가지 않을 것과 마찬가지입니다'라고 하였소. 그 말이 족히 신명神明을 꿰뚫었다고 하겠소. 그런데 지금 와서 그가 촉에 항복할 리 있겠소? 나와 자유는 각별한 사이니 다른 사람의 말 때문에 벌어질 사이가 아니지요."

이렇게 이야기를 하고 있는데 마침 제갈근이 돌아왔다는 보고가 들어왔다. 손권이 한마디 했다.

"내 말이 어떠하오?"

장소는 만면에 부끄러운 빛을 띠고 물러났다. 제갈근이 손권을 만나 선주가 강화하지 않으려 한 뜻을 전했다. 손권은 크게 놀랐다.

"그렇다면 강남이 위험하게 되었구려!"

계단 아래서 한 사람이 나섰다.

"저에게 이 위기를 풀 계책이 하나 있습니다."

바로 중대부中大夫 조자趙咨였다. 손권이 물었다.

"덕도德度(조자의 자)에게 어떤 좋은 계책이 있소?"

조자가 대답했다.

"주공께서는 표문을 한 통 지어 주십시오. 제가 위제魏帝 조비에게 가서 이해득실을 따져 한중을 습격하도록 설득하겠습니다. 그렇게 되면 자연히 촉병이 위태로워질 것입니다."

손권이 말했다.

"그 계책이 가장 좋겠소. 그러나 경은 가서 동오의 기개를 손상시키지 않도록 하시오."

조자가 단호한 어조로 말했다.

"만약 조금이라도 실수가 있다면 즉시 장강에 몸을 던져 죽어야지 무슨 면목으로 다시 강남의 인물들을 만나겠습니까?"

손권은 크게 기뻐하며 즉시 스스로 신하로 칭하는 표문을 짓고 조자를 사자로 삼았다. 밤낮을 가리지 않고 달려 허도에 이른 조자는 먼저 태위 가후 등과 대소 관리들을 만났다. 이튿날 아침에 조회가 열리자 가후가 반열에서 나와 아뢰었다.

"동오에서 중대부 조자를 보내 표문을 올렸습니다."

조비가 피식 웃으며 말했다.

"이는 촉병을 물리쳐 달라는 것이오."

즉시 명을 내려 불러들이게 했다. 조자는 붉은 계단 아래 엎드려 절을 올렸다. 표문을 읽고 나서 조비가 조자에게 물었다.

"오후는 어떠한 주인인가?"

조자가 서슴없이 대답했다.

"영리하고 밝으며 인자하고 지혜로우며 영웅의 기개에다 방략까지 두루 갖추신 주인입니다."

조비는 빙그레 웃었다.

"경의 칭찬이 너무 과하지 않은가?"

조자가 정색을 하고 대답했다.

"신은 결코 과분한 칭찬을 하지 않았습니다. 오후께서는 노숙을 평민들 속에서 발탁하셨으니 이는 그 영리함입니다. 여몽을 군졸들 중에서 발탁하셨으니 이는 그 밝음입니다. 우금을 잡고도 해치지 않으셨으니 이는 그 인자함입니다. 형주를 취하시되 칼날에 피를 묻히지 않았으니 이는 그 지혜로움입니다. 삼강三江을 점거하여 천하를 호랑이처럼 노려보시니 이는 영웅의 기개입니다. 폐하께 몸을 굽혀 신하로 자처하시니 이는 그 방략이 출중함입니다. 이로써 따져 보면 어찌 영리하고 밝으며 인자하고 지혜로우며 영웅의 기개에다 방략까지 겸비한 주인이 아니라 하오리까?"

조비가 다시 물었다.

"오주는 학문이 상당하다면서?"

조자가 대답했다.

"오주께서는 장강에 군함 1만 척을 띄우고 갑옷 입은 군사 1백만을 거느리시며 현명한 인재를 임명하고 능력 있는 자를 써 주시며 세상을 경영할 뜻을 품고 계십니다. 조금이라도 여가가 생기면 널리 경전과 사적史籍을 섭렵하시되 그 중요한 뜻을 취할 뿐 서생들처럼 문장이나 찾고 구절이나 따오는 일은 본받지 않습니다."

조비가 또 물었다.

"짐이 오를 정벌하려는데 괜찮겠는가?"

조자가 즉각 응수했다.

"대국에 정벌할 군사가 있다면 소국에는 방어할 대책이 있는 법입니다."

"오는 위를 두려워하는가?"

"갑옷 입은 군사 1백만에다 장강과 한수를 해자로 삼고 있는데 무엇을 두려워하겠습니까?"

조비는 머리를 끄덕이며 질문을 바꾸었다.

"동오에 대부와 같은 사람은 몇이나 되오?"

조자가 대답했다.

"총명하고 재능이 특별히 뛰어난 자가 8,90명이고 신과 같은 무리는 수레에 싣고 말斗로 되더라도 다 셀 수가 없을 정도입니다."

제82회 1971

조비는 탄식했다.

"'사자가 되어 사방으로 가서 군주의 명을 욕되게 하지 않는다'더니 경이야말로 그 말에 합당한 사람이구려."

조비는 즉시 조서를 내려 태상경太常卿 형정邢貞에게 책문을 지니고 동오로 가서 손권을 오왕吳王에 봉하고 구석九錫을 더해 주라고 명했다. 조자는 은혜에 감사하고 성을 나갔다. 대부 유엽劉曄이 간했다.

"지금 손권은 촉군의 세력이 두려워서 항복을 청하는 것입니다. 신의 어리석은 소견으로는 촉과 오가 서로 싸우는 것은 바로 하늘이 그들을 멸망시키려는 것입니다. 지금 상장에게 몇 만의 군사를 거느리고 장강을 건너 동오를 습격하게 하십시오. 그러면 촉은 밖을 치고 위는 안을 공격하는 형국이 되니 오나라는 열흘을 넘기지 못하고 멸망할 것입니다. 오가 망하면 촉은 고립될 것입니다. 폐하께서는 어찌하여 일찌감치 그들을 도모하지 않으십니까?"

조비가 말했다.

"손권이 이미 예로써 짐에게 복종해 왔는데, 짐이 그를 친다면 천하의 항복하려는 자들의 마음을 막게 될 것이오. 차라리 손권을 용납하는 편이 낫겠소."

유엽이 다시 간했다.

"손권이 비록 뛰어난 재주를 지녔다고는 하오나 그 직위는 고작 멸망한 한나라의 표기장군驃騎將軍 남창후南昌侯에 지나지 않습니다. 벼슬이 가벼운 만큼 위세도 약해 아직도 중원을 두려워하는 마음이 있는데 만약 왕위에 올려 주신다면 폐하보다 겨우 한 등급이 낮을 뿐입니다. 지금 폐하께서는 그의 거짓 항복을 믿으시고 그 위호位號

를 높여 위세를 더해 주시니 이는 호랑이에게 날개를 달아 주는 격이옵니다."

조비는 머리를 저었다.

"그렇지 않소. 짐은 오도 돕지 않고 촉도 돕지 않을 것이오. 오와 촉이 싸우는 것을 구경하다가 하나가 망하고 하나만 남으면 그때 이를 없애 버릴 테니 무슨 어려울 것이 있겠소? 짐은 이미 뜻을 결정했으니 경은 더 이상 말을 마시오."

조비는 드디어 태상경 형정에게 명하여 조자와 함께 책서冊書와 구석에 해당하는 물건들을 받들고 동오로 가게 했다.

한편 손권은 백관들을 모아 놓고 촉군을 막아 낼 대책을 논의하고 있었다. 그때 보고가 들어왔다.

"위나라 황제가 주공을 왕으로 책봉했으니 멀리 나가 영접하는 것이 예입니다."

고옹이 간했다.

"주공께서는 스스로 상장군上將軍이라 칭하시고 구주九州(중국)의 패자가 되셔야 할 것이옵니다. 위나라 황제에게 봉작을 받으셔서는 아니 됩니다."

그러나 손권은 생각이 달랐다.

"옛날 패공沛公이 항우가 내린 봉호封號를 받은 것은 시세를 따르신 것이었소. 내가 무엇 때문에 그것을 물리치겠소?"

그러고는 백관들을 거느리고 위의 사자를 영접하러 성밖으로 나갔다. 형정은 상국上國 천자의 사자임을 믿고 성문 안으로 들어가면

*패공이……받은 것 패공은 한고조 유방. 진秦이 멸망한 뒤 세력이 항우에 미치지 못했던 시기 유방은 항우가 내린 '한왕漢王'의 봉호를 받은 적이 있다.

서도 수레에서 내리지 않았다. 장소가 크게 노해서 사나운 음성으로 꾸짖었다

"예는 공손하지 않아서는 안 되고 법은 엄숙하지 않아서는 안 되거늘 그대가 감히 스스로 잘난 체하는데, 강남에는 한 치 칼날이 없다고 여기는가?"

그 말에 형정은 황망히 수레에서 내려 손권과 인사를 하고 수레를 나란히 하여 성으로 들어갔다. 이때 별안간 한 사람이 수레 뒤에서 목 놓아 울었다.

"우리가 주공을 위해 죽을힘을 다해 위와 촉을 병탄하지 못하여 주공께서 남이 내리는 봉작을 받으시게 되었구나. 이 어찌 욕된 일이 아닌가?"

여러 사람이 보니 그는 바로 서성이었다. 형정이 이 말을 듣고 탄식했다.

'강동의 장수와 재상들이 이러하니 손권은 남의 밑에 오래 있을 인물이 아니로구나!'

손권이 봉호와 작위을 받고 나자 문무 관료들이 축하의 절을 올렸다. 의식이 끝나자 손권은 아름다운 옥과 밝은 구슬들을 갖추고 사람을 보내 위의 황제에게 올려 사은하게 했다. 어느새 첩자가 와서 보고를 올렸다.

"촉주가 본국의 대군과 만왕蠻王 사마가沙摩柯의 번병番兵 몇 만 명을 거느리고 그 위에 동계洞溪의 한인 장수 두로杜路와 유녕劉寧의 두 갈래 군사까지 합쳐 수로와 육로로 동시에 쳐들어오고 있는데 그 기세가 천지를 진동시키고 있습니다. 수로로 오는 군사는 이미 무협巫峽 입구를 나왔고 육로로 오는 군사는 벌써 자귀秭歸에 이

르렀습니다."

이때 손권은 왕위에 오르긴 했지만 위주 조비가 후원해 주려 하지 않았다. 그래서 문무백관들에게 물었다.

"촉군의 세력이 막강하니 어떻게 하면 좋겠소?"

모두들 아무 말이 없었다. 손권이 탄식했다.

"주랑이 가고 난 뒤에는 노숙이 있었고 노숙이 죽은 뒤에는 여몽이 있었는데 이제 여몽이 저 세상으로 가고 나니 나와 근심을 나눌 인물이 없구나!"

그 말이 미처 끝나기도 전이었다. 갑자기 반열에서 소년 장수 하나가 분연히 뛰쳐나오더니 땅에 엎드려 아뢰었다.

"신은 비록 나이는 어리오나 병서를 조금 익혔습니다. 군사 몇 만을 주시면 촉군을 깨뜨리겠습니다."

손권이 보니 바로 손환孫桓이었다. 손환은 자가 숙무叔武로 그의 아버지는 손하孫河였다. 본래는 유씨兪氏였는데 손책이 유하를 사랑하여 손씨 성을 내렸으므로 오왕의 종친이 되었던 것이다. 손하는 아들 넷을 두었는데 손환이 맏이였다. 손환은 활쏘기와 말 타기에 뛰어나서 종종 오왕을 따라 정벌을 나가 여러 차례 특별한 공을 세워 무위도위武衛都尉라는 관직을 받았다. 이때 손환의 나이는 25세였다. 손권이 물었다.

"너에게 어떤 계책이 있기에 이기겠다는 것이냐?"

손환이 대답했다.

"신에게 대장 두 명이 있습니다. 한 사람은 이이李異이고 또 한 사람은 사정謝旌인데 둘 다 만 명이 덤벼도 당하지 못할 용맹을 가졌습니다. 군사 몇 만 명만 내려 주시면 가서 유비를 사로잡겠습니다."

손권이 말했다.

"조카가 비록 영용하지만 아직 어리니 어찌하겠는가? 반드시 누군가 도와주는 사람이 있어야겠네."

호위장군虎威將軍 주연朱然이 나섰다.

"신이 젊은 장군과 함께 유비를 사로잡겠습니다."

손권은 이를 허락했다. 마침내 수군과 육군 5만 명을 점검하여 손환을 좌도독으로, 주연을 우도독으로 삼아 그날로 군사를 일으켰다. 척후병은 촉군이 이미 의도宜都까지 와서 영채를 세운 사실을 알아냈다. 손환은 2만 5천 명의 군사를 이끌고 의도 접경 지역에 주둔하여 영채 셋을 세우고 촉군을 막기로 했다.

한편 촉장 오반은 선봉의 인수를 받고 서천을 나선 이래로 이르는 곳마다 모두들 소문만 듣고도 항복하는 바람에 칼날에 피 한 방울 묻히지 않고 의도에 이르렀다. 오의 손환이 그곳에 영채를 세우고 있다는 사실을 탐지한 오반은 나는 듯이 선주에게 아뢰었다. 이때 선주는 이미 자귀에 당도해 있었는데 이 보고를 받고 분노했다.

"그 따위 어린아이가 감히 짐에게 대항한단 말인가?"

관흥이 아뢰었다.

"손권이 그런 어린아이를 장수로 삼았으니 폐하께서도 번거롭게 대장을 보내실 것 없사옵니다. 신이 가서 그 어린놈을 사로잡아 오겠나이다."

"짐은 너의 장한 기개를 보고 싶었노라."

선주는 즉시 관흥에게 나가 싸우라고 명했다. 관흥이 선주에게 인사를 올리고 막 떠나려는 찰나 장포가 나섰다.

"관흥이 도적을 토벌하러 가게 되었으니 신도 함께 가도록 해주소서.”

선주가 허락했다.

“두 조카들이 함께 간다니 매우 좋은 일이로다. 그러나 반드시 삼가고 또 삼가서 경솔하게 움직이지 말렷다.”

두 사람은 선주에게 절하고 출발하여 선봉과 합세하여 함께 진군하여 진을 벌였다. 손환도 촉의 대군이 이르렀다는 소식을 듣고 여러 영채의 군사들을 모두 일으켰다. 양쪽 진이 둥그렇게 진을 치고 마주 대하자 손환이 이이와 사정을 거느리고 진문의 깃발 아래 말을 세웠다. 촉군 진영에서는 군사들이 두 명의 대장을 에워싸고 나왔다. 둘다 은빛 투구 은빛 갑옷에 백마를 타고 흰 깃발을 앞세웠다. 왼편의 장포는 장팔점강모를 꼬나들었고 오른편의 관흥은 대도를 가로 들었다. 장포가 큰소리로 욕을 퍼부었다.

“손환! 이 애송이 녀석! 죽음이 눈앞에 닥쳤는데도 감히 천병天兵(황제의 군사)에 항거하느냐?”

손환 역시 욕을 퍼부었다.

“네 아비는 이미 머리 없는 귀신이 되었다! 이제 또 네가 죽음을 자초하니 참으로 어리석구나!”

크게 화가 난 장포는 창을 꼬나들고 곧바로 손환에게 덤벼들었다. 손환의 등 뒤에서 사정이 말을 달려 맞받아 나왔다. 두 장수가 30여 합을 싸웠을 때 사정이 패해서 달아났다. 장포가 이긴 기세를 타고 그 뒤를 쫓았다. 사정이 패하는 것을 본 이이가 황급히 말을 몰아 금칠한 도끼를 휘두르며 장포와 맞붙었다. 장포와 이이가 20여 합을 싸웠으나 승부가 나지 않았다. 이때 오군의 비장 담웅譚雄이 장포의 영용함을 보고는 이이가 이기지 못할 것이라 판단하고는 몰래 화살

한 대를 날렸다. 날아간 화살은 정통으로 장포가 탄 말을 맞추었다. 상처 입은 말이 자기네 진으로 달려 돌아오다가 미처 문기에 못 미쳐서 땅에 고꾸라지고 말았다. 그 바람에 장포도 땅바닥으로 나동그라졌다.

이이가 급히 앞으로 달려들더니 커다란 도끼를 휘둘러 장포의 머리를 겨누고 내리쬐었다. 그런데 별안간 붉은 빛이 번쩍하더니 장포의 머리가 아닌 이이의 머리가 땅에 뚝 떨어졌다. 원래 관흥은 장포가 돌아오는 것을 보고 뒤이어 싸우려고 기다리고 있었는데 갑자기 장포의 말이 쓰러지고 이이가 쫓아오는 것을 보았다. 그 순간 관흥은 벼락같은 호통을 치며 이이를 찍어 말에서 거꾸러뜨리고 장포를 구한 것이다. 이긴 기세를 탄 관흥이 적군을 몰아치자 손환은 크게

패했다. 양군은 징을 쳐서 각기 군사를 거두었다.

다음날 손환이 다시 군사를 이끌고 왔다. 관흥과 장포가 일제히 나갔다. 관흥이 진 앞에 말을 세우고 손환을 지적하며 단 둘이서 자웅을 가르자며 싸움을 걸었다. 크게 화가 난 손환이 말을 다그쳐 몰고 칼을 휘두르며 나왔다. 관흥과 맞붙은 지 30여 합에 기력이 다한 손환은 크게 패하여 자기 진으로 돌아갔다. 두 소년 장수가 그 뒤를 몰아치며 오군 진영으로 들어가니 오반 또한 장남과 풍습을 이끌고 군사를 휘몰아 엄습했다. 용맹을 떨치며 앞장선 장포가 오군 속으로 쳐들어가다가 마침 사정과 맞닥뜨렸다. 사정은 장포가 내지른 창에 그대로 찔려 죽고 말았다. 오군들은 사면으로 흩어져 달아났다. 승리한 촉장들은 군사를 거두었다. 그런데 관흥이 보이지 않았다. 장포는 깜짝 놀랐다.

"안국安國(관흥의 자)이 잘못되면 나 혼자서 살지는 않으리라!"

말을 마친 장포는 창을 들고 말에 올랐다. 관흥을 찾으며 몇 리쯤 갔을 때였다. 왼손에는 칼을 들고 오른팔로 웬 장수를 끼고 오는 관흥을 만났다. 장포가 물었다.

"그게 웬 놈인가?"

관흥이 씩 웃으며 대답했다.

"어지러운 군중에서 마침 원수를 만났기에 사로잡아 오는 길일세."

장포가 살펴보니 그건 바로 어제 자기에게 몰래 화살을 날린 담웅이었다. 크게 기뻐한 장포는 관흥과 함께 본부 영채로 돌아와 담웅의 머리를 잘라 피를 뚝뚝 떨어뜨리며 죽은 말에 제사를 지냈다. 그러고는 표문을 짓고 사람을 보내 선주에게 승전보를 올렸다.

이이, 사정, 담웅을 비롯하여 많은 군사를 잃은 손환은 힘이 다하고 형세가 불리해지자 더 이상 촉군과 싸울 수 없다고 판단했다. 그는 곧바로 동오로 사람을 보내 구원을 청했다. 촉의 장수 장남과 풍습이 오반에게 건의했다.

"지금 오군의 형세가 꺾였으니 그들이 허한 틈을 타서 영채를 습격하기에 딱 좋은 기회입니다."

그러나 오반은 걱정이 앞섰다.

"손환이 비록 많은 군사를 잃었다지만 군사 하나 다치지 않은 주연이 수군을 거느리고 강 위에 영채를 세우고 있소. 오늘 영채를 습격하러 갔다가 수군이 상륙하여 우리의 귀로를 끊기라도 하면 그 일을 어떻게 하겠소?"

장남이 말했다.

"그것은 지극히 쉬운 일입니다. 관흥과 장포 두 장군에게 각기 군사 5천 명씩을 이끌고 골짜기에 매복해 있게 하십시오. 주연이 손환을 구하러 올 경우 좌우에서 양군이 일제히 내달아 협공하면 반드시 이길 수 있을 것입니다."

이 말을 듣고 오반은 한 수 더 떴다.

"그보다는 우선 병졸들을 거짓으로 항복시켜 영채를 습격할 것이라고 주연에게 미리 알리는 게 더 좋을 것 같소. 주연은 불길이 치솟는 것을 보면 반드시 구하러 올 것이니 그때 매복한 군사들을 시켜 그들을 치게 하면 대사는 이루어질 것이오."

풍습 등은 크게 기뻐하며 그 계책대로 움직였다.

이때 주연은 손환의 군사와 장수들이 많은 손실을 입었다는 소식을 듣고 막 구원하러 가려던 참이었다. 길에 매복시켜 놓았던 군사들이 촉에서 투항해 왔다는 병졸 몇 명을 데리고 배로 올라왔다. 주연이 사연을 물으니 병졸들이 말했다.

"저희들은 풍습 막하의 군졸들인데 상벌이 공평하지 못하므로 항복하러 왔습니다. 중요한 군사 기밀도 알려 드리겠습니다."

주연이 다시 물었다.

"무엇을 알려 준다는 일이냐?"

병졸들이 대답했다.

"오늘 밤 풍습이 빈틈을 이용하여 손장군의 영채를 습격하려고 합니다. 불을 질러 신호하기로 약속이 정해져 있습니다."

주연은 즉시 사람을 시켜 손환에게 이 일을 알렸다. 그러나 소식을 알리러 가던 자가 중도에서 관흥에게 피살되고 말았다. 주연이 군사를 이끌고 가서 손환을 구할 일을 상의하고 있는데 수하의 장수 최우崔禹가 말했다.

"병졸 나부랭이의 말을 깊이 믿을 수는 없습니다. 만약 실수라도 있게 되면 수륙 양군이 모조리 결딴나고 말 것입니다. 장군께서는 수채를 튼튼히 지키고 계십시오. 제가 장군을 대신해서 한번 가 보겠습니다."

주연은 그 말을 좇아서 최우에게 군사 1만 명을 이끌고 가게 했다. 이날 밤 풍습, 장남, 오반이 군사를 세 길로 나누어 손환의 영채로 쳐들어갔다. 사방에서 불길이 일어나자 오군들은 크게 어지러워져 길을 찾아 달아났다.

이때 최우는 한창 행군 중이었는데 손환의 영채에서 갑자기 불길이 일어나는 것을 보고 급히 군사를 재촉해서 전진했다. 그런데 막 산을 돌아서자 골짜기 안에서 북소리가 요란스레 울리면서 왼편에서는 관흥, 오른편에서는 장포가 나타나 두 길로 협공했다. 소스라치게 놀란 최우가 막 달아나려 하다가 정면으로 장포와 맞닥뜨렸다. 두 사람의 말이 어울렸으나 단지 한 합 만에 장포가 최우를 사로잡아 영채로 돌아왔다. 주연은 사태가 위급하다는 보고를 받고 배를 띄워 하류로 5,60리나 물러갔다. 패잔병을 이끌고 달아나던 손환은 수하 장수에게 물었다.

"앞쪽으로 가면 어느 성벽이 견고하고 군량이 많은가?"

수하 장수가 대답했다.

"예서 정북쪽에 있는 이릉성彝陵城이 군사를 주둔시킬 만합니다."

손환은 패잔병을 이끌고 급히 이릉으로 달아났다. 겨우 성안으로 들어서자마자 오반을 비롯한 촉군의 무리가 쫓아와 성을 사면으로 에워싸 버렸다. 관흥과 장포 등은 최우를 압송해 자귀로 돌아갔다. 선주는 대단히 기뻐하며 성지를 내려 최우의 목을 베고 삼군에 크게 상을 내렸다. 이로부터 촉군의 위풍이 하늘과 땅을 뒤흔들어 강남의 장수들치고 간담이 서늘하지 않은 사람이 없었다.

한편 손환은 오왕에게 사람을 보내 구원을 청했다. 크게 놀란 오왕은 문무 관원들을 모아 대책을 의논했다.

"지금 손환이 이릉에서 궁지에 빠져 있고 주연의 수군도 강에서 크게 패했소. 촉병의 세력이 막강하니 이를 어찌하면 좋겠소?"

장소가 아뢰었다.

"옛날에 활약하던 장수들이 지금은 많이 죽었다고 하오나 그래도 아직 10여 명은 남아 있는데 유비를 무얼 그리 근심하십니까? 한당을 대장으로 삼고 주태를 부장으로 삼으며 반장을 선봉으로 삼으십시오. 그리고 능통에게 후군을 맡기고 감녕에게 지원군을 맡겨서 10만 대군을 일으켜 촉군을 막게 하옵소서."

손권은 장소의 건의에 따라 장수들에게 속히 떠나라고 명했다. 이때 감녕은 이질에 걸려 고생하고 있었지만 병을 무릅쓰고 출정했다.

한편 선주는 무협巫峽과 건평建平에서부터 이릉 경계까지 7백여 리에 걸쳐 40여 개의 영채를 연결해 놓고 있었다. 그는 관흥과 장포가 여러 차례 큰 공을 세우는 것을 보고 감탄해 마지않았다.

"지난날 짐을 따르던 장수들은 모두 늙어 쓸모가 없어졌다. 그런데 이제 다시 두 조카가 있어 이처럼 영웅의 기질을 갖추었으니 짐이 어찌 손권을 근심하겠는가?"

한창 이야기를 나누고 있는데 별안간 동오에서 한당과 주태가 이끄는 군사가 당도했다는 보고가 들어왔다. 선주가 바야흐로 적을 맞아 싸울 장수를 보내려는데 근신이 아뢰었다.

"노장 황충이 대여섯 명을 이끌고 동오로 가 버렸나이다."

선주가 웃으며 말했다.

"황한승漢升(황충의 자)은 결코 배반할 사람이 아니다. 짐이 실수로 늙은이들은 쓸모없다고 말했더니 자신이 늙지 않았다는 것을 보여주려고 힘을 떨쳐 오군과 싸우려 하는 것일 게야."

그는 즉시 관흥과 장포를 불러 분부했다.

"황한승이 이번에는 틀림없이 실수가 있을 것이다. 조카들은 수고를 아끼지 말고 도와드려라. 그가 조그마한 공이라도 세우면 즉시 돌아오게 해서 실수가 생기지 않도록 하라."

두 소년 장수는 선주에게 하직 인사를 하고 수하의 군사를 거느리고 황충을 도우러 떠났다. 이야말로 바로 다음 대구와 같다.

늙은 신하 올곧게 충군의 뜻 맹세하니 /

젊은이도 나라에 보답하는 공을 세우네.

老臣素矢忠君志　年少能成報國功

황충이 이번에는 어떻게 될 것인가, 다음 회를 보라.

83

동오의 대도독 육손

효정에서 싸우던 선주는 원수들을 잡고
강구를 지키던 서생은 대장에 임명되다
戰猇亭先主得仇人 守江口書生拜大將

장무章武 2년(222년) 봄 정월 무위후장군武威後將軍 황충은 선주를 따라서 동오 정벌에 나섰다. 그런데 선주가 늙은 장수들은 쓸모없다고 하는 말을 듣고는 즉시 칼을 들고 말에 올라 심복 5,6명을 거느리고 곧장 이릉의 영채에 이르렀다. 오반이 장남, 풍습과 함께 황충을 맞아들이며 물었다.

"노장군께서 이렇게 오시다니 무슨 사정이 있는 것입니까?"

황충이 대답했다.

"내가 장사長沙에서 천자를 모신 후로 오늘에 이르기까지 수많은 노력을 했소. 지금 비록 일흔이 넘었지만 아직도 고기 열 근을 먹어 치울 수 있고 두 섬들이 활을 당기는 팔심이 남았으며 말을 타고 능히 천리를 달릴 수 있으니 늙었다고는 하지 못할 것이오. 그런데 어제 주상께서 우리 같은 늙은이는 쓸모가 없다고 하셨소. 이 때문에 동오 군사와 맞붙어 보려고 이리로 왔소. 내가 적장을 벨 테니 과연 늙었는지 아니 늙었는지 한번 보시오.”

이처럼 이야기를 하고 있는데 동오의 선두 부대가 이미 당도하여 그 척후병이 영채 가까이까지 왔다는 보고가 들어왔다. 황충은 분연히 일어나더니 군막 밖으로 나가 말에 올랐다. 풍습 등이 만류했다.

“노장군께서는 가벼이 나아가지 마십시오.”

황충은 듣지 않고 그대로 말을 달려 나아갔다. 오반은 풍습에게 군사를 이끌고 나가서 싸움을 돕게 했다. 황충은 오군의 진 앞에서 말을 멈추어 세우더니 대도를 가로 들고 적의 선봉인 반장에게 싸움을 걸었다. 반장은 수하 장수 사적史迹을 이끌고 나왔다. 사적은 늙은 황충을 업신여기고 겁도 없이 창을 꼬나들고 덤벼들었다. 싸움이 불과 3합도 되지 않아 황충은 단칼에 사적을 베어 말 아래로 떨어뜨렸다. 크게 화가 난 반장이 관공이 사용하던 청룡도를 휘두르며 나와서 황충과 맞붙었다. 두 말이 서로 어우러지며 몇 합을 싸웠건만 승부는 좀체 나뉘지 않았다. 황충이 힘을 떨치며 사납게 달려드니 반장이 당해 내지 못하고 말머리를 돌려 달아났다. 황충은 승세를 타고 그 뒤를 몰아쳐서 완전한 승리를 거두고 돌아섰다. 돌아오는 길에 관흥과 장포를 만났다. 관흥이 말했다.

“저희들은 성지를 받들고 노장군을 도와드리러 왔습니다. 이미 공을 세우셨으니 어서 본영으로 돌아가시지요.”

황충은 그 말을 듣지 않았다.

이튿날 반장이 다시 와서 싸움을 걸었다. 황충이 분연히 말에 올랐다. 관흥과 장포가 싸움을 도우려 했으나 듣지 않았다. 오반이 나서서 돕겠다고 해도 역시 듣지 않았다. 황충은 홀로 군사 5천 명만 이끌고 적을 맞으러 나갔다. 싸운 지 몇 합이 되지 않아 반장이 곧 칼을 끌며 달아났다. 황충은 말을 달려 추격하면서 사나운 음성으로 고함쳤다.

"적장은 달아나지 말라! 내 이제 관공의 원수를 갚겠노라!"

그대로 뒤를 쫓아 30여 리나 갔을 때였다. 사면에서 함성이 크게 진동하며 복병이 일제히 내달았다. 오른편에는 주태, 왼편에는 한당이 나타나고, 앞에는 달아나던 반장이 돌아서고, 뒤에는 능통이 내달아 황충을 한가운데 두고 에워싸 버렸다. 이때 별안간 광풍이 크게 일어났다. 황충이 급히 퇴각하려 할 때였다. 산비탈에서 마충이 한 떼의 군사를 이끌고 나타나더니 활을 쏘았다. 날아온 화살은 황충의 어깻죽지에 꽂혔다. 황충은 하마터면 말에서 굴러 떨어질 뻔했다. 오군은 황충이 화살에 맞은 것을 보고 일제히 달려와 공격했다. 이때 갑자기 뒤쪽에서 함성이 크게 일어났다. 두 갈래의 군사가 쇄도하더니 오군을 흩어 버리고 황충을 구해 냈다. 바로 관흥과 장포였다. 두 소년 장수는 황충을 보호하여 곧장 천자가 계시는 영채로 갔다. 황충은 나이가 많아 혈기가 쇠한 데다 화살 맞은 상처의 통증이 극심하여 병세는 극히 위중했다. 선주가 친히 와서 살펴보더니 황충의 등을 어루만지며 위로했다.

"노장군을 상하게 만든 것은 짐의 잘못이오!"

황충이 입을 열었다.

"신은 한낱 무부武夫일 따름인데 다행히도 폐하를 만났습니다. 신은 금년에 일흔 다섯이니 천수도 충분히 누렸습니다. 바라건대 폐하

한석 그림

께서는 용체를 잘 보전하시어 중원을 도모하소서!"

말을 마치자 그대로 정신을 잃었다. 황충은 이날 밤 선주의 영채에서 숨을 거두었다. 후세 사람이 시를 지어 감탄했다.

노장이라면 응당 황충을 이르거니 /
서천을 거두는 데 큰 공을 세웠네. //
쇠사슬 갑옷 다시 한번 떨쳐입고 /
양 손에 한 자루씩 철태궁 당겼네.

담력과 기개는 하북을 놀라게 하고 /
위엄찬 그 이름 촉 땅에 진동했네. //
죽을 즈음 머리가 백발이 되었지만 /
오히려 자진해 영웅의 모습 보였네.

老將說黃忠, 收川立大功. 重披金鎖甲, 雙挽鐵胎弓.
膽氣驚河北, 威名鎭蜀中. 臨亡頭似雪, 猶自顯英雄.

선주는 황충이 숨이 끊어진 것을 보고 그지없이 슬퍼하며 관곽을 갖추어 성도로 옮겨 장사지냈다. 선주는 탄식했다.

"오호대장五虎大將 중에서 이미 세 사람이 죽었는데 짐은 아직도 원수를 갚지 못했으니 너무나 애통하도다!"

선주는 곧 어림군을 이끌고 효정猇亭으로 가서 모든 장수들을 불러 모으고 여덟 길로 군사를 나누어 수로와 육로로 동시에 나아가기로 했다. 수로에서는 황권이 전군을 거느리게 하고, 선주가 친히 대군을 인솔하여 육로로 진군했다. 때는 장무 2년 2월 중순이었다.

한당과 주태는 선주가 친히 정벌하러 왔다는 소식을 듣고 군사를 이끌고 마주 나갔다. 양편 군사가 마주 바라보며 둥그렇게 진을 이루자 한당과 주태가 말을 달려 나가는데 촉군 진영의 문기가 열리는 곳에 선주가 친히 나타났다. 황색 비단에 금테를 두른 일산을 받았는데 좌우로는 백모白旄(흰 소의 꼬리털로 장식한 깃발)와 황월黃鉞(금칠한 도끼)이 늘어서고 앞뒤로는 금빛 은빛 깃발과 절節들이 에워쌌다. 한당이 큰소리로 외쳤다.

"폐하께서는 이제 촉의 주인이 되셨는데 어찌 가벼이 몸소 나오셨소? 만약 실수라도 하시는 날에는 후회해도 늦을 것이오!"

선주는 멀리 보이는 한당을 가리키며 꾸짖었다.

"너희 오의 개들이 짐의 수족手足(형제를 지칭함)을 상하게 했으니 짐은 맹세코 너희놈들과는 같은 하늘 아래 살지 않겠노라!"

한당이 장수들을 돌아보며 물었다.

"뉘 감히 나가서 촉군과 부딪쳐 보겠는가?"

부하 장수 하순夏恂이 창을 꼬나들고 말을 달려 나갔다. 선주의 등 뒤에 있던 장포가 장팔사모를 꼬나들고 말을 달려 나갔다. 장포는 큰소리로 호통을 치며 곧바로 하순에게 덤벼들었다. 장포의 천둥 같은 호통 소리에 하순은 기겁을 했다. 막 달아나려는 판인데 하순이 장포를 당해 내지 못하는 것을 보고 주태의 아우 주평周平이 칼을 휘두르며 말을 달려 나왔다. 그걸 보고 관흥도 칼을 들고 말을 달려 마주 나갔다. 그 순간 장포가 벽력같은 호통을 치며 한창에 하순을 찔러 말 아래로 거꾸러뜨렸다. 소스라치게 놀란 주평은 미처 손도 놀려 보지 못한 채 관흥이 휘두른 칼에 목이 잘리고 말았다. 두 소년 장수는 곧바로 한당과 주태에게 덤벼들었다. 당황한 한당과 주태는 그만 자신의 진으로 도망쳐 들어갔다. 이 광경을 지켜본 선주가 감탄했다.

"호랑이 아비에게 개 같은 자식이란 있을 수가 없구나!"

선주가 채찍을 들어 앞을 가리키자 촉군이 일제히 쳐들어갔다. 오군은 크게 패했다. 여덟 길 군사들이 마치 샘물이 용솟음치는 듯한 기세로 몰아치자 오군의 시체는 들판을 덮고 피는 흘러 내를 이루었다.

한편 감녕은 배에 남아서 병을 치료하고 있었는데, 촉군이 크게 몰려온다는 말을 듣고 부리나케 말에 올랐다. 그러나 때마침 몰려온 한 떼의 만병蠻兵과 마주쳤다. 만병들은 모두 맨발에 머리카락을 흩트린 채 활과 쇠뇌, 긴 창과 방패, 칼과 도끼 따위를 사용했다. 앞장선 자는 번왕 사마가였다. 피를 뿜은 것같이 시뻘건 얼굴에 푸른 눈알은 툭 불거져 나왔다. 게다가 한 자루 철질려골타鐵蒺藜骨朶*를 사용하고 허리에는 활을 두 벌씩이나 차 그 위풍이 자못 대단했다. 그 엄청난 기세를 본 감녕은 감히 싸워 볼 엄두가 나지 않아 말머리를 돌려 달아났다. 그러나 어느새 사마가가 쏜 화살이 감녕의 머리에 적중했다. 감녕은 머리에 화살이 꽂힌 채 달

* 철질려골타 | 쇠나 단단한 나무로 만든 몽둥이. 몽둥이 끝은 타원형으로 '골타骨朶'라고 부르는데, 그 위에 쇠 가시나 쇠못을 부착한다.

아나다가 부지구富池口에 이르러 큰 나무 아래에서 앉은 채로 숨을 거두었다. 나무 위에 있던 수백 마리의 까마귀 떼가 날아들어 감녕의 시체를 둘러쌌다.

이 말을 들은 오왕은 그지없이 애통해 하며 예를 갖추어 후히 장사지내고 사당을 지어 제사를 지내게 했다. 후세 사람이 시를 지어 탄식했다.

파군 땅 임강에서 태어난 감흥패여 /
원래는 장강의 비단 돛 단 도둑이라. //
자기를 알아 중용하신 임금 은혜 갚고 /
우의에 보답하고 원수도 감화시켰네.

날랜 기병 거느리고 적의 영채 기습하고 /
군사들 몰아서 큰 사발로 술 마셨네. //
신령스런 까마귀 죽은 혼령 알아보니 /
사당에 피운 향불 천추에 영원하리.

巴郡甘興霸, 長江錦幔舟. 酬君重知己, 報友化仇讐.
劫寨將輕騎, 驅兵飲巨甌. 神鴉能顯聖, 香火永千秋.

한편 선주는 승세를 타고 오군의 뒤를 몰아쳐 마침내 효정猇亭을 차지했다. 오군은 사방으로 흩어져 달아났다. 선주가 군사를 거두고 보니 관흥이 어디로 갔는지 보이지 않았다. 선주는 황급히 장포 등 장수들에게 사면으로 관흥의 종적을 찾게 했다.

원래 관흥은 동오의 진중으로 쳐들어가다가 때마침 원수 반장과 맞닥뜨리게 되어 질풍같이 말을 몰아 그 뒤를 쫓았다. 소스라치게 놀란 반장은 골짜기 안으로 달려 들어가더니 종적을 감추고 말았다. 반장이 분명 산속 어딘가에 숨어 있으리라 짐작한 관흥은 이리저리 오가며 찾아보았지만 쉽게 찾을 수가 없었다. 그러는 동안 날이 저물어 관흥은 길을 잃고 말았다. 다행히도 별빛과 달빛이 있어 반장을 찾으며 후미진 산속으로 들어갔을 때는 이미 2경이 되었다. 어느 산장에 당도하여 말에서 내려 문을 두드리니 한 노인이 나와서 누구냐고 물었다. 관흥이 대답했다.

"나는 싸움터에 나온 장수인데 길을 잃어 이곳까지 왔소이다. 허기를 채우도록 밥 한 그릇만 주시오."

노인은 관흥을 안으로 안내했다. 대청에 촛불을 밝혀 놓았는데 중간 대청에는 관공의 신상神像을 그린 족자 한 폭이 걸려 있었다. 관흥이 크게 울음을 터뜨리며 그 앞에 절을 올렸다. 노인이 물었다.

"장군은 무슨 연유로 울면서 절을 하오?"

"이 어른은 저의 부친이십니다."

관흥의 말을 듣고 노인은 즉시 땅에 엎드려 절을 올렸다. 이번에는 관흥이 물었다.

"노인장께선 무슨 까닭으로 제 부친께 공양을 올리십니까?"

노인이 대답했다.

"여기서는 모두가 관공을 신으로 받들지요. 군후께서 살아 계실 때에도 집집마다 모셨거늘 하물며 지금은 신이 되시지 않았소이까? 이 늙은이는 오직 촉군이 하루속히 원수 갚기를 바라고 있었소이다. 오늘 장군께서 이곳에 오셨으니 우리 백성들의 복이외다."

노인은 술과 밥을 내어 관흥을 대접하고 안장을 벗기고 말에게도

주지굉 그림

1994

먹이를 주었다.

3경이 지나자 별안간 문밖에서 또 웬 사람이 문을 두드렸다. 노인이 나가서 물어 보니 바로 동오의 장수 반장이라고 했다. 반장 역시 하룻밤 쉬어 가려고 찾아온 것이었다. 막 초당으로 들어오는 반장을 알아보고 관흥이 허리에 찬 검을 틀어쥐며 크게 호통을 쳤다.

"이 도적놈 달아나지 말라!"

반장은 급히 돌아서서 밖으로 나가려 했다. 이때 문밖에서 느닷없이 한 사람이 나타났다. 얼굴은 무르익은 대추처럼 붉은데 가늘게 찢어진 봉의 눈과 기다란 누에 눈썹, 그리고 세 가닥으로 늘어뜨린 아름다운 수염이 바람에 흩날리고 있었다. 황금 갑옷에 녹색 전포를 걸친 그 사람은 허리에 찬 검에 손을 얹고 문안으로 들어섰다. 관공의 혼령을 본 반장은 '악!' 하는 외마디 소리와 함께 정신과 넋이 허공으로 흩어졌다. 몸을 돌려 피하려는 순간 어느새 관흥의 칼이 올라갔다 내려오면서 반장의 머리가 땅바닥에 떨어졌다. 관흥은 피가 뚝뚝 떨어지는 심장을 꺼내 관공의 신상 앞으로 나아가 제사를 지냈다. 부친이 쓰던 청룡언월도를 되찾은 관흥은 반장의 머리까지 말목에 달고, 노인에게 작별을 고한 뒤 반장의 말을 타고 본부 영채를 향하여 떠났다. 노인은 직접 반장의 시체를 밖으로 끌어내 불태워 버렸다.

관흥이 몇 리도 가지 못했을 때였다. 갑자기 사람들이 떠드는 소리와 말울음 소리가 들리는가 싶더니 한 떼의 군마가 들이닥쳤다. 우두머리 장수는 바로 반장의 부하 장수 마충이었다. 마충이 보니 관흥이 자기의 주장인 반장을 죽여 그 머리를 말목에 매달았을 뿐만 아니라 청룡도까지 차지하고 있는 게 아닌가? 발끈 화가 치솟은 마충은 말을 달려 관흥에게 덤벼들었다. 관흥 또한 부친을 죽인 원수를 보자 분노가 하늘 끝까지 치솟았다. 관흥은 청룡도를 번쩍 들어 마충을 향하여 내리쩍었다. 이때 마충의 수하 군졸 3백 명이 힘을 합쳐 달려 나왔다. 그들은 일제히 함성을 지르며 관흥을 가운데 두고 에워싸 버렸다. 관흥은 혼자라 형세가 위급했다.

그때 별안간 서북쪽에서 한 떼의 군사가 돌격해 왔다. 바로 장포였다. 구원병이 이른 것을 본 마충은 황망히 군사를 이끌고 퇴각했다. 관흥과 장포는 함께 그 뒤를 쫓았다. 몇 리를 가지 못해 앞쪽에서 미방과 부사인이 군사를 이끌고 마충을 찾으러 오고 있었다. 양편 군사들은 서로 어우러져 한바탕 혼전을 벌였다. 군사가 적은 장포와 관흥은 황망히 철수하여 효정으로 돌아갔다. 두 사람은 선주를 뵙고 반장의 수급을 바치면서 지금까지 일어난 일을 낱낱이 말씀드렸다. 선주는 놀랍고 신기하여 모든 장병들에게 상과 음식을 내려 위로했다.

한편 마충은 돌아가 한당과 주태를 만나서 패잔병을 수습하고 각기 구역을 나누어 지키기로 했다. 부상당한 군사가 너무 많아 수를 헤아릴 수도 없을 지경이었다. 마충은 부사인과 미방을 이끌고 강변에 주둔했다. 이날 밤 3경이었다. 군사들이 모두 소리를 내어 우는데 울음소리가 그칠 줄 몰랐다. 미방이 가만히 들어 보니 한 무리의 군사가 이렇게 말하는 것이었다.

"우리는 모두가 형주 군사였는데 여몽의 간계에 말려들어 주공을 저 세상으로 보냈네. 지금 유황숙께서 어가를 움직여 친히 정벌에 나섰으니 동오는 머지않아 끝장날 것이네. 유황숙께서 미워하는 자는 미방과 부사인일세. 우리가 그 두 도적놈을 죽여 촉군 영채로 가서 항복하는 것이 어떻겠나? 그 공로가 적지 않을 걸세.”

또 한패가 말했다.

“서둘러서는 아니 되네. 빈틈을 기다렸다가 처치하면 될 것이네.”

이 말을 들은 미방은 너무나 놀란 나머지 즉시 부사인과 상의했다.

“군사들의 마음이 변해서 우리 두 사람은 목숨을 보전하기 어렵게 되었소. 촉주가 원한을 품고 있는 자는 마충일 따름이오. 그자를 죽여서 수급을 촉주에게 가져다 바치고 ‘저희들은 부득이 해서 동오에 항복했는데 이제 천자께서 친히 행차하신 걸 알고 일부러 영채로 찾아와 죄를 청합니다’고 말씀드리는 게 어떻겠소?”

부사인이 반대했다.

“그건 아니 되오. 가면 반드시 화를 입을 것이오.”

미방이 설득했다.

“촉주는 너그럽고 인자하며 후덕한 분이오. 더욱이 지금의 아두 태자로 말하면 나의 생질이니 촉주는 나와 인척의 정을 생각해서라도 우리를 해치려 하지는 않을 것이오.”

두 사람은 의논을 정하고 먼저 타고 갈 말부터 준비했다. 3경쯤 되었을 때 장막으로 들어가 마충을 찔러 죽이고 머리를 벤 두 사람은 수십 명의 기병을 데리고 곧장 효정으로 달려갔다. 길가에 매복한 군사들이 이들을 먼저 장남과 풍습에게 인도했다. 미방과 부사인은 자기들이 온 사연을 자세히 이야기했다. 다음날 두 사람은 천자의 영채에 이르러 선주를 알현했다. 마충의 수급을 바친 그들은 울며 아뢰었다.

“신들은 실로 모반할 마음이 없었지만 여몽이 간계를 부려 관공께서 이미 돌아가셨다고 했습니다. 그가 속임수로 성문을 열게 하는 바람에 하는 수 없이 항복했던 것입니다. 이제 성상의 어가가 이곳까지 오셨다는 소식을 듣고 특별히 이 도적을 죽여 폐하의 한을 씻어 드리고자 합니다. 엎드려 비옵건대 폐하께서는 신들의 죄를 용서하여 주소서."

선주는 크게 노했다.

"짐이 성도를 떠난 지 이미 여러 날이 되었거늘 너희 두 놈은 어찌하여 일찍 와서 벌을 청하지 않았느냐? 오늘날 형세가 위급해지자 이처럼 교묘한 말로 목숨을 부지해 보려는 것이로다! 짐이 만약 네놈들을 용서한다면 이 다음 구천에 가서 무슨 낯으로 관공을 보겠는가?"

선주는 말을 마치고 관흥에게 어영御營 안에 관공의 신위를 모시라고 명했다. 선주는 친히 마충의 수급을 두 손으로 받쳐 들고 신위 앞으로 다가가 제사를 지냈다. 그리고 다시 관흥에게 분부하여 미방과 부사인의 옷을 벗겨 영전에 꿇어앉히게 한 다음 손수 칼을 들고 그들의 몸을 토막 내어 관공의 혼령을 위로했다. 그때 갑자기 장포가 군막 안으로 들어오더니 선주 앞에 소리쳐 울며 절을 올렸다.

"둘째 큰아버님의 원수들은 이미 모두 도륙되었는데 신은 어느 날에야 아비의 원수를 갚겠나이까?"

선주가 위로했다.

"조카는 근심하지 말라. 짐은 강남을 뿌리째 뽑아 평정하고 오나라 개들을 깡그리 죽인 다음 기어이 두 도적을 사로잡아 너에게 손수 고기젓을 담게 하겠다. 그것으로 네 부친께 제사지내도록 하려무나."

장포는 눈물을 뿌리며 감사하고 물러갔다.

이때 선주의 위엄과 명성이 크게 진동하니 강남 사람들은 하나같이 간담이 찢어져 밤낮으로 목 놓아 울었다. 한당과 주태가 크게 놀라 급히 오왕께 아뢰었다. 미방과 부사인이 마충을 죽이고 촉의 황제에게 돌아갔지만 그들 역시 촉 황제의 손에 죽임을 당한 일을 자세히 보고했다. 손권도 겁이 나서 문무 관원들을 모아 대책을 상의했다. 보즐이 아뢰었다.

"촉주가 원한을 품고 있는 자는 여몽, 반장, 마충, 미방, 부사인입니다. 지금 이 몇 사람은 모두 죽음을 당했고 오직 범강과 장달만이 동오에 있습니다. 어찌하여 이 두 사람을 사로잡아 장비의 수급과 함께 돌려보내지 않으십니까? 그런 다음 형주를 넘겨주고 손부인을 돌려보내시며 다시 예전의 정을 회복하여 함께 위를 소멸시키자는 내용으로 표문을 올려 화친을 구하시면 촉병은 저절로 물러갈 것입니다."

손권은 그 말을 따르기로 했다. 침향목으로 만든 상자에 장비의 수급을 담고 범강과 장달을 결박 지어 죄수를 호송하는 함거에 실은 다음 정병程秉을 사신으로 삼아 국서를 가지고 효정으로 가도록 했다.

한편 선주는 군사를 내어 전진하려는 참인데 근시가 아뢰었다.

"동오에서 사자가 장거기車騎(장비)의 수급과 함께 범강, 장달 두 도적을 묶어 데리고 왔습니다."

선주는 두 손을 이마에 대며* 말했다.

"이는 하늘이 내리신 것이며 또한 막내아우의 넋이 영험하기 때문이로다!"

---

*두 손을 이마에 대다 | 뜻밖의 행운에 몹시 기쁠 때 취하는 행동이다.

즉시 장포에게 장비의 신위를 모시라고 분부했다. 선주가 나무상자 속에 들어 있는 장비의 수급을 보니 얼굴이 생전의 모습과 조금도 다름이 없었다. 선주는 목을 놓아 통곡했다. 장포는 직접 예리한 칼을 놀려 범강과 장달의 몸을 난도질하여 부친의 영전에 제를 지냈다.

제사가 끝난 뒤에도 선주는 노기가 풀리지 않아 기어이 동오를 멸망시키려고 했다. 마량이 아뢰었다.

"원수를 모조리 죽였으니 이제 한도 다 씻은 셈입니다. 오의 대부大夫 정병이 와서 형주를 반환하고 손부인을 돌려보낼 테니 영원히 동맹을 맺어 함께 위를 멸망시키자고 합니다. 엎드려 성지를 기다리고 있나이다."

선주는 화를 내어 꾸짖었다.

"짐이 이를 갈고 있는 원수는 바로 손권이다. 지금 그와 화친한다면 지난날 두 아우와 맺은 맹세를 저버리는 것이 된다. 먼저 동오부터 멸한 다음 위를 멸망시키겠다!"

선주는 즉시 사자의 목을 잘라 동오와의 정을 끊으려 했다. 그러나 많은 관원들이 간곡히 만류한 덕분으로 겨우 목숨을 살릴 수 있었다. 머리를 싸쥐고 놀란 쥐새끼처럼 달아난 정병은 오주에게 돌아가 아뢰었다.

"촉주는 강화하자는 말을 듣지 않고 맹세코 먼저 동오를 멸하고 나서 위를 정벌하겠다고 합니다. 신하들이 간곡히 말렸지만 듣지 않으니 이를 어찌하오리까?"

채천웅 그림

너무나 놀란 손권은 어찌할 바를 몰라 허둥지둥했다. 그때 감택闞澤이 반열에서 나와 아뢰었다.

"지금 하늘을 바칠 기둥이 있는데 어찌하여 쓰시지 않습니까?"

손권이 급히 물었다.

"그게 누구요?"

감택이 대답했다.

"지난날 동오의 큰일은 모두 주랑이 맡았습니다. 그 뒤에는 노자경이 그를 대신했으며 자경이 죽은 후에는 여자명이 일을 결단했습니다. 지금 자명은 비록 세상을 떴으나 육백언伯言(육손의 자)이 형주에 있습니다. 이 사람이 명색은 비록 유생儒生이나 실제로는 웅대한 재주와 지략을 지니고 있습니다. 신이 생각하기에 그의 재주는 결코 주랑보다 못하지 않습니다. 지난번 관공을 깨뜨린 계책도 모두 백언에게서 나온 것입니다. 주상께서 이 사람을 쓰신다면 틀림없이 촉병을 깨뜨릴 것입니다. 만약 백언이 실수하는 날에는 신이 그와 함께 벌을 받겠습니다."

손권이 말했다.

"덕윤德潤(감택의 자)의 말이 아니었다면 내가 대사를 그르칠 뻔했구려."

장소가 반대했다.

"육손은 일개 서생일 뿐 유비의 적수가 못 되옵니다. 등용해서는 아니 될 것입니다."

고옹 역시 반대했다.

"육손은 나이도 어리고 신망이 얕아서 장수들이 복종하지 않을까 걱정입니다. 장수들이 복종하지 않으면 환란이 일어날 것이고 그리

되면 반드시 대사를 그르칠 것입니다."

보즐 또한 나섰다.

"육손의 재주는 한 군 정도를 다스릴 수 있을 뿐 대사를 맡기신다는 것은 당치 않은 일이옵니다."

감택이 큰소리로 부르짖었다.

"육백언을 등용하지 않으시면 동오는 끝장나고 맙니다! 신이 전 가족의 목숨을 걸고 그를 보증하겠습니다!"

손권이 결정을 내렸다.

"나 역시 평소에 육백언이 기재임을 알고 있었소! 나의 뜻은 이미 결정되었으니 경들은 더 이상 말하지 마시오."

손권은 육손을 불러들이라고 명했다. 육손은 본명이 육의陸議였는데 뒤에 손遜으로 개명했다. 자는 백언으로 오군吳郡 오현吳縣 사람이다. 한나라 성문교위城門校尉 육우陸紆의 손자요 구강 도위九江都尉 육준陸駿의 아들이다. 신장이 8척에 얼굴은 옥같이 아름다웠으며, 관직은 진서장군鎭西將軍이었다. 육손이 왕명을 받들고 와서 인사를 올리자 손권이 말했다.

"지금 촉병이 우리 경계에 이르렀다. 내 특별히 경에게 군마의 지휘를 모두 맡기니 유비군을 깨뜨리도록 하라."

육손은 선뜻 받아들이지 않았다.

"강동의 문무 관료들은 모두가 오랫동안 대왕을 모셔 온 신하들입니다. 신은 나이 어리고 재주도 없는데 어찌 그들을 제어할 수 있겠습니까?"

손권이 말했다.

"감덕윤은 온 집안 식구의 목숨을 걸고 경을 보증했고, 나 또한 평소부터 경의 재주를 알고 있었노라. 이제 경을 대도독大都督으로 임명하니 경은 사양하지 말지어다.”

육손이 물었다.

“만약 문무백관이 복종하지 않으면 어찌하오리까?”

손권은 차고 있던 검을 풀어 육손에게 내렸다.

“만약 명령을 듣지 않는 자가 있으면 먼저 참하고 후에 고하도록 하라.”

육손은 한번 더 다짐을 두었다.

“중대한 부탁을 받자왔는데 감히 명을 받들지 않겠나이까? 대왕께서는 내일 모든 관원들을 모으신 자리에서 그 검을 신에게 내려주소서.”

감택이 말했다.

“예로부터 대장을 임명할 때는 반드시 단壇을 쌓고 문무 관원을 모은 다음 백모白旄와 황월黃鉞, 인수印綬와 병부兵符를 내렸으니, 그런 뒤에야 비로소 위엄이 서고 영이 엄숙해지기 때문이었습니다. 대왕께서는 그 예를 좇으시어 길일을 택하여 단을 쌓고 백언을 대도독으로 임명하시고 절월節鉞을 내리십시오. 그러면 모두가 복종하지 않을 수 없을 것입니다.”

손권은 그 말을 좇아 밤을 새워 단을 쌓게 하고 문무백관을 대대적으로 불러 모았다. 그 자리에서 육손을 단에 오르게 하고 대도독大都督 우호군右護軍 진서장군鎭西將軍에 임명하고 누후婁侯로 봉하고는 보검과 인수를 내려 6군 81개 주와 형초荊楚(형주)의 군마를 총지휘하게 했다. 오왕이 육손에게 당부했다.

“경성의 문지방 안은 내가 맡을 테니 그 밖은 모두 장군이 통제

하시오."

명령을 받들고 단에서 내려온 육손은 서성과 정봉을 호위장수로 삼고 그날 즉시 출전하기로 했다. 그러는 한편 여러 길로 분산된 군마들을 조정하여 수로와 육로로 함께 진군하게 했다. 군령을 전하는 문서가 효정에 이르자 한당과 주태는 깜짝 놀랐다.

"주상께서 어찌하여 일개 서생에게 군사를 총지휘하게 하셨단 말이오?"

뒤이어 육손이 효정에 이르렀지만 누구 하나 복종하려는 사람이 없었다. 육손이 지휘관의 자리에 올라 군사 일을 논의하려 하자 장수들은 마지못해 인사를 드리고 축하했다. 육손이 장수들에게 말했다.

"주상께서는 나를 대장으로 삼고 전군을 총지휘하여 촉군을 격파하라고 명하셨소. 군에는 정해진 법이 있으니 공들은 마땅히 군법을 준수해야 할 것이오. 왕법王法(나라의 법)은 사사로운 정을 돌보지 않는 법, 법을 어기고 후회하는 일이 없도록 하시오."

모두가 잠자코 입을 다물고 있었다. 주태가 입을 열었다.

"안동장군安東將軍 손환은 주상의 조카인데 지금 이릉성에서 곤경에 빠져 있소. 성안에는 군량과 마초가 떨어지고 성밖에는 구원병이 없는 형편입니다. 도독께서는 속히 좋은 계책으로 손환을 구출하여 주상의 마음을 편안하게 해주시오.”

육손이 대꾸했다.

“나는 평소 손안동이 군사들의 마음을 깊이 얻고 있음을 알고 있소. 그는 반드시 굳게 지켜 낼 것이니 구태여 구하러 갈 필요가 없소. 우리가 촉을 깨뜨리고 나면 저절로 나오게 될 것이오.”

사람들은 속으로 비웃으며 물러갔다. 한당이 주태에게 말했다.

“이런 어린아이를 대장으로 삼았으니 동오는 끝장이오! 공은 그가 하는 꼴을 보셨소?”

주태도 맞장구를 쳤다.

“내가 시험 삼아 한마디 던져 봤더니 계책이라곤 하나도 없더구먼. 그러고서야 어찌 촉을 깨뜨릴 수 있겠소?”

이튿날 육손은 모든 장수들은 각기 맡은 지역의 요충을 단단히 지키며 경솔하게 나가 싸우지 말라고 명을 내렸다. 장수들은 그를 겁쟁이라고 비웃으며 수비에 힘쓰려고 하지 않았다. 그 다음날 육손은 지휘관의 자리에 올라 장수들을 불러서 말했다.

“나는 왕명을 받들어 군사를 통솔하게 되었소. 어제 이미 세 번 네 번 명령을 내려 자신이 맡은 곳을 굳게 지키라고 일렀소. 그런데 아무도 내 명을 따르니 않으니 대체 어찌된 일이오?”

한당이 대답했다.

“나는 손장군이 강남을 평정할 때부터 모시며 지금까지 수백 차례의 싸움을 겪었소. 다른 장수들도 토역장군討逆將軍(손책)이나 지금의 대왕을 따라 갑옷을 입고 무기를 잡고 생사의 경계를 넘나들며 싸운 분들이외다. 주상께서 공을 대도독으로 삼아 촉병을 물리치라고 명하셨으니 마땅히 속히 계책을 정하고 군마를 잘 배치하여 지역을 나누어 진격시켜 대사를 도모해야 할 것이오. 그런데 공은 굳게 지키기만 하고 싸우지는 말라고 하시니 이는 하늘이 저절로 도적들을 죽여 줄 때까지 기다리자는 말씀이 아니겠소? 우리는 살기를 탐내고 죽음을 두려워하는 무리들이 아니오. 공은 어찌하여 우리의 예기를 떨어뜨리는 것이오?"

군막 안의 장수들이 모두 한당의 말에 호응하여 소리쳤다.

"한장군의 말씀이 옳소! 우리는 진정 죽기를 무릅쓰고 한번 싸우고 싶소!"

육손은 듣고 나서 검을 뽑아 들고 사나운 목소리로 호령했다.

"내 비록 일개 서생이지만 이번에 주상께서 중임을 맡기신 것은 내게도 보잘것없지만 쓸 만한 재주가 있고 능히 치욕을 참고 중임을 감당할 수 있을 것이라 여기셨기 때문이오. 그대들은 각자가 맡은 요충들을 잘 지키고 험한 요새를 굳게 막기만 할 뿐 함부로 움직이는 것은 허락하지 않겠소. 명령을 어기는 자는 모두 목을 칠 것이오!"

장수들은 모두들 분노가 치밀어 씨근거리며 물러갔다.

한편 선주는 효정에서부터 천구川口까지 장장 7백 리에 걸쳐 군사들을 배치했다. 앞뒤로 줄지어 40개나 되는 영채가 늘어서니 낮에는 깃발이 해를 가리고 밤에는 불빛이 하늘을 밝혔다. 갑자기 첩자가 와서 보고했다.

"동오가 육손을 대도독으로 삼아 군마를 총지휘하게 했습니다. 육손은 장수들에게 각자가 맡은 험한 요충들을 지키며 출전하지 말라고 명했다 합니다."

선주가 물었다.

"육손은 어떤 사람인가?"

마량이 대답했다.

"육손은 비록 동오의 일개 서생에 지나지 않지만 나이는 어려도 재주가 많고 모략이 깊습니다. 앞서 형주를 습격한 것도 모두가 이 사람의 간계였다고 하옵니다."

선주는 크게 노했다.

"돼먹지 못한 놈이 간계로 짐의 아우들을 해쳤으니 이제 그놈을 사로잡고야 말리라!"

선주는 즉시 진군 명령을 내렸다. 마량이 간했다.

"육손의 재주는 주랑에 못지않으니 가볍게 대적해서는 아니 됩니다."

그러나 선주는 대수롭지 않게 여겼다.

"짐은 용병으로 늙은 몸이거늘 어찌 젖내 나는 어린놈보다 못하겠는가?"

선주는 친히 선두 부대를 거느리고 곳곳의 관문과 나루터의 요충들을 공격하기 시작했다.

한당은 선주의 군사가 몰려오는 것을 보고 사람을 보내 육손에게 보고했다. 육손은 한당이 함부로 움직이지나 않을까 걱정스러워서 급히 달려와서 살펴보았다. 한당은 마침 산 위에 말을 세우고 있었다. 멀리 촉군이 산과 들을 뒤덮고 물밀듯 밀려오는데 군중에서 누런 비단 일산이 움직이는 게 어렴풋이 보였다. 한당은 육손을 맞이해 말머리를 나란히 하고 촉군을 살펴보았다. 한당이 비단 일산을 손가락질하며 말했다.

"저 군중에 유비가 있는 게 틀림없소. 내가 그를 치겠소."

육손이 말렸다.

"유비가 군사를 일으켜 동쪽으로 내려오면서 연달아 10여 차례나 이기는 바람에 예기가 한창 왕성하오. 지금은 오직 높은 곳을 차지하고 험한 곳을 지켜야지 가벼이 나가서는 아니 되오. 나가면 불리하오. 그저 장졸들에게 상을 내려 격려하면서 널리 방어할 계책을 펼치고 적의 변화를 살펴야 하오. 지금 저들은 평원과 광야를 거침없이 내달리니 스스로 뜻을 이룬 줄 알 것이오. 하지만 우리가 굳게 지키고 나가지 않으면 아무리 싸우려 해도 싸울 수가 없어서 결국에는 산림과 수목 속으로 옮길 것이오. 그때 나는 당연히 기이한 계책을 써서 이길 것이오."

한당은 입으로는 응낙했지만 마음으로는 결코 복종할 수 없었다.

선주는 선두 부대를 시켜 온갖 욕설을 퍼부으며 싸움을 걸게 했다. 육손은 귀를 틀어막은 채 듣지 말라고 명하면서 나가 싸우는 것을 허락하지 않았다. 그리고는 친히 각 관과 요충을 두루 시찰하고 장졸들을 위로하며 모두에게 굳게 지키고만 있도록 했다. 선주는 동오 군사들이 싸우러 나오지 않자 초조했다. 마량이 일깨웠다.

제83회 2009

"육손은 깊은 모략을 가진 자입니다. 지금 폐하께서는 먼 길을 달려오며 봄부터 여름까지 공격을 계속하고 계십니다. 저들이 나오지 않는 것은 아군의 형세에 변화가 생기기를 기다리는 것입니다. 폐하께서는 이 점을 깊이 살피소서."

선주가 대꾸했다.

"그놈에게 무슨 꾀가 있단 말인가? 겁이 나서 싸우지 못할 뿐이지. 이미 여러 번 패했으니 지금 어찌 감히 다시 나오겠는가?"

선봉 풍습이 아뢰었다.

"지금 날씨가 한창 무더운데 군사들은 땡볕 아래 주둔하며 물을 길어 오기가 매우 불편합니다."

선주는 마침내 각 영채를 모두 산림이 무성하고 시냇물이 가까운 곳으로 옮기라고 명령했다. 여름을 나고 가을이 되면 힘을 합쳐 진격할 생각이었다. 풍습은 선주의 명을 받들어 모든 영채를 울창한 숲속 서늘한 곳으로 옮기게 했다. 마량이 선주에게 아뢰었다.

"우리 군사들을 이동시켰다가 오군이 갑자기 몰려오면 그 일을 어찌하시겠습니까?"

선주가 대답했다.

"짐은 오반에게 1만여 명의 약한 군사들을 주어 오군 영채와 가까운 평지에 주둔하라고 했네. 또 짐이 친히 8천 명의 정예 군사를 선발하여 골짜기에 매복할 것이야. 짐이 영채를 옮기는 걸 육손이 알면 반드시 형세를 타고 치러 올 것인데 그때는 오반에게 거짓 패하여 달아나라고 해 두었네. 육손이 그 뒤를 쫓아오면 짐이 매복해 두었던 군사를 이끌고 갑자기 내달아 그들의 퇴로를 끊어 버릴 계획이네. 그리하면 그 어린 녀석을 사로잡을 수 있을 것이야."

문무 관원들은 모두가 하례했다.

"폐하의 신기묘산에 저희들은 도저히 미치지 못하겠습니다!"

마량이 말했다.

"근자에 들으니 제갈승상이 위군의 침범을 염려하여 동천東川에서 각지의 요충들을 점검하고 있다고 하옵니다. 폐하께서 각 영채를 옮긴 곳의 지형을 그림으로 그려서 승상에게 물어보시는 게 어떠하올지요?"

선주는 달갑지 않은 말투로 대꾸했다.

"짐 또한 병법을 익히 알고 있거늘 구태여 승상에게 물어볼 필요가 있겠는가?"

마량이 구슬렸다.

"옛말에 '양쪽 말을 다 들으면 밝고 한쪽 말만 들으면 어둡다'고 했습니다. 폐하께서는 이를 살피소서."

선주가 허락했다.

"경이 직접 각 영채로 가서 사방팔방의 도로와 거리를 살펴 지도로 작성하고 동천으로 가서 승상에게 물어보라. 만약 잘못된 점이 있으면 급히 와서 알리라."

마량은 어명을 받들고 떠났다. 이렇게 하여 선주는 수목이 울창한 그늘로 군사들을 옮겨 더위를 피하게 했다.

어느새 첩자가 이 사실을 한당과 주태에게 보고했다. 두 사람은 이 소식을 듣고는 크게 기뻐하며 육손을 찾아가 말했다.

"지금 40여 개의 촉병 영채가 모두 시내가 가까운 울창한 숲속으로 옮겨 물을 마시며 시원하게 지낸다 하오. 도독께서는 빈틈을 타고 적을 공격토록 하시오."

이야말로 다음 대구와 같다.

촉의 임금 꾀가 있어 복병을 숨겨 놓았으니 /
동오 군사 용맹 즐기다 반드시 사로잡히리.
蜀主有謀能設伏　吳兵好勇定遭擒

육손은 과연 그 말을 들을 것인가, 다음 회를 보라.

84

팔진도

육손은 7백리의 영채를 태우고
공명은 교묘하게 팔진도를 펼치다
陸遜營燒七百里 孔明巧布八陣圖

한당과 주태는 선주가 서늘한 곳으로 영채를 옮긴 사실을 탐지하고
급히 육손에게 보고했다. 육손은 크게 기뻐하며 드디어 직접 군사를
이끌고 가서 촉군의 동정을 살폈다. 평지에 한 부대가 주둔했는데 군
사는 1만 명이 채 안 되고 그나마도 태반이 늙고 약한 무리들이었다.
깃발에는 '선봉 오반'이라는 네 글자가 큼직하게 적혀 있
었다. 주태가 말했다.

"내가 보기에 이따위 군사들쯤은 아이들 장난
일 따름이오. 한장군과 두 길로 군사를 나누
어 치고 싶소. 이기지 못한다면 군령을
달게 받겠소."

그러나 육손은 한참 동
안 적의 형세를 살펴
보더니 채찍을 번
쩍 들어 한쪽을 가

리켰다.

"저 앞 산골짜기에서 은은히 살기가 피어나고 있소. 그곳에 틀림없이 복병을 숨겨 두었을 것이오. 그래서 평지에는 이렇게 약한 군사를 배치하여 우리를 꾀고 있는 것이오. 여러분은 절대로 나아가서는 아니 되오."

장수들은 그 말을 듣고 모두들 육손은 겁이 너무 많다고 생각했다.

이튿날 오반이 군사를 이끌고 관關 앞으로 와서 싸움을 걸었다. 무술을 뽐내고 위풍을 자랑하며 쉬지 않고 욕설을 퍼부었다. 대부분의 군사들은 옷을 벗고 갑옷을 내던져 새빨간 알몸을 드러낸 채, 땅바닥에 풀썩 주저앉은 놈이 있는가 하면 번듯이 나자빠져 코를 고는 놈들도 있었다. 서성과 정봉이 장막으로 들어가 육손에게 건의했다.

"촉병이 우리를 너무도 업신여기고 있소. 우리가 나가서 저놈들을 무찌르겠소!"

육손은 빙그레 웃었다.

"공들은 혈기에서 솟아나는 용맹만 믿을 뿐 손자孫子나 오기吳起의 묘한 병법은 모르고 있구려. 이는 적을 유인하는 계책이오. 사흘 뒤에는 반드시 그 속임수가 드러날 것이오."

서성이 물었다.

"사흘 뒤에는 저들이 이미 영채를 다 옮

겨 놓을 텐데 무슨 수로 그들을 공격한단 말이오?”

육손은 자신 있다는 듯 대답했다.

“내가 바라는 게 바로 저들이 영채를 옮기는 것이오.”

장수들은 모두가 비웃으며 물러갔다. 사흘 뒤 육손이 장수들을 관위에 모으고 적진을 살펴보니 오반의 군사는 이미 다 물러가고 없었다. 육손이 손가락으로 가리키며 말했다.

“살기가 일어나는구려. 틀림없이 유비가 산골짜기에서 나올 것이오.”

그 말이 미처 끝나기도 전에 촉군이 나타났다. 그들은 갑옷에 투구를 갖추어 완전무장을 하고 전후좌우로 선주를 단단히 에워싸고 지나갔다. 오군은 이 광경을 보고 모두들 간담이 서늘해졌다. 육손이 말했다.

“여러분이 오반을 공격하자고 할 때 내가 듣지 않은 것은 바로 이 때문이었소. 이제 매복한 군사들이 이미 나왔으니 앞으로 열흘 안에 반드시 촉군을 격파할 것이오.”

장수들이 이구동성으로 말했다.

“촉군을 격파하려면 초기에 쳤어야 했소. 지금은 적의 영채가 5,6백 리나 이어지고 마주보고 지킨 지가 7,8개월이나 경과하여 모든 요충의 방비가 견고해졌는데 어찌 격파할 수 있단 말이오?”

육손이 침착하게 설명했다.

“여러분은 병법을 모르시는구려. 유비는 당세의 효웅에다 지모까지 많은 인물이오. 그 군사들이 처음 결집했을 때는 법도가 엄숙하고 정예로웠소. 그러나 지금은 대치하며 지킨 지가 오랜데 우리 측에서 싸울 기회를 주지 않으니 군사들은 피로하고 사기는 꺾였을 것이오. 지금이야말로 우리가 저들을 공격할 때요.”

장수들은 그제야 비로소 그의 깊은 생각과 멀리 내다보는 계략에 탄복했다. 후세 사람이 그를 칭찬하여 지은 시가 있다.

군막에서 병법 따라 작전 계획 세우고 /
향기로운 미끼 놓아 큰 고기 낚으려네. //
삼분천하에 영웅호걸 많았지만 /
또다시 강남에선 육손 명성 높이 뜨네.
虎帳談兵按六韜, 安排香餌釣鯨鰲. 三分自是多英俊, 又顯江南陸遜高.

육손은 촉군을 격파할 계책을 정한 다음 드디어 표문을 지어 사자를 보내 손권에게 올리고 아울러 날짜를 정해 촉을 깨뜨리겠다고 아뢰게 했다. 글을 보고 손권은 대단히 기뻐했다.

“강동에 다시 이렇게 기이한 인물이 났으니 과인이 무엇을 근심하겠는가? 장수들이 모두 글을 올려 육백언을 겁쟁이라 했지만 나만은 믿지 않았다. 이제 그가 보낸 글을 보니 과연 그는 겁쟁이가 아니로다!”

손권은 동오의 군사를 크게 일으켜 지원하기로 했다.

한편 선주는 효정에서 수군을 모조리 몰아 물살을 타고 내려가면서 강변을 따라 영채를 세우고는 동오의 경내로 깊숙이 들어가게 했다. 황권이 나서서 간했다.

“수군이 강을 따라 내려가면 전진하기는 쉬워도 물러나기는 어렵게 됩니다. 신이 선두 부대가 되겠습니다. 폐하께서 후진後陣에 계셔야 만에 하나라도 실수가 없을 것입니다.”

선주는 대수롭지 않다는 듯 말했다.

"오의 도적들이 간담이 떨어졌을 텐데 짐이 단숨에 밀고 들어간들 거칠 게 무어란 말인가?"

여러 신하들이 간곡히 만류했으나 선주는 듣지 않고 끝내 군사를 두 길로 나누었다. 황권에게는 강북의 군사를 통솔하여 위군의 공격을 방비하게 하고 선주 자신은 장강 남안의 모든 군사를 총지휘하여 강을 끼고 영채를 나누어 세운 다음 진격할 방안을 강구했다. 첩자가 이 소식을 알아내고는 밤낮을 가리지 않고 달려가 위주 조비에

주지굉 그림

게 보고했다.

"촉군이 오를 정벌하면서 설치한 울타리와 영채가 7백여 리에 이르고 우거진 숲속에 40여 곳으로 나누어 군사를 주둔하고 있습니다. 지금 황권은 군사를 거느리고 장강 북쪽 연안에 주둔하면서 날마다 군사를 1백여 리나 내보내 정탐을 시키고 있는데 무슨 뜻인지 모르겠습니다."

위주는 이 말을 듣고 얼굴을 쳐들고 웃었다.

"유비가 패하게 되었도다!"

신하들이 그 까닭을 묻자 위주가 대답했다.

"유현덕은 병법을 모르는구려. 영채를 7백 리나 이어 놓고 어떻게 적을 막는단 말이오? 높은 언덕, 음습한 저지대, 지세가 험준한 곳에 군사를 주둔하는 것은 모두 병법에서 크게 꺼리는 바요. 현덕은 틀림없이 동오의 육손에게 패할 것이오. 분명 열흘 안으로 소식이 올 것이오."

신하들은 그래도 믿지 못하고 모두들 군사를 배치하여 방비하자고 청했다. 위주가 다시 말했다.

"육손이 이기면 반드시 오군을 총동원하여 서천을 치러 갈 것이오. 오군이 멀리 떠나면 나라 안은 텅 비게 될 것인데, 그때 짐이 싸움을 돕겠다는 구실로 군사를 일으켜 세 길로 일제히 진군하면 동오를 얻기란 손바닥에 침 뱉기 만큼이나 쉬울 것이오."

신하들이 모두 절을 하며 탄복했다. 위주는 조인에게 한 부대의 군사를 거느리고 유수濡須로 나아가게 하고 조휴에게는 한 부대의 군사를 거느리고 동구洞□로 나아가게 했으며 조진曹眞에게는 한 부대의 군사를 거느리고 남군으로 나아가게 했다.

"세 길의 군마는 약속한 날짜에 한 자리에 모여 은밀히 동오를 습격하라. 짐이 뒤따라가 친히 후원할 것이다."

이리하여 군사 배치가 정해졌다.

위군이 오를 습격하는 이야기는 접어 두기로 한다. 한편 마량은 동천에 이르러 공명을 만나서 도본을 올리며 말했다.

"지금 영채들을 옮겨 장강을 끼고 가로로 7백 리에 걸쳐 40여 군데의 주둔지를 만들었습니다. 모든 주둔지는 시냇물과 가깝고 삼림이 무성한 곳입니다. 황상께서 이 도본을 승상께 보여 드리라고 하셨습니다."

도본을 살펴본 공명은 상을 내리치면서 괴로운 음성으로 부르짖었다.

"도대체 어떤 자가 주상께 이런 식으로 영채를 세우라고 했단 말인가? 당장 그자의 목을 쳐야겠구나!"

마량이 말했다.

"모두가 주상께서 친히 하신 일이지 다른 사람이 낸 계책이 아닙니다."

공명은 탄식했다.

"아, 한나라의 운수도 끝장나게 되었구나!"

마량이 까닭을 묻자 공명이 대답했다.

"높은 언덕, 음습한 저지대, 지세가 험준한 곳에 군사를 주둔하는 것은 모두 병법에서 크게 꺼리는 바요. 적이 화공을 쓴다면 무슨 수로 구해 내겠소? 더구나 영채를 7백 리씩이나 이어 놓고 어떻게 적을 막는단 말이오? 화가 멀지 않았구려! 육손이 잔뜩 지키고 앉아서 싸우러 나오지 않는 것은 바로 이렇게 되기를 기다린 것이오. 그대는 속히 가서 천자를 뵙고 모든 영채를 옮게 주둔하시라고 말씀드리시오. 이렇게 해서는 아니 되오."

마량이 또 물었다.

"오군이 벌써 이겼으면 어떻게 해야 하겠습니까?"

공명이 대답했다.

"육손은 감히 뒤를 쫓지는 못할 것이니 성도는 걱정 없이 지켜 낼 수 있소."

마량이 다시 물었다.

"육손이 무슨 까닭으로 뒤를 쫓지 못할까요?"

공명이 대답했다.

"위군이 배후를 습격할 게 두렵기 때문이지요. 주상께서 패하시면 백제성으로 들어가서 피하셔야 하오. 내가 서천으로 들어올 때 이미 어복포魚腹浦에 10만의 군사를 매복시켜 두었소."

마량은 크게 놀랐다.

"저는 여러 번 어복포를 지나다녔지만 여태껏 군졸은 단 한 명도

대굉해 그림

본 적이 없소이다. 승상께서는 어찌하여 그런 거짓말을 하십니까?"

공명이 대꾸했다.

"후일 반드시 보게 될 테니 구태여 번거롭게 묻지 마시오."

마량은 표문을 적어 달라고 하여 부리나케 선주의 영채로 달려갔다. 공명은 직접 성도로 돌아가 선주를 구원할 군사를 출동시키기로 했다.

한편 육손은 촉군의 군기가 풀리고 마음이 나태해져서 더 이상 오군의 침공을 방비하지 않는 것을 확인하자 지휘관의 자리에 올라 대소 장수들에게 명령을 내렸다.

"내가 왕명을 받은 이래 아직 한번도 나가 싸우지 않았소. 이제는 촉군의 사정을 충분히 알았으므로 먼저 장강 남안에 있는 영채 하나를 치려 하오. 누가 가서 공격하겠소?"

그 말이 채 끝나기도 전에 한당, 주태, 능통 등이 소리에 맞추어 나섰다.

"우리가 가겠소!"

육손은 그들을 모두 물러서게 하고 유독 계단 아래 있던 말장末將 순우단淳于丹을 불러서 분부했다.

"그대에게 군사 5천을 줄 터이니 장강 남안의 네 번째 영채를 공격하라. 거기는 촉장 부동傅彤이 지키는 곳이다. 오늘밤에 반드시 성공해야 한다. 내가 몸소 군사를 거느리고 후원하겠다."

순우단이 군사를 이끌고 떠났다. 육손은 다시 서성과 정봉을 불러 명령을 내렸다.

"그대들은 각기 3천 명의 군사를 거느리고 영채 밖 5리 되는 곳에 주둔하시오. 순우단이 패하여 돌아오면 추격병이 있을 테니 나가서 구하시오. 그러나 적의 뒤를 쫓아서는 아니 되오."

두 장수는 군사를 이끌고 나갔다.

황혼녘에 군사를 거느리고 진군한 순우단이 촉군 영채에 이르렀을 때는 이미 3경이 지난 뒤였다. 순우단은 군사들에게 북을 치고 고함을 지르게 하며 처들어갔다. 촉군 영채에서는 부동이 군사를 이끌고 돌격해 나와서 창을 꼬나들고 곧바로 순우단에게 달려들었다. 순우단은 당해 내지 못하고 말머리를 돌려 달아났다. 그때 별안간 함성이 크게 진동하며 한 떼의 군사가 퇴로를 막았다. 앞장선 대장은 조융趙融이었다. 순우단은 혈로를 뚫고 달아나느라 군사의 태반을 잃었다.

한창 달아나고 있는데 산 뒤에서 한 떼의 만병蠻兵이 나타나 앞을 가로막았다. 우두머리 장수는 사마가였다. 순우단은 죽기로써 싸워 포위를 뚫었지만 세 갈래의 군사가 뒤를 쫓아왔다. 아군의 영채에서 5리쯤 떨어진 곳에 이르렀을 무렵 오군 장수 서성과 정봉이 양편에서 쇄도했다. 두 장수는 촉군을 물리치고 순우단을 구하여 영채로 돌아왔다.

몸에 화살을 맞은 채 돌아온 순우단이 육손을 만나 벌을 청했다. 육손이 말했다.

"그대의 잘못이 아니다. 내가 적의 허실을 시험해 본 것뿐이다. 나는 이미 촉군을 격파할 계책을 정했다."

서성과 정봉이 한마디 했다.

"촉군의 형세가 워낙 커서 깨뜨리기가 어려울 것 같소이다. 그러다 부질없이 장졸들이나 없앨 뿐이지요."

육손이 웃으며 대꾸했다.

"나의 이번 계책으로 제갈량을 속이지는 못할 것이오. 그런데 천만다행으로 그 사람이 여기 없으니 내가 큰 공을 이루게 되었소."

육손은 마침내 대소 장수들에게 명령을 내렸다. 주연은 수로로 진군하여 다음날 오후 동남풍이 크게 불면 배에 가득 실은 띠를 이용하여 계책대로 움직이고, 한당은 한 부대의 군사를 이끌고 장강의 북쪽 기슭을 공격하며, 주태는 한 부대의 군사를 거느리고 장강의 남쪽 기슭을 공격하라고 했다. 모든 군사는 띠풀 한 다발씩을 준비하되 그 안에 유황과 염초를 숨기고 저마다 창이나 칼을 지니고 일제히 나아가게 했다. 그리하여 촉군 영채에 이르면 바람의 방향을 따라 불을 지르되 촉병의 영채를 하나씩 건너뛰어 40개 중에 20곳에만 불을 지르라고 했다. 또한 모든 군사는 미리 마른 양식을 준비하여 잠시도 물러나지 말고 밤낮으로 추격하여 유비를 사로잡을 때까지 절대로 멈추지 말라고도 했다. 장수들이 모두 군령을 듣고 각자 계책을 받아 길을 떠났다.

이때 선주는 영채에서 한창 오군을 깨뜨릴 계책을 궁리하고 있었는데 별안간 장막 앞의 중군 깃발이 바람도 없는데 저절로 넘어졌다. 선주가 정기에게 물었다.

"이게 무슨 징조인가?"

정기가 대답했다.

"오늘밤에 오군이 영채를 습격하러 오려는 것이 아니겠습니까?"

선주는 콧방귀를 뀌었다.

"간밤에 다 죽여 버렸는데 어찌 감히 다시 온단 말인가?"

정기는 걱정스러웠다.

"만약 어제 일은 육손이 우리를 시험해 본 수작이었다면 어찌하시겠습니까?"

이렇게 이야기를 하고 있는데 사람이 들어와 산 위에서 바라보니 오군들이 모두 산을 따라 동쪽으로 옮겨가더라고 보고했다. 선주는 단언했다.

"이는 위장병이다."

즉시 함부로 움직이지 말라고 영을 내리고 관흥과 장포에게 각기 5백 명의 기병을 이끌고 나가서 순찰하라고 명했다. 서쪽 하늘에 황혼이 내릴 무렵 관흥이 돌아와서 아뢰었다.

"강북의 영채에서 불길이 일어났습니다."

선주는 급히 명령을 내려 관흥은 장강 북쪽으로, 장포는 장강 남쪽으로 가서 허실을 탐지하라고 일렀다.

"만약 오군이 이르면 급히 돌아와 보고하라."

두 장수는 명령을 받들고 떠났다.

초경쯤 되자 갑자기 동남풍이 일어났다. 문득 황제가 거처하는 어영御營의 왼편 주둔지에서 불길이 올랐다. 막 불을 끄려 하는데 이번에는 어영의 오른편 주둔지에서도 불길이 일어났다. 세찬 바람에 사나운 불길은 어느새 우거진 산림으로 옮겨 붙고 고함 소리가 천지에 진동했다. 좌우 두 주둔지의 군사들은 모두 뛰쳐나와 어영을 버려둔 채 달아나고 어영 안에 있던 군사들은 서로가 서로를 짓밟아서 죽는 자가 얼마인지 셀 수도 없을 지경이었다. 뒤에서는 오군이 돌격해 들어오는데 그 숫자 또한 얼마나 되는지 알 길이 없었다. 선주는 급히 말에 올라 풍습의 영채로 달려갔다. 그러나 이때 풍습의 영채에서도 불길이 하늘까지 이어지며 치솟았다. 강남과 강북에 불빛이 비쳐 대낮처럼 훤했다.

허둥지둥 말에 오른 풍습은 기병 수십 명을 이끌고 달아나다가 때마침 들이닥친 서성의 군사와 마주쳤다. 양편 군사는 어우러져 싸움이 붙었다. 이 광경을 본 선주는 말머리를 돌려 서쪽으로 달아났다. 서성은 풍습을 버려둔 채 군사를 이끌고 선주의 뒤를 쫓았다. 선주는 황망해서 어쩔 줄 모를 지경인데 앞에서 또 한 떼의 군사가 길을 가로막았다. 바로 오군 장수 정봉이었다. 정봉과 서성의 군사에게 협공을 당한 선주는 너무나 놀랐다. 사방을 둘러보아도 달아날 길조차 없었다. 이때 별안간 고함 소리가 천지를 진동하며 한 떼의 군마가 겹겹의 포위망을 뚫고 쳐들어왔다. 바로 장포였다. 장포는 선주를 구해 내고는 어림군을 이끌고 바삐 달아났다.

한창 달리고 있는데 앞쪽에서 또 한 떼의 군사가 도달했다. 그는 촉의 장수 부동이었다. 두 장수는 군사를 합쳐 나아갔다. 등 뒤에서는 오군이 쫓아왔다. 앞으로 나아가던 선주는 어느 산 앞에 이르렀다. 그 산의 이름은 마안산馬鞍山이었다. 장포와 부동이 선주를 모시고 산으로 올라가는데 산 아래에서 다시 함성이 일어나며 육손의 대부대 인마가 산을 완전히 에워싸 버렸다. 장포와 부동은 죽기로써 싸우며 산으로 올라오는 길목을 막았다. 선주가 멀리 바라보니 온 들판에 불빛이 줄을 이었고 죽어 나자빠진 시체는 겹겹이 쌓여 강물을 가득 메운 채 떠내려가고 있었다.

이튿날 오군은 또 사방으로 산에다 불을 질렀다. 불길과 연기에 놀란 군사들은 이리저리 달아나고 선주도 놀라 어쩔 줄을 몰랐다. 그때 별안간 불빛 속에서 한 장수가 몇 명의 기병을 이끌고 산 위로 치달아 올라왔다. 바로 관흥이었다. 관흥이 땅에 엎드리며 청했다.

"사방에서 불빛이 조여들고 있으니 오래 머무를 수 없습니다. 폐하께서는 속히 백제성으로 피하시어 다시 군마를 수습하소서."

선주가 물었다.

"누가 뒤를 차단하겠는가?"

부동이 아뢰었다.

"신이 죽기로써 오군을 막겠사옵니다!"

이날 황혼녘이었다. 관흥이 앞장서고 장포는 가운데를 맡고 부동
은 남아서 뒤를 끊기로 하여 선주를 보호하며 산 아래로 쳐 내려갔
다. 선주가 바삐 달아나는 광경을 본 오군은 서로 먼저 공을 세우려
고 다투었다. 장수들이 제각기 대군을 이끌고 서쪽을 향하여 선주를
추격하니 깃발이 하늘을 가리고 군마는 땅을 뒤
덮었다. 선주는 군사들에게 전포와 갑옷을 모
조리 벗어 길 위에다 쌓아 놓고 불을 질러 뒤
쫓는 군사를 차단하게 했다. 정신없이 달아
나고 있는데 다시 함성이 크게 진동했다.
오군 장수 주연이 한 부대의 군사를 거느
리고 강기슭으로부터 쏟아져 나오더
니 앞길을 가로막았다. 선주가 부르
짖었다.

"짐은 여기서 죽는구나!"

관흥과 장포가 말을 달려 부딪쳐
보았으나 어지러이 날아오는 화살에
막혀 되돌아오고 말았다. 그 바람에 둘
다 심한 부상을 당해 길을 뚫고 나가지 못
했다. 이때 등 뒤에서 다시 함성이 일어나

며 육손이 이끄는 대군이 산골짜기에서 쏟아져 나왔다.

선주가 당황하여 어쩔 줄 모르고 있는데 어느덧 동녘이 뿌옇게 밝아 오기 시작했다. 이때 문득 앞쪽에서 고함 소리가 천지를 진동하더니 주연의 군사들이 분분히 냇물로 떨어지는가 하면 바위 아래로 데굴데굴 굴러 내렸다. 한 무리의 군사가 오군 속으로 뛰어들어 선주의 어가를 구하러 왔다. 선주가 크게 기뻐하며 살펴보니 그는 바로 상산 조자룡이었다. 그때 조운은 서천 강주江州에 있었는데 오군과 촉군의 전투가 벌어졌다는 소식을 듣고 바로 군사를 이끌고 달려 나왔다. 그런데 별안간 동남쪽 일대에서 불빛이 하늘로 솟구치는 걸 보고 깜짝 놀라 멀리 나가 살펴보니 뜻밖에도 선주가 궁지에 빠져 있었으므로 용맹을 떨쳐 적진 속을 뚫고 들어온 것이었다. 육손은 조운이 왔다는 말을 듣고 급히 군사들을 퇴각시켰다.

정신없이 적군을 무찌르던 조운은 홀연 주연과 맞닥뜨려 즉시 맞붙게 되었다. 단창에 주연을 찔러 말 아래로 거꾸러뜨린 조운은 오군을 흩어 버리고 선주를 구해 내어 백제성을 바라고 달아났다. 선주가 물었다.

"짐은 비록 위험을 벗어났으나 여러 장졸들은 어찌한단 말이오?"

조운이 대답했다.

"적병이 뒤에 있으니 오래 지체할 수 없습니다. 폐하께서는 우선 백제성에 들어가서서 쉬십시오. 신이 다시 군사를 이끌고 가서 다른 장수들을 구하겠습니다."

이때 선주는 겨우 1백여 명만 거느린 채 백제성으로 들어갔다. 후세 사람이 시를 지어 육손을 칭찬했다.

창 들고 불 지르며 7백 리 영채 깨뜨리니 /
현덕은 궁지에 몰려 백제성으로 달아나네. //
하루아침에 그 위명 촉과 위 놀라게 하니 /
오왕이 어찌 서생을 공경하지 않으리오.
持矛擧火破連營, 玄德窮奔白帝城. 一旦威名驚蜀魏, 吳王寧不敬書生.

한편 남아서 뒤를 끊고 있던 부동은 오군에게 사면팔방으로 포위되었다. 정봉이 큰소리로 외쳤다.

"서천 군사는 죽은 자가 헤아릴 수 없고 항복한 자도 지극히 많다. 더구나 네 주인 유비도 벌써 우리에게 사로잡혔다. 이제 너는 힘이 다하고 형세도 외로워졌거늘 어째서 속히 항복하지 않느냐?"

부동이 꾸짖었다.

"나는 한나라의 장수이거늘 어찌 오의 개들에게 항복한단 말이냐?"

부동은 창을 꼬나들고 말을 달리며 촉군을 인솔하여 힘을 다해 싸웠다. 죽기를 무릅쓰고 1백 합을 넘기며 이리 받고 저리 쳤지만 끝내 포위망을 벗어날 수가 없었다. 부동이 길게 탄식했다.

"나도 이제 끝장이로구나!"

말을 마친 그는 입으로 피를 토하며 오군의 포위망 가운데서 전사하고 말았다. 후세 사람이 부동을 찬양한 시를 지었다.

이릉에서 오와 촉이 큰 싸움 벌이는데 /
육손이 계략으로 불을 질러 다 태우네. //
죽음 앞에서도 여전히 오나라 개라 욕하니 /

부동은 한나라 장수로 부끄럽지 않구나.

彝陵吳蜀大交兵, 陸遜施謀用火焚. 至死猶然罵吳狗, 傅彤不愧漢將軍.

촉의 좨주祭酒 정기는 필마단기로 강변에 이르러 수군들을 불러 적과 싸우려 했다. 그러나 오군이 뒤쫓아 오자 수군들은 사방으로 뿔뿔이 흩어져 달아나 버렸다. 정기 수하의 장수가 외쳤다.

"오군이 들이닥쳤습니다! 정좨주께선 빨리 달아나십시오!"

정기는 분노했다.

"나는 주상을 모시고 출전한 이래 여태껏 한번도 적 앞에서 달아난 적이 없도다!"

말이 미처 끝나기도 전에 오군이 몰려들었다. 사방 어느 쪽으로도 나갈 길이 없게 되자 정기는 검을 뽑아 스스로 목을 벴다. 후세 사람이 시를 지어 찬양했다.

대단하구나 촉나라의 정좨주어 /
몸에 지닌 검으로 군왕께 보답했네. //
위기에 처해서도 평생의 뜻 안 바꾸니 /
향기로운 명성이 만고에 전해지네.

慷慨蜀中程祭酒, 身留一劍答君王. 臨危不改平生志, 博得聲名萬古香.

이때 오반과 장남은 이릉성을 오랫동안 포위하고 있었는데 별안간 풍습이 달려와 촉군이 패했다고 알려 주었다. 그들은 즉시 군사를 이끌고 선주를 구하러 갔다. 그 덕에 손환은 간신히 위험에서 벗어나게 되었다. 장남과 풍습이 한창 길을 가고 있는데 앞쪽에서는 오군들이 몰려오고 등 뒤에서는 손환의 군사가 이릉성에서 쏟아져 나왔다. 그들은 앞뒤로 협공을 받게 되었다. 장남과 풍습은 힘을 다해 들이 쳤지만 위기를 벗어나지 못하고 마침내 어지러운 군사들 속에서 전사하고 말았다. 후세 사람이 시를 지어 찬탄했다.

풍습 만한 충신은 세상에 둘이 없고 /
장남 같은 의리도 짝을 찾기 어렵네. //
모래톱에서 싸우다 기꺼이 전사하니 /
청사에 나란히 꽃다운 이름 전하네.
馮習忠無二, 張南義少雙. 沙場甘戰死, 史册共流芳.

오반은 가까스로 겹겹이 둘러싼 포위망을 뚫고 나왔으나 또다시 오군의 추격을 받게 되었는데 다행히 조운이 적시에 구해 주어 백제 성으로 돌아갔다. 이때 만왕 사마가는 필마단기로 바삐 달아나다가 마침 주태와 마주쳤다. 사마가는 20여 합을 싸웠으나 마침내 주태의 손에 목숨을 잃고 말았다. 촉장 두로杜路와 유녕劉寧은 오군에게 항복해 버렸다. 이 싸움으로 인해 촉군 진영에서는 식량과 말먹이 풀은 물론 무기 하나도 남은 것이 없었고 항복한 촉장과 천군川軍도 수를 헤아릴 수 없었다.

당시 손부인은 오에 있었는데 촉군이 효정에서 패하는 바람에 선주가 군중에서 목숨을 잃었다는 와전된 소문을 들었다. 수레를 몰아 강변에 이른 그녀는 멀리 서쪽을 바라보며 통곡하다가 장강에 뛰어들어 목숨을 끊었다. 후세 사람이 강변에 사당을 세우고 효희사梟姬 祠라 불렀다. 말하기 좋아하는 사람이 시를 지어 탄식했다.

선주는 군사들과 백제성으로 돌아갔는데 /

부인은 조난 소식에 홀로 목숨을 끊었네. //

지금도 강가에는 기리는 사당 남아 있어 /

천추의 열녀라는 명성 여전히 드날리네.

先主兵歸白帝城, 夫人聞難獨捐生. 至今江畔遺碑在, 猶著千秋烈女名.

한편 대승을 거둔 육손은 승리한 군사를 이끌고 서쪽으로 촉군의 뒤를 추격했다. 기관夔關에서 그리 멀지 않은 곳에 이르렀을 때였다.

마진성 그림

말 위에서 앞을 바라보니 강과 맞닿은 산기슭에서 한 무더기 살기가 하늘을 찌르며 솟아올랐다. 육손은 고삐를 당겨 말을 멈추고 장수들을 돌아보며 경고했다.

"저 앞에 적군이 매복하고 있으니 삼군은 섣불리 전진하지 말라."

즉시 10여 리나 군사를 물려 넓게 트인 곳에 진을 벌이고 적군을 막을 채비를 했다. 이어 정찰병을 보내어 상황을 살펴보게 했다. 정찰병이 돌아와서 그곳에 주둔한 적은 찾아볼 수 없다고 보고했다. 육손은 믿을 수가 없어 직접 말에서 내려 높은 곳에 올라가 조금 전의 그곳을 바라보는데 살기가 다시 일어났다. 육손은 다시 사람을 보내 자세히 살피게 했다. 그러나 정찰병은 돌아와서 앞쪽에는 사람 하나 말 한 필 없더라고 보고했다.

그러나 육손이 다시 바라보니 해가 기울면서 살기는 더욱 강해졌다. 어찌하면 좋을지 몰라 머뭇거리던 육손은 심복을 시켜 다시 가서 살펴보게 했다. 심복이 돌아와서 강변에는 크고 작은 돌무더기 8.90개가 어지럽게 쌓여 있을 뿐 사람이나 말은 전혀 보이지 않는다고 보고했다. 더럭 의심이 든 육손은 그 지역에 사는 토착민을 찾아서 물어보기로 했다. 얼마 지나지 않아 토착민 몇 명이 불려 왔다. 육손이 물었다.

"누가 어지러운 돌무더기를 만들었느냐? 어째서 돌무더기 속에서 살기가 뻗치는 것이냐?"

토착민들이 대답했다.

"이 고장은 어복포라는 곳입니다. 제갈량이 서천으로 들어갈 때 군사를 거느리고 이곳에 이르더니 모래톱으로 돌을 날라다가 진의 형세를 벌여 놓았습니다. 그때부터 그 안에서 늘 구름 같은 기운이 일어나고 있습니다.”

말을 듣고 난 육손은 말에 올라 수십 명의 기병을 이끌고 석진石陣을 보러 나섰다. 산비탈에 말을 세워 놓고 바라보니 석진에는 사면팔방으로 모두 문이 트여 있었다. 육손은 실소를 금치 못했다.

“이는 사람을 홀리려는 술수일 뿐 아무짝에도 쓸모없는 것들이야!”

그리고는 기병 몇을 거느리고 산비탈을 내려가서 곧바로 석진 안으로 들어가 살펴보았다. 수하의 장수가 말했다.

“날이 저물었습니다. 도독께서는 속히 돌아가시지요.”

육손이 막 진을 나오려는데 별안간 광풍이 크게 일어나더니 삽시간에 모래가 날고 돌덩이가 구르면서 하늘을 가리고 땅을 뒤덮었다. 눈에 보이는 돌무더기 괴석들은 뼈죽뼈죽 날이 서서 마치 창검을 세운 듯하고 가로누운 모래와 곧추선 흙더미가 육중한 산처럼 겹쳐졌다. 게다가 부글거리며 용솟음쳐 오르는 강물 소리는 흡사 북을 두드리고 창검이 부딪는 소리 같았다.

육손은 대경실색했다.

“내가 제갈량의 계책에 걸려들었구나!”

급히 되돌아 나오려 했지만 나갈 길이 없었다. 한창 놀라고 의심스러워하고 있는데, 문득 한 노인이 나타나더니 육손의 말 앞에 서서 웃으며 물었다.

“장군께선 이 진에서 빠져나가려 하시오?”

육손이 부탁했다.

“어르신께서 나갈 수 있도록 인도해 주십시오.”

노인은 지팡이를 짚고 천천히 걸음을 옮기는데 아무런 장애도 없이 가볍게 석진을 벗어나 산비탈 위까지 전송해 주었다. 육손이 물었다.

"어르신은 누구십니까?"

노인이 대답했다.

"이 늙은이는 바로 제갈공명의 장인 황승언黃承彦이라 하오. 지난날 내 사위가 서천으로 들어갈 때 이곳에 석진을 벌여 놓았는데 이름하여 팔진도八陣圖라 하오. 여덟 개의 문이 둔갑법遁甲法의 휴休,

주지굉 그림

생生, 상傷, 두杜, 경景, 사死, 경驚, 개開에 따라 반복되는데 날마다 시간마다 끊임없이 변화하므로 가히 10만의 정예 군사에 견줄 만하오. 사위가 떠날 때 이 늙은이에게 '훗날 동오의 대장이 이 진중에서 길을 잃는 일이 있을 것인데 나갈 길을 일러 주지 말라'고 당부했소. 이 늙은이가 마침 산상의 바위에서 장군이 사문死門으로 들어가는 것을 보고 이 진법을 모르므로 필시 길을 잃을 것이라 짐작했소이다. 이 늙은이는 평생 착한 일 하기를 좋아하므로 이곳에 빠진 장군을 차마 두고 볼 수가 없어 특별히 생문生門으로 나오도록 인도한 것이외다."

육손이 물었다.

"어르신께선 이 진법을 배우셨습니까?"

황승언이 대답했다.

"변화가 무궁해서 다 배우지는 못했소이다."

육손은 황망히 말에서 내려 노인에게 절을 올려 사의를 표하고 돌아갔다. 훗날 두공부杜工部(당나라 시인 두보杜甫)가 시를 지었다.

혁혁한 그 공적은 세 나라를 뒤덮고 /
드높은 명성은 팔진도에서 이루었네. //
강물은 흘러도 돌무더기 변치 않으니 /
오를 삼키지 못한 일 한으로 남았네.
功蓋三分國, 名成八陣圖. 江流石不轉, 遺恨失吞吳.

육손은 영채로 돌아와 탄식했다.

"공명은 참으로 와룡臥龍이로다! 나의 능력으론 도저히 미칠 수

2036

가 없구나!"

그러고는 즉시 회군 명령을 내렸다. 곁에 있던 장수들이 물었다.

"유비가 싸움에 패하고 형세가 궁해져 겨우 작은 성 하나를 지키고 있으니 지금이야말로 기세를 타고 몰아칠 기회입니다. 그런데 지금 석진 따위를 보고 물러가시다니 어찌된 일입니까?"

육손이 대답했다.

"나는 석진을 두려워하여 물러가는 게 아니오. 내가 헤아리건대 위주 조비는 그 간교한 속임수가 제 아비와 다를 게 없소. 내가 촉군을 뒤쫓는 걸 알면 틀림없이 우리의 빈틈을 노려 습격할 것이오. 서천으로 깊숙이 들어갔다가는 급히 물러나기가 어렵게 될 것이오."

육손은 즉시 한 장수에게 뒤를 차단하게 하고 대군을 인솔하여 돌아갔다. 육손이 군사를 물린 지 이틀이 못 되어 세 군데로부터 급보가 날아들었다.

"위군이 움직이고 있습니다. 조인은 유수로 나오고 조휴는 동구로 나오며 조진은 남군으로 나오는데 세 길의 군마 수십만 명이 밤낮을 가리지 않고 우리의 접경 지역으로 몰려들고 있습니다. 무슨 뜻인지 모르겠습니다."

육손이 웃으며 말했다.

"나의 짐작을 벗어나지

못하는구나. 하지만 내 이미 군사들을 시켜 그들을 막게 했노라.”

이야말로 다음 대구와 같다.

웅대한 포부 바야흐로 서촉을 삼키려 했으나 /

이기려면 역시 북쪽의 위군을 막아야 하네.

雄心方欲呑西蜀　勝算還須御北朝

육손은 어떻게 위군을 물리칠 것인가, 다음 회를 보라.

85

백제성

유선주는 조서 남겨 고아를 부탁하고
제갈량은 편안히 앉아 다섯 길 군사를 평정하다
劉先主遺詔托孤兒 諸葛亮安居平五路

장무章武 2년(222년) 여름 6월, 동오의 육손은 효정과 이릉 지역에서 촉군을 크게 깨뜨렸다. 선주는 바삐 달아나 백제성으로 들어가고 조운이 군사를 이끌고 성을 지켰다. 그때 마량이 당도하여 대군이 패한 걸 알고 후회했지만 어쩔 수 없었다. 마량은 선주에게 공명의 말을 아뢰었다. 선주는 한숨을 쉬었다.

"짐이 진작 승상의 말을 들었으면 오늘 같은 참담한 패배는 없었을 텐데! 이제 무슨 면목으로 성도로 돌아가 신하들을 본단 말인가?"

선주는 백제성에 주둔하기로 하고 역관을 고쳐 영안궁永安宮이라고 했다. 풍습, 장남, 부동, 정기, 사마가 등이 모두 이번 전투에서 전사했다는 보고가 들어왔다. 선주는 그지없이 슬퍼했다. 근신이 또 아뢰었다.

"황권이 강북의 군사들을 이끌고 위나라에 항복했습니다. 폐하께서는 그의 가솔을 법관에게 맡겨 죄를 묻도록 하소서."

선주가 말했다.

"황권은 장강 북쪽에서 오군에게 길이 끊겼으니 돌아오고 싶어도 돌아올 길이 없었다. 그래서 어쩔 수 없이 위나라에 항복했을 것이다. 이는 짐이 황권을 저버린 것이지 황권이 짐을 저버린 것이 아니다. 어찌 그의 가솔을 처벌한단 말인가?"

선주는 황권의 가솔에게 여전히 녹봉을 지급하여 먹고살게 했다.

한편 황권이 위나라에 항복하자 장수들이 그를 인도하여 조비를 배알하게 했다. 조비가 물었다.

"경이 지금 짐에게 항복하는 것은 진평陳平과 한신韓信의 옛 일*을 따르려 함인가?"

황권이 눈물을 흘리며 아뢰었다.

"신은 촉제蜀帝의 은혜를 입고 특별히 두터운 대우를 받았습니다. 어명을 받들어 강북의 군사들을 통솔하고 있다가 육손에게 길을 끊기고 말았습니다. 촉으로는 돌아갈 길이 없고 오에 항복하는 건 가당치 않은 일이기로 하는 수 없이 폐하께 투항하는 것입니다. 싸움에 패한 장수가 죽음을 면한 것만 해도 다행이거늘 어찌 감히 옛사람의 일을 따른다 하오리까?"

이 말을 들은 조비는 크게 기뻐하며 즉시 황권을 진남장군鎭南將軍으로 임명했다. 황권은 기어이 사양하며 받지 않았다. 이때 근신

---

*진평과 한신의 옛일 | 진평과 한신은 원래 모두 항우의 신하였으나 항우를 버리고 유방의 신하가 되어 천하 통일에 기여하고 한나라의 건국 공신이 되었다.

이 아뢰었다.

"촉에서 온 첩자의 보고에 따르면 촉주가 황권의 가솔을 모조리 붙잡아서 목을 잘랐다 하옵니다."

황권이 말했다.

"신과 촉주는 서로 진심을 다해 믿는 사이입니다. 촉주께서 신의 본심을 아신다면 반드시 신의 가족들을 죽이지는 않을 것입니다."

조비는 그 말을 옳게 여겼다. 후세 사람이 시를 지어 황권을 나무랐다.

오에 항복할 수 없어 위에 항복하다니 /
충의의 신하가 어찌 두 임금 섬길쏜가! //
황권이 목숨 아낀 건 한탄스런 일이니 /
자양선생께서 가벼이 용서치 않으리라.
降吳不可却降曹, 忠義安能事兩朝!
堪嘆黃權惜一死, 紫陽書法不輕饒.

조비가 가후에게 물었다.

"짐이 천하를 통일하려면 촉을 먼저 쳐야 하오 오를 먼저 쳐야 하오?"

가후가 대답했다.

"유비는 웅재를 가진 데다 나라를 잘 다스리는 제갈량 같은 신하까지 두었습니다. 동오의 손권은 능히 허와 실을 꿰뚫어 보고 육손은 군사를 험한 요충에 주둔시킨 데다 강과 호수를 사이에 두고 있습니다. 그러니 둘 다 섣불리 공략하기는 어렵습니다. 신이 보기에는 우리 장수들 중에는 손권과 유비의 적수가 될 자가 아무도 없습니다. 비록 폐하의 하늘같으신 위엄으로 직접 가신다 하더라도 반드시 이길 가망은 아직 없을 듯합니다. 오직 이대로 굳게 지키고 계시면서 두 나라에 변화가 생기기를 기다리셔야 합니다."

조비가 말했다.

"짐이 이미 오를 정벌하기 위해 세 길로 대군을 파견했는데 오를 이기지 못할 리가 있겠소?"

상서 유엽이 아뢰었다.

"근자에 동오의 육손이 새로 촉군 70만을 깨뜨리고 상하가 합심하게 되었으며 게다가 강과 호수라는 험한 장벽이 가로막고 있어 빠른 시일 안에 제어할 수는 없습니다. 더욱이 육손은 꾀가 많으니 반드시 대비가 있을 것입니다."

조비가 물었다.

"경은 전에는 짐더러 오를 정벌하라고 권하더니 지금 와선 또 그 일을 막으니 어찌된 일이오?"

유엽이 대답했다.

"상황이 다르기 때문입니다. 전에는 동오가 촉에게 여러 차례 패하여 그 세력이 꺾였으므로 칠 수 있었습니다. 그러나 지금은 이미 완전한 승리를 거두어 기세가 백배나 날카로워져 있으니 공격해서는 안 된다는 것입니다."

조비가 말을 끊었다.

"짐의 뜻은 이미 결정했으니 경은 더 이상 말하지 마시오."

조비는 마침내 어림군을 이끌고 친히 세 길의 군사를 후원하러 나섰다. 어느새 척후병이 달려와 동오에서는 이미 싸울 준비를 끝내고 있다고 보고했다. 손권이 여범에게는 군사를 거느리고 조휴를 막고, 제갈근에게는 군사를 이끌고 남군에서 조진을 막으며, 주환朱桓에게는 군사를 거느리고 유수를 지키면서 조인을 막도록 했다는 것이었다. 유엽이 다시 간했다.

"동오에서 이미 대비를 하고 있다면 가시더라도 득 될 일이 없을 것입니다."

조비는 그 말을 듣지 않고 군사를 이끌고 길을 떠났다.

한편 동오의 장수 주환은 이때 나이 겨우 27세였지만 담력이 지극히 크고 지략이 많아 손권이 몹시 아꼈다. 당시 유수에서 군사를 통솔하고 있던 주환은 조인이 대군을 이끌고 선계羨溪를 치러 간다는 말을 듣고 모든 군사를 동원하여 선계를 지키러 보내고 유수에는 단지 5천 명의 기병만 남겨 성을 지켰다. 그런데 조인의 명령을 받은 대장 상조常雕가 제갈건諸葛虔, 왕쌍王雙과 함께 정예 군사 5만 명을 이끌고 나는 듯이 유수성으로 달려온다는 급보가 들어왔다. 장병들의 얼굴에는 모두 두려운 기색이 나타났다. 주환은 검을 틀어쥐며 단호한 어조로 말했다.

"이기고 지는 것은 장수의 능력에 달린 일이지 군사가 많고 적은 데 달린 것이 아니다. 병법에 수비하는 군사가 공격하는 군사의 반만 되어도 물리칠 수 있다고 했다. 지금 조인은 천리 길을 달려오느라 사람과 말이 모두 피곤할 것이다. 그러나 나는 너희들과 함께 높은 성을 차지하고 남으로는 장강을 굽어보며 북으로는 험한 산을 등지고 편안히 앉아서 피곤한 적을 기다리고 있다. 또한 우리는 성을 지키면서 공격하러 오는 군사를 기다리고 있으니 이는 백전백승의 형세이다. 비록 조비가 직접 와도 근심할 것이 없거늘 하물며 조인

따위이겠느냐?"

그는 군사들에게 깃발을 감추고 북소리를 죽여 지키는 사람이 하나도 없는 것처럼 보이게 하라고 명령했다.

이때 위군의 선봉 상조가 정예 군사를 거느리고 유수성을 공격하러 왔다. 상조가 멀리서 바라보니 성 위에는 군사라곤 한 명도 보이지 않았다. 상조는 군사를 재촉해서 급히 전진했다. 성에서 멀지 않은 곳까지 이르렀을 때 '쾅!' 하는 포 소리와 함께 깃발들이 일제히 일어서고, 주환이 대도를 가로들고 나는 듯이 말을 달려 나오더니 곧바로 상조에게 덤벼들었다. 불과 3합도 싸우지 않아서 주환은 단칼에 상조를 베어 말 아래로 거꾸러뜨렸다. 오군들이 이긴 기세를 타고 한바탕 세차게 들이치자 위군은 크게 패하여 죽은 자를 헤아릴 수 없을 지경이 되었다. 대승한 주환은 무수한 정기와 병기며 전마들을 얻었다. 조인이 군사를 거느리고 뒤이어 당도했으나 오군이 선계로부터 쏟아져 나왔다. 크게 패한 조인이 위주에게 돌아가서 싸움에 패한 사실을 자세히 아뢰었다. 크게 놀란 조비가 대책을 상의하고 있는데 갑자기 정찰병이 보고를 올렸다.

"조진과 하후상이 남군을 포위했으나 안에 매복한 육손의 군사와 밖에 매복한 제갈건의 군사가 안팎으로 협공하는 바람에 대패하고 말았습니다."

그 말이 미처 끝나기도 전에 또 다른 정찰병이 달려와 보고를 올렸다.

"조휴 역시 여범에게 패하고 말았습니다."

세 길로 보낸 군사들이 모두 패했다는 말을 듣고 조비는 탄식하며 말했다.

"짐이 가후와 유엽의 말을 듣지 않다가 결국 이렇게 패하고 말았구나!"

때는 마침 여름이라 역병疫病이 크게 돌아 보병과 기병이 열에 예닐곱이나 죽어 가는 형편이었다. 마침내 조비는 군사를 이끌고 낙양으로 돌아갔다. 오와 위는 이로부터 다시 사이가 좋지 않게 되었다.

한편 영안궁에 있던 선주는 병이 들어 일어나지 못하고 날이 갈수록 병세가 심해졌다. 장무 3년(223년) 여름 4월에 이르자 선주는 병이 온몸에 퍼진 것을 스스로 알게 되었다. 더욱이 관우와 장비 두 아우를 잊지 못해 통곡하느라 병은 더욱 위중해졌다. 두 눈이 흐릿해지고 시중드는 자들마저도 보기가 귀찮아졌다. 좌우의 측근들을 꾸짖어 물리치고 홀로 침상에 누워 있는데, 느닷없이 음산한 바람이 몰아치더니 등불이 펄럭이며 가무러지다가 다시 밝아졌다. 문득 등불 그림자 아래 두 사람이 시립한 모습이 보였다. 선주는 화가 났다.

"짐이 심사가 편치 못하여 잠시 물러나 있으라고 일렀거늘 무슨 까닭으로 다시 왔느냐?"

그러나 꾸지람을 듣고도 그들은 물러가지 않았다. 선주가 몸을 일으켜 자세히 살펴보니 왼편에 선 사람은 운장이요 오른편에 선 사람은 익덕이었다. 선주는 깜짝 놀라 부르짖었다.

"두 아우가 아직 살아 있었단 말인가?"

운장이 대답했다.

"신들은 사람이 아니라 귀신입니다. 상제上帝께서 우리 두 사람이 평생 신의를 잃지 않았다 하여 칙명을 내려 저희들을 신령으로 삼으셨습니다. 형님이 아우들과 함께 모일 날이 멀지 않았습니다."

선주는 두 사람을 붙들고 목 놓아 울었다. 그러다 놀라 깨어 보니 두 아우가 보이지 않았다. 시종을 불러 물어보니 때는 바로 3경이었다. 선주는 한숨을 쉬었다.

"짐이 인간 세상에 머물 날도 머지않았구나!"

선주는 사자를 성도로 보내 승상 제갈량과 상서령 이엄을 비롯한 중신들에게 밤낮을 가리지 말고 영안궁으로 달려와서 유명遺命을 받들라고 전했다. 공명을 비롯한 중신들은 태자 유선을 남겨 성도를 지키게 하고 선주의 둘째 아들 노왕魯王 유영劉永, 셋째 아들 양왕梁王 유리劉理와 함께 영안궁으로 황제를 뵈러 왔다.

영안궁에 이른 공명은 선주의 병이 위중한 것을 보고 황망히 침상 아래 엎드려 절을 올렸다. 선주는 공명을 침상 곁에 앉히고 손으로 그의 등을 어루만지며 말했다.

"짐은 승상을 얻고 나서 다행히 제업帝業을 이루었소. 허나 지혜와 식견이 얕아서 승상의 말을 듣지 않다가 스스로 패전을 자초할 줄이야 어찌 알았겠소? 그 일이 후회되고 한스러워 병이 들더니 이제는 목숨이 아침저녁에 달리게 되었구려. 태자가 나약하기 이를 데 없어 대사를 부득이 승상에게 부탁하려 하오."

말을 마친 선주의 얼굴에는 눈물이 비 오듯 흘러내렸다. 공명 또한 흐느껴 울며 아뢰었다.

"폐하께서는 용체를 잘 보전하시어 천하 사람들의 소망에 부응하여 주소서!"

선주가 눈을 들어 두루 살펴보니 마량의 아우 마속馬謖이 곁에 있는 게 보였다. 선주는 마속과 신하들을 잠시 물러가라고 분부했다.

진전승 그림

대광해 그림

마속이 물러나자 선주가 공명에게 물었다.

"승상이 살피건대 마속의 재주는 어떻다고 보오?"

공명이 대답했다.

"이 사람 또한 당대의 영재英才입니다."

선주가 손을 저었다.

"그렇지 않소. 짐이 이 사람을 살펴보건대 말이 실제보다 지나치므로 크게 쓸 인물이 아니오. 승상은 깊이 살펴야 할 것이오."

분부를 마친 선주는 모든 신하를 전각 안으로 불러들였다. 그리고는 종이와 붓을 가져오게 하여 마지막 조서를 써서 공명에게 건네주며 탄식했다.

"짐은 책을 많이 읽지 않았지만 큰 모략을 대강은 알고 있소. 성인께서 '새는 죽을 때가 되면 울음이 슬프고 사람은 죽을 때가 되면 말이 착하다'고 했소. 짐은 본래 경들과 함께 역적 조조를 멸하여 한나라 황실을 붙들어 세우려 했는데 불행히도 중도에서 헤어지게 되었구려. 수고스럽지만 승상께서는 이 조서를 태자 선禪에게 전하여 깊이 명심하도록 해주시오. 무릇 모든 일에서 승상이 그를 잘 가르쳐주기를 거듭 부탁하오."

공명을 비롯한 신하들은 눈물을 흘리며 땅에 엎드려 절을 올렸다.

"폐하께서는 용체를 편히 쉬시옵소서! 신들이 견마지로를 다하여 폐하께서 신들을 알아주시고 두터이 대해 주신 은혜에 보답하겠나이다."

선주는 내시에게 분부하여 공명을 부축해 일으키게 하고선 한 손으로는 눈물을 훔치면서 다른 한 손으로는 공명의 손을 잡은 채 말했다.

"짐은 이제 곧 죽을 것이오. 그런데 마음속에 전하고 싶은 말이 있소."

공명이 물었다.

"무슨 말씀이 있으시옵니까?"

선주는 눈물을 뿌리며 입을 열었다.

"그대의 재주는 조비보다 열 배나 나으니 반드시 나라를 안정시키고 마침내 대사를 이룰 것이오. 만약 짐의 아들을 도울 만하면 돕되 그럴 만한 그릇이 못 되거든 그대가 스스로 성도의 주인이 되어주시오."

이 말을 들은 공명은 온몸에 식은땀이 흐르고 손발이 떨려 어떻게 해야 좋을지 알 수가 없을 지경이었다. 그는 눈물을 흘리며 땅에 엎드려 절을 올렸다.

"신이 어찌 폐하의 팔다리가 되어 힘을 다하고 충정忠貞의 절개를 다 바쳐 죽음으로써 대를 이어 충성을 바치지 아니하오리까?"

공명은 말을 마치자 머리를 땅에 짓찧어 이마에서 피가 흘렀다. 선주는 다시 공명을 침상 위에 앉히고 노왕 유영과 양왕 유리를 가까이 오라고 불러서 그들에게 분부했다.

"너희는 짐의 말을 명심하라. 짐이 죽고 나면 너희 형제 세 사람은 모두가 승상을 아비처럼 모셔서 조금도 태만하지 말라."

분부를 마친 선주는 즉시 두 왕에게 명하여 공명에게 절을 올리도록 했다. 두 왕이 절을 올리자 공명이 말했다.

"신이 비록 간과 뇌수를 땅에 바른다 할지라도 어찌 능히 폐하의 지우지은知遇之恩에 보답할 수 있겠나이까?"

선주는 관원들에게 말했다.

"짐은 이미 승상에게 자식들을 부탁했고 자식들에게도 승상을 부친으로 섬기라고 했소. 경들도 태만하여 짐의 소망을 저버리는 일이 없도록 하시오."

그리고 또 조운에게 부탁했다.

"짐은 경과 환난 가운데서 서로 만나 오늘날까지 함께 지내 왔는데 뜻밖에도 여기서 작별을 고하게 되었구려. 경은 부디 짐과의 오랜 교분을 생각해서 아침저녁으로 내 자식을 돌보아 짐이 한 말을 저버리는 일이 없도록 해주시오."

조운은 눈물을 흘리며 절을 올렸다.

"신이 어찌 감히 견마지로를 다하지 않겠나이까?"

선주는 다시 모든 관원들에게 분부했다.

"짐이 경들 모두에게 일일이 부탁하지는 못하거니와 바라건대 모두가 자중자애自重自愛하시오."

말을 마치고 숨을 거두니 나이는 63세였다. 때는 장무 3년(223년) 여름 4월 24일이었다. 뒷날 당나라 시인 두공부杜工部(두보)가 시를 지어 탄식했다.

촉 임금 오를 치러 삼협으로 향하더니 /
붕어하던 그해 역시 영안궁에 있었네. //
황제 깃발 상상하니 빈산 밖에 펄럭이고 /
옥 궁전 사라지고 험한 절간 들어섰네.

유비 사당 전나무엔 학이 둥지 틀고 /
해마다 복랍에는 촌 노인들 달려오네. //

무후 사당 언제나 가까이 붙어 있어 /
군신이 한 몸으로 제사도 같이 받네.

蜀主窺吳向三峽, 崩年亦在永安宮. 翠華想象空山外, 玉殿虛無野寺中.

古廟杉松巢水鶴, 歲時伏臘走村翁. 武侯祠屋長隣近, 一體君臣祭祀同.

선주가 세상을 떠나자 문무 관료들은 모두가 애통해 마지않았다. 공명은 모든 관원들을 거느리고 황제의 관을 모시고 성도로 돌아갔다. 태자 유선이 성에서 나와 영구를 영접하여 정전正殿 안에 모셨다. 곡을 하며 예를 마친 다음 선주가 임종 시에 남긴 조서를 펴서 읽었다. 조서의 내용은 다음과 같았다.

짐이 처음 병을 얻었을 때는 그저 설사병일 뿐이었다. 그러나 차차 잡다한 병으로 전이되어 마침내 위태로워져 스스로 고칠 수 없게 되었다. 짐이 듣건대 '사람 나이 쉰이면 요절이라 할 수 없다' 했거늘 지금 짐의 나이 예순 하고 나머지가 있으니 죽은들 무슨 여한이 있겠는가? 다만 너희 형제의 일이 마음에 걸릴 따름이라. 힘쓰고 또 힘쓰도록 하라! 악한 일은 아무리 작더라도 저질러서는 아니 되고 선한 일은 아무리 작더라도 행하지 않으면 아니 되느니라. 오직 어질고 덕이 있어야 사람을 복종시킬 수 있나니 너의 아비는 덕이 부족하여 족히 본받을 바가 못 되느니라. 내가 죽은 뒤에 너는 승상과 더불어 일을 하되 승상을 아비처럼 섬기면서 결코 소홀히 하지 말라! 너희 형제는 모름지기 훌륭한 이름을 이루도록 노력할지라. 간절히 부탁하노라! 간절히 부탁하노라!

신하들도 모두 조서를 읽고 나자 공명이 말했다.

"나라에는 하루라도 군주가 없어서는 아니 되오. 태자를 세워 한漢의 대통大統을 이으시도록 청하겠소."

곧 태자 유선을 추대하여 황제의 자리에 오르게 하니 유선은 연호를 건흥建興(223~237년)으로 고쳤다. 그는 제갈량을 무향후武鄕侯로 높

대돈방 그림

이고 익주 목益州牧을 겸하게 했다. 그런 다음 선주를 혜릉惠陵(지금 사천성 성도 무후사武侯祠 안에 있음)에 장사지내고 시호를 소열황제昭烈皇帝라 했다. 또 선주의 황후 오씨吳氏를 높여 황태후로 모시고 감부인을 소열황후昭烈皇后로 추존하며 미부인 역시 시호를 바치고 황후로 정했다. 더불어 모든 신하들의 관직을 높이고 상을 내리며 천하에 대사령을 내려 죄수들을 풀어 주었다.

어느새 위군이 이 사실을 탐지하여 중원에 보고했다. 근신이 위주에게 아뢰자 조비는 크게 기뻐했다.

"유비가 죽었다니 짐의 크나큰 걱정이 사라졌구려. 그 나라에 주인이 없어졌으니 어찌 이 틈을 이용하여 군사를 일으켜 그들을 치지 않겠소?"

가후가 간했다.

"유비는 비록 죽었지만 틀림없이 제갈량에게 자식을 부탁했을 것입니다. 제갈량은 유비가 자신을 알아주고 써 준 은혜에 감격하여 반드시 마음과 힘을 다 기울여 뒤를 이은 주인을 보좌할 것입니다. 폐하께서는 조급히 치시면 아니 됩니다."

한창 이야기를 나누고 있는데 별안간 한 사람이 반열 가운데서 분연히 나오며 소리쳤다.

"이 기회를 타고 진군하지 않는다면 다시 어느 때를 기다린단 말입니까?"

사람들이 보니 그는 바로 사마의司馬懿였다. 조비는 크게 기뻐하며 사마의에게 계책을 물었다. 사마의가 말했다.

"중원의 군사만으로는 단시간에 승리를 취하기는 어렵습니다. 반드시 다섯 길의 대군으로 사방에서 협공하여 제갈량이 머리와 꼬리를 서로 구할 수 없게 만든 후라야 도모할 수 있을 것입니다."

조비가 다섯 길의 군사란 어떤 것이냐고 물으니 사마의가 설명했다.

"한 통의 국서를 써서 요동 선비국鮮卑國(몽고 퉁구스계의 유목민족)의 국왕 가비능軻比能*에게 보내십시오. 황금과 비단으로 그의 마음을 사서 요서遼西의 강병羌兵 10만을 일으켜 먼저 육로로 서평관西平關을 치게 합니다. 이것이 한 길입니다. 또 한 통의 국서를 작성하여 관직 임명장과 상으로 내릴 물건을 갖추어 남만南蠻으로 사자를 보내십시오. 만왕 맹획孟獲을 만나서 군사 10만을 일으켜 서천 남쪽의 익주益州, 영창永昌, 장가牂牁, 월준越嶲의 네 군을 공격하게 합니다. 이것이 둘째 길입니다. 다시 사자를 동오로 파견하여 화친을 맺어 땅을 떼어 주기로 하고 손권에게 군사 10만을 일으켜 양천의 협구峽口로 나아가 곧장 부성涪城을 치게 합니다. 이것이 셋째 길입니다. 또 항복한 장수 맹달孟達에게 사자를 보내 상용上庸의 군사 10만을 일으켜 서쪽으로 한중漢中을 치게 합니다. 이것이 넷째 길입니다. 그 다음으로는 대장군 조진을 대도독으로 삼아 군사 10만을 거느리고 경조京兆로부터 곧바로 양평관陽平關으로 나가 서천을 치도록 합니다. 이것이 다섯째 길입니다. 이렇게 도합 50만 대군이 다섯 길로 한꺼번에 진군한다면 제갈량이 여망呂望의 재주를 지녔다 한들 어찌 당해 내겠습니까?"

조비는 크게 기뻐하며 즉시 말솜씨가 뛰어난 관원 네 사람을 사자로 삼아 비밀리에 떠나보냈다. 그러고는 조진을 대도독으로 임

---

*가비능 | 선비족의 수령. 위문제魏文帝가 '부의왕附義王'으로 봉했으나 후에 반역했다. 위명제明帝 청룡靑龍 3년(235년) 유주 자사 왕웅王雄이 보낸 자객에게 살해되었다.

명하여 군사 10만을 거느리고 곧장 양평관을 치도록 했다. 이때 장료를 비롯하여 조조 시절부터 활약해 온 옛 장수들은 모두 열후列侯에 봉해져 제각기 기주, 서주, 청주, 합비 등지에서 관이나 나루터 등의 요충을 지키고 있었으므로 더 이상 그들을 등용하지는 않았다.

한편 촉한蜀漢에서는 후주後主 유선이 즉위한 이래 옛 신하들이 병으로 많이 죽었는데 그 일을 상세히 말할 수는 없다. 무릇 조정에서 관리를 등용하거나 돈과 양식을 관리하고 송사를 판단하는 일 등은 모두 제갈승상의 결재를 받아서 처리했다. 이때 후주가 아직 황후를 책립하지 못했기 때문에 공명이 여러 신하들과 의논하고 후주께 아뢰었다.

"고인이 된 거기장군 장비의 딸이 매우 어질고 나이도 열일곱이니 황후로 받아들이시는 게 좋겠습니다."

후주는 즉시 장비의 딸을 황후로 맞아들였다.

그런데 건흥 원년(223년) 가을 8월 별안간 변방에서 급보가 날아들었다.

"위가 다섯 길의 대군을 움직여 서천을 치러 오고 있습니다. 제1로는 대도독 조진이 10만의 군사를 일으켜 양평관을 치고, 제2로는 반역한 장수 맹달이 상용의 군사 10만을 일으켜 한중을 침범한다고 합니다. 제3로는 동오의 손권이 정병 10만을 일으켜 협구를 취하여 서천으로 들어오며, 제4로는 만왕 맹획이 만병 10만을 일으켜 익주의 네 군을 침범하고, 제5로는 번왕 가비능이 강병 10만을 일으켜 서평관을 침범한다고 하옵니다. 다섯 길의 군마는 매우 사납다고 하여 승상께는 이 사실을 먼저 알려 드렸는데 승상께서 며칠 동안 정사를 보러 나오지 않으시니 무슨 까닭인지 모르겠나이다.”

들고 난 후주는 소스라치게 놀랐다. 즉시 근시에게 성지를 내려 공명에게 입조하라는 명을 전하게 했다. 그러나 명령을 받들고 나간 근시는 반나절이나 지나서야 겨우 돌아와 보고를 올렸다.

“승상부의 하인 말이 승상께서는 병이 들어 나오실 수 없다고 하옵니다.”

후주는 더욱 당황했다. 이튿날 다시 황문시랑黃門侍郎 동윤董允과 간의대부諫議大夫 두경杜瓊에게 승상의 침상 앞으로 가서 이 큰일을 알리게 했다. 동윤과 두경이 승상부 앞에 이르렀으나 아무도 안으로 들어갈 수가 없었다. 두경이 문지기에게 말을 전하게 했다.

“선제先帝께서는 승상께 후사를 부탁하셨습니다. 지금의 주상께서는 이제 막 보위에 오르셨는데 조비가 다섯 길로 대군을 일으켜 국경을 침범하니 군사 상황이 지극히 위급합니다. 승상께서는 무슨 까닭으로 병을 핑계로 나오지 않으십니까?”

한참이 지나서야 문지기가 승상의 명을 전했다.

“몸이 좀 좋아졌으니 내일 아침 조정에 나가 일을 의논하시겠답니다.”

동윤과 두경은 한숨을 쉬며 돌아왔다. 이튿날 관원들이 다시 승상부 앞에 와서 기다렸다. 그러나 아침부터 저녁까지 기다려도 공명은 모습을 드러내지 않았다. 여러 관원들은 허둥지둥 흩어지는 수밖에 다른 도리가 없었다. 두경이 궁궐로 들어가 후주에게 아뢰었다.

"청컨대 폐하께서 친히 승상부로 가서서 계책을 물어보소서."

후주는 그길로 관원들을 거느리고 태후궁으로 들어가 황태후께 사실을 아뢰었다. 태후는 깜짝 놀랐다.

"승상이 무슨 까닭으로 이런단 말이오? 선제의 부탁을 저버리려 한단 말이오? 내가 직접 가보겠소."

동윤이 아뢰었다.

"마마께서는 가벼이 움직이지 마소서. 신이 헤아리건대 승상께 필시 고명한 소견이 있는 듯하옵니다. 우선 주상께서 먼저 가시도록 하옵소서. 과연 승상이 태만하다면 그때 마마께서 선제를 모신 태묘太廟로 승상을 불러 물으셔도 늦지 않을 것입니다."

태후는 그 말을 듣기로 했다.

이튿날 후주가 친히 승상부에 이르렀다. 어가를 발견한 문지기가 황망히 땅에 엎드려 절을 올리며 영접했다. 후주가 물었다.

"승상께서는 어디에 계시느냐?"

문지기가 대답했다.

"어디 계시는지는 모르겠나이다. 다만 승상께서는 백관들의 출입을 막고 들이지 말라 하셨나이다."

후주는 곧바로 수레에서 내려 혼자 걸어서 안으로 들어갔다. 두 번째 문을 지나 세 번째 문으로 들어서니 대나무 지팡이를 짚은 공명이 홀로 조그만 연못가에서 물고기를 보고 있었다. 후주는 한참 동안이나 공명의 뒤에 서 있다가 천천히 말을 건넸다.

"승상께서는 편안하고 즐거우시오?"

공명이 고개를 돌려 후주를 보더니 황망히 지팡이를 버리고 땅바닥에 엎드려 절을 올렸다.

"신은 만 번 죽어 마땅하옵니다!"

후주는 공명을 붙들어 일으키며 물었다.

"지금 조비가 다섯 길로 군사를 나누어 국경을 침범하여 심히 위급하거늘 상보相父(아버지 같은 재상이란 뜻)께서는 무슨 까닭으로 승상부에 나와 일을 보지 않으시오?"

공명은 껄껄 웃더니 후주를 부축하여 내실로 들어가 자리에 앉은 다음 아뢰었다.

"다섯 길의 군마가 온다는 사실을 신이 어찌 모르겠습니까? 신은 물고기 노니는 모습을 감상한 게 아니라 생각을 하고 있었사옵니다."

후주가 물었다.

"그러면 어찌해야 하오?"

공명이 대답했다.

"강왕 가비능과 만왕 맹획, 반역한 장수 맹달과 위장 조진이 이끄는 네 길의 군마는 신이 이미 모두 물리쳤나이다. 다만 손권의 군사만 남았는데 이 또한 이미 물리칠 계책을 세워 두었나이다. 다만 언변에 능한 사람을 구해 사자로 보내야 하겠는데, 아직 그럴 만한 사람을 찾지 못해 깊이 궁리하고 있던 중이옵니다. 폐하께서는 무엇을 그리 근심하시나이까?"

이 말을 들은 후주는 놀랍고도 기뻤다.

"상보께서는 과연 귀신도 측량 못할 재주를 지니셨구려! 바라건대 적병을 물리칠 계책을 들려주시지요."

공명이 설명했다.

"선제께서 폐하를 신에게 부탁하셨는데 신이 감히 잠시라도 태만할 리가 있겠사옵니까? 성도의 관원들은 아무도 병법의 묘리를 깨치지 못했습니다. 병법이란 남이 예측하지 못하게 함을 귀히 여기거늘 어찌 남에게 누설되도록 한단 말입니까? 노신老臣은 진작부터 서번西番의 국왕 가비능이 군사를 이끌고 서평관을 침범할 것을 알았습니다. 신이 알기로 마초는 대대로 서천에 살면서 본래부터 강인들의 마음을 얻고 있고 강인들은 마초를 신 같은 위엄을 갖추고 하늘에서 내려온 장군쯤으로 여기고 있습니다. 그래서 신은 이미 사람을 보냈사옵니다. 밤낮을 가리지 말고 달려가 격문檄文을 전하여 마초에게 서평관을 굳게 지키며 네 길로 기습군을 매복하여 날마다 군사를 바꾸어 가며 적을 막도록 했습니다. 이 길은 근심할 필요가 없사옵니다. 또 남만 맹획의 군사가 4군을 침범한다는 걸 알고 신은 위연에게 격문을 띄웠습니다. 위연이 한 부대의 군사를 거느리고 왼쪽으로 나갔다간 오른쪽으로 들어오고 오른쪽으로 나갔다간 왼쪽으로 들어오곤 하면서 의병疑兵 작전을 쓰도록 했습니다. 만병들은 그저 용기와 힘만 믿을 뿐 그 마음에는 의심이 많습니다. 그들은 의병을 보면 틀림없이 진격하지 못할 것입니다. 그러니 이 길 또한 족히 근심거리가 못 되옵니다.

신은 또 맹달이 군사를 거느리고 한중으로 나오리란 사실도 알고 있었사옵니다. 맹달은 이엄과 생사를 함께 할 정도로 친교를 맺은 사이입니다. 그래서 신은 성도로 돌아올 때 이엄을 남겨 영안궁(백제성)을 지키게 했사옵니다. 신은 이미 이엄의 친필처럼 꾸민 편지 한 통을 써서 맹달에게 보냈습니다. 맹달은 그 편지를 보면 틀림없이 병을 핑계로 군사를 내지 않을 것이고 이로써 그 군심도 태만해질 것이니, 이 길 역시 족히 근심할 것이 없사옵니다. 조진이 군사를 이끌고 양평관을 침범한다는 사실 또한 알고 있었사옵니다. 하지만 그 지역은 지세가 험준하여 지켜 낼 수 있습니다. 신은 이미 조운에게 한 부대의 군사를 이끌고 관을 지키되 절대로 나가 싸우지 말라고 일러두었나이다. 우리 군사가 싸우러 나오지 않으면 조진은 오래지 않아 제풀에 질려 물러갈 것입니다.

그러니 이 네 길의 군사는 족히 근심할 것이 못 되오나, 그래도 완벽한 보장이 되지 못하지나 않을까 염려되어 다시 비밀리에 관흥과 장포에게 각기 군사 3만 명씩을 이끌고 중요한 지점에 주둔하면서 각 방면의 군마를 후원토록 해 두었나이다. 이 몇 곳의 군사들은 모두 성도를 경유하지 않고 이동한 까닭에 아무도 아는 사람이 없사옵니다. 그런데 동오의 군사만은 선뜻 움직이려 하지 않을 게 분명하옵니다. 그들은 네 길의 군사가 이겨서 천중川中이 위급해지면 틀림없이 공격하러 오겠지만 네 길의 군사가 성공하지 못할 경우엔 어찌 움직이려 들겠사옵니까? 신이 짐작컨대 손권은 조비가 세 길로 오를 침범한 원한을 생각하고 틀림없이 그의 말을 들어주지 않을 것입니다. 그렇기는 하오나 반드시 먼저 언변에 능한 사람을 동오로 보내 이해득실로 그들을 설득해야 하옵니다. 그리되면 동오를 먼저 물리치게 될 것이니 다른 네 길의 군사들이야 무슨 근심거리가 되겠나이까? 다만 동오를 설득할 인재를 얻지 못하여 신이 이 때문에 주저하고 있었을 뿐입니다. 폐하께서는 무엇 하러 이토록 수고스럽게 친히 왕림하셨나이까?"

후주가 말했다.

"태후께서 친히 상보를 만나러 오려 하셨지요. 이제 짐이 상보의 말씀을 듣고 나니 마치 꿈에서 깨어난 듯한데 더 이상 무엇을 근심하겠소?"

공명은 후주와 함께 몇 잔의 술을 나눈 다음 후주를 배웅하러 승상부를 나왔다. 문밖에 빙 둘러 서 있던 관원들은 후주의 얼굴에 기쁜 빛이 역력한 것을 보았다. 후주는 공명과 작별하고 어가에 올라 환궁했다. 그러나 관원들은 모두가 의혹을 가라앉히지 못하고 있었다. 공명이 여러 관원들을 살펴보니 그 중 한 사람이 하늘을 우러러 웃고 있는데 얼굴에는 희색이 가득했다. 자세히 보니 의양義陽 신야新野 사람 등지鄧芝였다. 등지는 자가 백묘伯苗로 이때 호부상서戶部尙書를 맡고 있었는데 한나라에서 사마司馬를 지낸 등우鄧禹의 후손이었다. 공명은 가만히 사람을 시켜 등지를 붙들어 두게 했다. 관원들이 모두들 흩어지자 공명은 등지를 서원으로 청해 들여 물었다.

"지금 촉, 위, 오가 솥발처럼 세 나라로 나뉘었거니와 두 나라를 쳐서 천하를 통일하고 한나라를 중흥시키려면 먼저 어느 나라부터 정벌해야 하겠소?"

등지가 대답했다.

"제 어리석은 소견으로 분석해 본다면 위가 비록 한의 역적이기는 하지만 그 형세가 워낙 커서 급히 흔들기는 어려우니 마땅히 서서히 도모해야 할 것입니다. 주상께서 방금 보위에 오르시어 아직 민심이 안정되지 못했으니 마땅히 동오와 연합하여 이와 입술처럼 서로 돕는 관계를 맺고 선제 때의 묵은 원한을 깨끗이 씻어야 할 것입니다. 이것이 길이 안전할 수 있는 대책입니다. 승상의 고견은 어떠신지 모르겠습니다."

공명이 껄껄 웃었다.

"나도 그렇게 생각한 지 오래건만 여태 마땅한 인물을 얻지 못했소. 그런데 오늘에야 비로소 얻게 되었구려!"

이번에는 등지가 물었다.

"승상께서는 그 사람을 어디에 쓰려 하십니까?"

공명이 대답했다.

"나는 그 사람을 동오로 보내 동맹을 맺으려 하오. 공이 이미 그 뜻을 알고 있으니 틀림없이 군주의 명을 욕되게 하지 않을 것이오. 사자의 소임을 훌륭하게 수행해 낼 사람은 공이 아니고는 안 되겠소."

등지가 겸손하게 말했다.

"저는 재주가 없고 지혜가 모자라 그런 중임을 감당하지 못할까 두렵습니다."

공명이 못을 박았다.

"내가 내일 천자께 아뢰어 백묘伯苗를 동오에 보낼 사신으로 천거하겠소. 절대 사양하지 마시오."

등지는 응낙하고 물러갔다. 이튿날 후주의 윤허를 받은 공명은 등지를 동오로 파견하여 손권을 설득하게 했다. 등지는 천자께 절을 올려 하직하고 동오를 향하여 길을 떠났다.

이야말로 다음 대구와 같다.

오나라 사람들 바야흐로 전쟁 그치는 걸 보는데 /
촉나라 사신이 또 예물 들고 우호 맺으러 가네.
吳人方見干戈息　蜀使還將玉帛通

등지의 이번 걸음은 어떻게 될 것인가, 다음 회를 보라.

三國志

부록

정세도 삼국지 지명 일람

190년 후한 말기의 군웅할거

189년 동탁이 낙양에서 헌제를 옹립한 후 한 왕실의 권위가 땅에 떨어진다.
조조에 의해 각지의 제후들이 동탁을 타도하려고 연합군을 결성한다.

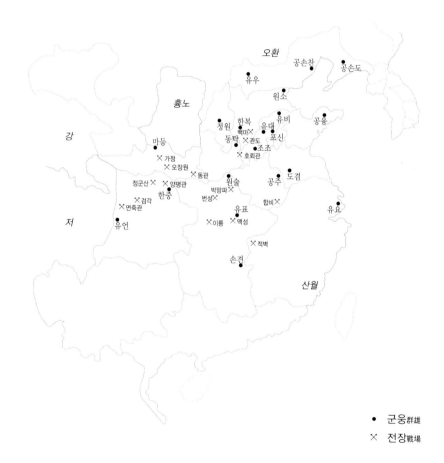